ハイスクールD×D
ハーレム王《キング》メモリアル

ファンタジア文庫編集部：編
石踏一榮：原作

JN166813

ファンタジア文庫

2761

口絵・本文イラスト　　みやま零、きくらげ
ライティング協力　　　瀧田伸也
中島泰司（ユークラフト）

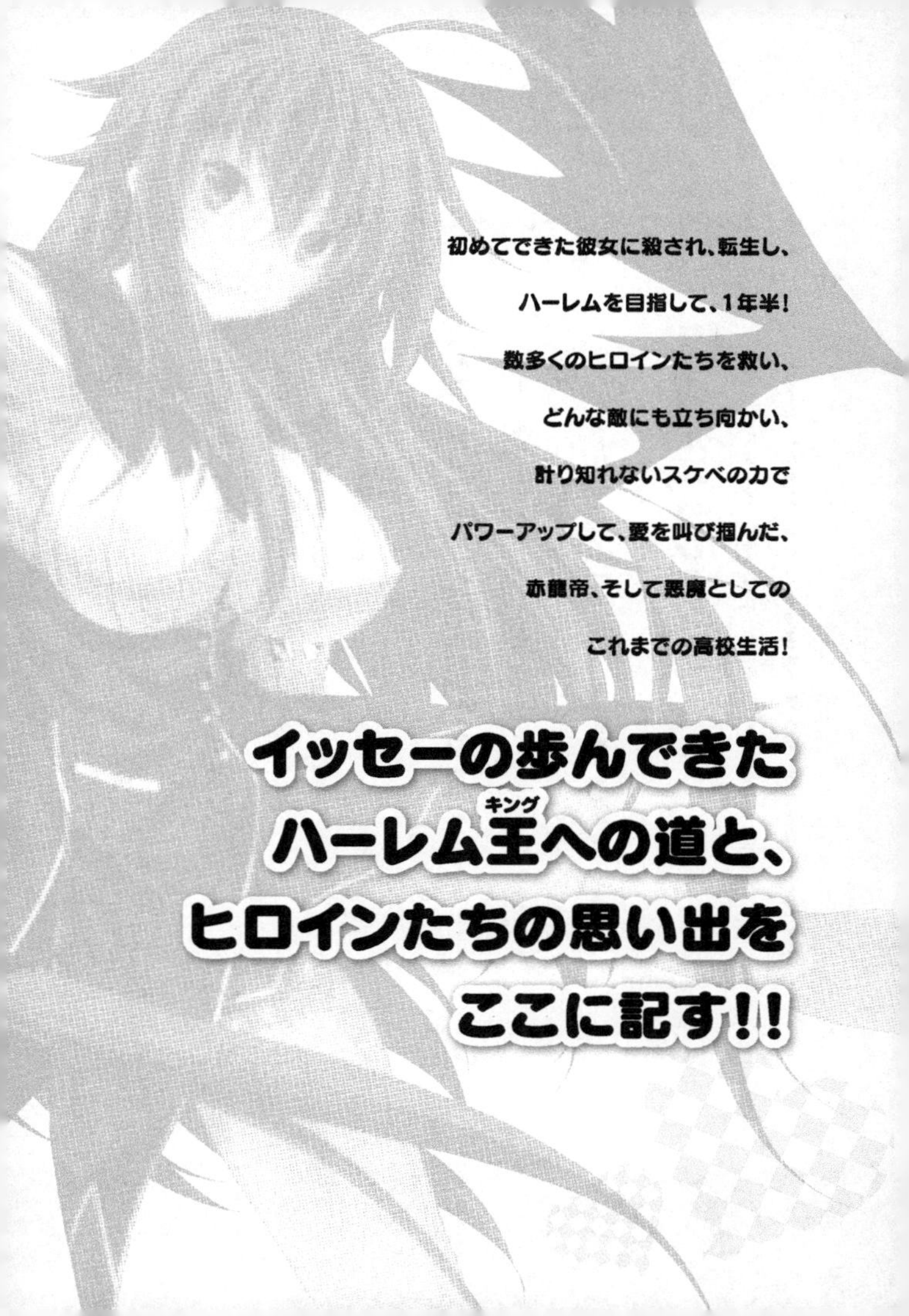

初めてできた彼女に殺され、転生し、

ハーレムを目指して、1年半！

数多くのヒロインたちを救い、

どんな敵にも立ち向かい、

計り知れないスケベの力で

パワーアップして、愛を叫び掴んだ、

赤龍帝、そして悪魔としての

これまでの高校生活！

イッセーの歩んできた
ハーレム王《キング》への道と、
ヒロインたちの思い出を
ここに記す！！

ハイスクールD×D ハーレム王《キング》メモリアル | CONTENTS

HIGH SHCOOL DxD
HAREM KING MEMORIAL

兵《ひょう》藤《どう》一《いっ》誠《せい》

いくぜえええええええツッツー！おっぱい！
ハーレム王に俺はなるっ！

想像を絶するパワーを秘めた史上最強のおっぱいドラゴン

駒王学園高等部に通う高校生で、女子生徒からは悪友の松田、元浜と共に「変態三人組」と見下されている。しかしその正体は、人間から転生した悪魔で、二天龍の片割れ、赤龍帝ドライグの力を宿した「赤龍帝の籠手《ブーステッド・ギア》」と呼ばれる至高の神滅具《ロンギヌス》の所有者である。リアス率いるグレモリー眷属の「兵士《ポーン》」として、常にパワー全開で戦いに挑み続ける熱血男だ。ヒロインたちのおっぱいによってパワーアップする意外性でどんどん強くなり、上級悪魔に昇格！ 現在は自らのチーム「燚誠《いっせい》の赤龍帝」を率いて「アザゼル杯《カップ》」に参戦中！

Personal Data

種族：人間→悪魔→人型ドラゴン
所属：駒王学園高等部３年
性別：♂
身長：170㎝／体重：62→65㎏
ランク：兵士（ポーン）→王（キング）
誕生日：４月16日

冴えないダメ高校生が悪魔に転生して――

強大な神滅具《ロンギヌス》を宿していたことから、堕天使レイナーレの甘言に乗り、殺害されてしまうイッセー。そんな彼を救ったのは、駒王学園一の美少女で上級悪魔のリアス・グレモリーだった。イッセーは悪魔として転生。レーティングゲームの戦士として新たな人生を歩むことになったのだ

体内に宿す赤い龍の超絶パワー

「赤龍帝の籠手《ブーステッド・ギア》」に魂を封印されているのが、「赤い龍《ウェルシュ・ドラゴン》」ドライグである。イッセーがおっぱい好きなせいで、あろうことか「乳龍帝」などと呼ばれ、メンタルを病んだりしているが、戦闘中は息をピッタリ合わせて、どんな敵でも一緒に立ち向かってくれる頼れる相棒だ。ドライグも歴代の宿主のなかでイッセーは最高の存在だと認めているようだ

三度の飯より好きなものそれは「おっぱい」!!

「おっぱいドラゴン」の名にふさわしく、これまで幾度もおっぱいに絡む新技を編み出す奇跡を起こしているイッセー。女性の服を粉砕する「洋服崩壊《ドレス・ブレイク》」、おっぱいの声を聞き、その女性の心の内を盗み聞きする「乳語翻訳《パイリンガル》」など、いまだかつてないおバカな必殺技でチームを勝利に導く！

イッセー、上級悪魔への道

禁手《バランス・ブレイカー》に至るまでの情熱と執念

当初は「歴代最弱の赤龍帝」と言われていたイッセー。確かに魔力の才能に乏しいところはあるが、不屈の精神力で、努力を怠らず、そして勝利への執念は誰よりも強い。禁手《バランス・ブレイカー》「赤龍帝の鎧《ブーステッド・ギア・スケイルメイル》」に覚醒して以来、リアスの兄で魔王のサーゼクスに「冥界の希望」と言われるほど期待の存在となった

歴代最強の赤龍帝に上り詰めるまで

激しい戦いのなかで、ピンチも何度も訪れた。なかでも、深刻なのがシャルバ・ベルゼブブに拉致されたオーフィスを救出しようとしたイッセーは、一度命を落としてしまった事件。しかしグレートレッドとオーフィスの力を得て新しい体を作ってもらったイッセーは、人型ドラゴンとして復活。おっぱいドラゴンの強さは、まだまだ加速していく！

エロエロだけど仲間への情愛は常にマックス！

おっぱいが好きすぎて、煩悩が暴発することもあるけれど、イッセーは非常に仲間思いで、後輩の面倒見も良く、困った人がいれば助けずにはいられない優しい心根の持ち主である。その気持ちに揺るぎがないからこそ、眷属はもとより多くの人に愛されるのだ

目指すはハーレム王みんなまとめて嫁にする!?

冥界では「一夫多妻制」が認められていることもあり、イッセーは最強の悪魔になるのと同時に、ハーレム王になることが究極の目標だ。リアスを始めとして、現在は８人の婚約者たちを、みんなまとめて面倒を見ると宣言！　でも、嫁候補はまだまだ増えそう!?

Authors' Comment

石踏一榮

実は初期構想の主役はイッセーではありませんでした。順番で言うと3番めくらいに考えたキャラなんです。当時、編集さんからは「とにかくバカでスケベで明るい高校生」を求められて、それまで書いてないタイプの主人公を作ったんですよ。そこに、変身ヒーローを以前から書きたかったので、ここに仮面ライダーの変身グッズから構想を得たドライグが加わりました。いまでは、理想の主人公です

みやま零

とにかく少年マンガの主人公のイメージを出そうと思いました。だから制服の下は赤いシャツです（笑）。あとイケメンにしないように心がけました。とはいえ不細工にするわけにはいかないので、髪の毛の後ろのところに変な髪型を入れたんです。そうするとすっとぼけた三枚目なイメージが出るので、うまくイケメン度を外すことができました

ハーレムヒロインズコレクション♥

まずはリアスを始めとする、「D×D」のメインヒロインたちの軌跡をプレイバック！　彼女たちはいかにイッセーの嫁となり、ハーレムが築かれていったのか、じっくり追いかけてみよう

リアス・グレモリー

私は悪魔よ。そしてあなたのご主人様。よろしくね

Personal Data
種族：悪魔
所属：駒王学園大学部１年
性別：♀
身長：172㎝　体重：58㎏
BWH：99/58/90
ランク：王（キング）
誕生日：4月9日

学園のマドンナにして天下無敵の上級悪魔

腰まで伸びた真紅の髪と、透き通るような白い肌。そしてたおやかで柔らかくて豊満なおっぱいを持つ美少女で、駒王学園のマドンナとして絶大な人気を誇る。その正体は、上級悪魔の名門・グレモリー公爵家の次期当主で、魔王サーゼクス・ルシファーを兄に持つ、正真正銘のお姫様だ。グレモリー眷属の「王《キング》」として、個性的な眷属を統括しながら、戦闘の指揮に腕をふるう。現在はオカルト研究部の部長を引退し、駒王学園の高等部から大学部に進学している

紅髪の滅殺姫《ルイン・プリンセス》との異名をとる有力若手悪魔

若手悪魔の中でも屈指の実力者で、どんな者でも消し飛ばす、消滅の力を有している。さらに、眷属の強力さもあって「若手四王《ルーキーズフォー》」に数えられる存在。必殺技は、「消滅の魔星《イクスティングイッシュ・スター》」。発動に時間はかかるが、その威力は絶大で、不死身と言われた邪龍《じゃりゅう》グレンデルの巨体を半分消滅させるほどである

情が深くてとても優しいお姉様

もともとグレモリー公爵家は、情愛の深い一族であり、その血筋を引いているリアスも気さくで思いやりのある性格。「少し甘いところもあるかも」と自覚しながらも、自分の眷属たちには愛情をたっぷり注いでいる。特にイッセーに対しては、全裸で添い寝をするほどのサービスぶり!?

そのおっぱいはイッセーのパワー増幅装置《スイッチ》!?

イッセーにとって、リアスのおっぱいはなくてはならないものである。疲れた心を癒やしてくれるだけではなく、ポチッとして禁手《バランス・ブレイカー》に至るなど、イッセーが戦士として、漢《おとこ》として成長できたのは、リアスのおっぱいのおかげ！　おっぱいで起こした数々の奇跡は、「おっぱいドラゴン」ヒーローショーの題材にもされ、「スイッチ姫」として冥界の子供たちにも慕われている

リアス＆イッセー 恋のゆくえ

Love Episode 1

どうせ死ぬなら
拾ってあげるわ、
あなたの命。
私のために生きなさい

常に自分の眷属には愛情を注いでいるリアス。もちろんイッセーに対しても、惜しげもなく愛情とおっぱいを捧げていた。でも次第に、おバカでエロエロだけど、熱血でまっすぐな性格のイッセーに惹かれていく……

Love Episode 2

私はイッセーの
何なの？

リアスは「部長」で、イッセーは「下僕」。その関係性をかたくなに守ろうとするイッセーの態度に大いに心を乱すリアス。なぜ乱れるのか。それは自分にとってイッセーは特別な存在であることに気づいていたからだ

Love Episode 3

私、あなたのことを
愛している……
誰よりもずっと

サイラオーグとの死闘中、イッセーから愛の告白を受けるリアス。やっと自分を「部長」ではなく、ひとりの女の子として愛してくれるイッセーの言葉を受け止め、感動に打ち震えるのだった

Love Episode 4

悪魔の生からしたら、
三年なんて一瞬よね。
——でも、楽しかった

駒王学園高等部の卒業式の日。上級悪魔となったイッセーはリアスに、「将来、俺と共に歩んでほしい」と宣言する。それはつまり、イッセーのリアスへのプロポーズだった！　将来の約束をした二人は、晴れて婚約者同士となったのだ

Authors' Comment

石踏一榮

「マリア様がみてる」の祥子さまや、「スターオーシャン セカンドストーリー」のセリーヌのような年上ヒロインが大好きで、書きました。当時としては異例でしたね(笑)。最大の特徴の紅髪は、グレモリーを調べていたときに「紅髪の女性の姿で現れる」とあったので、そこから取ったものです

みやま零

なるべくしっかり年上に見えるようにデザインしました。ただ、10年間ずっと描いてきて思うのは、巻ごとにそのときの気持ちで描いているので可愛いリアスになったり、大人っぽいリアスになったりと、ストーリーにとても影響を受けるキャラクターなんだなと思いますね。ただ可愛くなりすぎると年下っぽく見えるので、そこは気をつけていました

アーシア・アルジェント

Personal Data

種族：人間→悪魔
所属：駒王学園高等部３年
性別：♀
身長：155cm　体重：44→45kg
BWH／82→85/55/81→83
ランク：僧侶（ビショップ）
誕生日：５月11日

純情可憐な美少女シスターは回復能力のエキスパート

元は教会に仕えるシスターだったが、リアスの手で悪魔に転生した金髪碧眼の可憐な美少女。グレモリー眷属の「僧侶《ビショップ》」として、主に回復系の能力を駆使し、チームを後方から支えている。「聖母の微笑《トワイライト・ヒーリング》」という神器《セイクリッド・ギア》の持ち主で、神も悪魔も分け隔てなく傷を治癒できる力を持つ。恋愛面では羞恥心が強かった彼女だけど、イッセー争奪戦が激しくなるにつれて、だんだん積極的に！　現在は駒王学園高等部の３年生となり、卒業したリアスの後を継ぎ、オカルト研究部の新部長として奮闘する毎日である

――イッセーさんや皆さんと出会えた、神さまからの素敵な贈り物ですよ

不幸すぎる生い立ちを経て……

孤児院を兼ねた教会で育ったアーシアは、治癒の能力が突出していたせいで、「魔女」だと忌み嫌われてしまう。行き場を無くした彼女は堕天使に神器《セイクリッド・ギア》を奪われ命を落とすが、リアスの手で悪魔として転生。危険を顧みず、奮戦してくれたイッセーのおかげで、ようやく自分の“居場所”を見つけることができたのだ

良くも悪くも、真面目すぎる性格!?

とことん素直で真面目な性格のアーシアは、積極的に日本の文化や生活様式を学ぼうと努力中。ただ、あまりに真面目すぎて、彼女をエロエロな方向に導こうとする面々(ゼノヴィアや桐生《きりゅう》など)の言うことにも素直に従うので、イッセーを驚愕《きょうがく》させることもしばしば!?

「おパンティー」で最強の龍を意のままに操る!?

龍王ファーブニルと契約したアーシアは、神々をも恐れさせる力を宿す、このドラゴンを使役できるようになった。しかし、ファーブニルは何かにつけてアーシアの使用済みパンツを要求してくる“ど変態”。それでもアーシアは恥を忍び、チームの勝利のためにパンツを捧げる!

アーシア＆イッセー 恋のゆくえ

Love Episode 1

……私と友達になってくれるんですか？

日本にやってきて、誰も頼れる人がいなかったアーシアと偶然出会い、こころよく友達になってくれたのがイッセーだった。堕天使との戦いで命を賭けて自分を守ろうとした彼のことを全面的に信頼し、慕うようになったのだ

Love Episode 2

ぶ、部長さんには負けたくないから…

自分の守護者になってくれたイッセーに熱い想いを抱くアーシアは、リアスに嫉妬して「私と部長さんのおっぱいのどっちがいいですか？」とイッセーを問いつめる！　おっぱいの大きさでは負けるけど、気持ちでは負けない？

Love Episode 3

イッセーさん、
大好きです。
ずっとおそばにいますから

汚い手を使い、アーシアを我が物にしようとした上級悪魔ディオドラを、「禁手《バランス・ブレイカー》」に至りながらも徹底的に叩きのめしたイッセー。無事救出されたアーシアは、晴れてイッセーの恋人に立候補すべく、ファーストキスを彼に捧げた

Love Episode 4

はい、よろしく
お願いしますっ！

オカ研の部長として、そしてイッセーの眷属として、懸命に努力を続けるアーシア。その健気な姿を見守っていたイッセーからついにプロポーズの言葉が！ 大粒の涙をいくつもこぼしながら、幸せを噛みしめる！

Authors' Comment

石踏一榮

シリーズで最初に生まれたヒロインです。１巻はリアスとＷヒロインのつもりで書いたのですが、メイン寄りは彼女ですよね。それまで書いていた作品のヒロインが、二作とも死んでしまう運命だったので、今度こそ助けたいと思っていて、守ってあげたくなる性格の子にしました

みやま零

デザインするときは、なるべくリアスと対になるように、少し垂れ目でいつも上目使いをするような妹キャラになるように心がけましたね。初期の「D×D」はダークな雰囲気があったので清楚でおとなしめの服装でまとめました。今となってはバトルが派手な作品になっているので、もう少し派手な服装にしても良かったかなと思います

姫《ひめ》島《じま》朱《あけ》乃《の》

あらあら、うふふ。
あなたのことを
考えると胸のあたりが
熱くなってきますわ

Personal Data

種族：人間と堕天使のハーフ→悪魔
所属：駒王学園大学部１年
性別：♀
身長：168㎝　体重：54㎏
BWH：102/60/89
ランク：女王（クイーン）
誕生日：7月21日

穏やかで上品なお姉様は ちょっとエッチで 戦闘では究極のS

リアスと並ぶ駒王学園の「二大お姉様」の一人として、絶大な人気を誇る美少女。おっとりした性格かつ和風感漂う上品な佇《たたず》まいは、まさに「大和撫子《なでしこ》」と呼ぶのにふさわしい。そんな穏やかなイメージを持ちながらも、グレモリー眷属の「女王《クイーン》」として、リアスに次ぐ実力の持ち主で、魔力の扱いに長けている。戦闘では雷を駆使した攻撃が特徴。オカルト研究部の初期からのメンバーで副部長を務めていたが、高等部の卒業と共にその座を木場《きば》に譲る。現在はリアスと共に、大学部に進学している

人間と堕天使のハーフであることに悩んで――

人間の母・朱璃と堕天使の父・バラキエルのあいだに生まれた朱乃。堕天使をこころよく思わない母の親族が送った刺客により、朱璃が命を落としてしまい、朱乃は堕天使である父のバラキエルを長らく逆恨みしていた。幸い、紆《う》余《よ》曲折を経てお互いの誤解が解け、和解に至っている

卓越した魔力の使い手で、どSな攻撃ぶりで本領発揮！

雷を使った攻撃や、堕天使の能力で光力と組み合わせた技を使い“雷光《らいこう》の巫女”の異名を取る。穏やかな性格に反して、戦闘では非常に好戦的でもあり、リアスいわく「究極のS」。唯一、防御力に難があったが、アザゼルの協力で、堕天使の力を発動させる腕輪を得るなど、パワーアップに余念がない

頼れるお姉様だけど、中味は普通の女の子

「あらあら」「うふふ」「～ですわ」が口癖で、気品にあふれ、何事にも動揺することのないしっかりしたお姉様、という印象の強い朱乃だが、プライベートでは、自分の出自に思い悩んだり、恋に胸を焦がす乙女な部分を見せたりするなど、実はどこにでもいる普通の女の子なのだ

朱乃&イッセー　恋のゆくえ

Love Episode 1

**私、これでも
イッセーくんのこと
気に入ってますわ**

リアスの下僕としてオカ研に入部してきたイッセーは、朱乃にとっては可愛い後輩の一人に過ぎなかった。だがイッセーのがむしゃらな戦いぶりに惹かれつつあった。そして、イッセーからドラゴンの気を吸い出しながら彼の貞操を狙う!

Love Episode 2

**そんなこと言われたら、
本当の本当に本気に
なっちゃうじゃないの……**

かつて堕天使がイッセーとアーシアを一度殺した事件があり、自分にも堕天使の血が流れていることに引け目を感じていた。しかし「堕天使は嫌いですけど、朱乃さんのことは好きです!」と断言するイッセーの言葉に感涙するのだった

Love Episode 3

うぅ、イッセー！……どうして……

「禍の団《カオス・ブリゲード》」の旧魔王派シャルバとの戦いの末、イッセーの肉体が滅んでしまった。ショックを隠せないグレモリー眷属のメンバーたち。特に朱乃は心も体もうつろな状態に。それだけ彼女にとってイッセーはかけがえのない存在だったのだ……

Love Episode 4

内縁の関係でも十分ですもの♪うふふ、もう幸せでどうにかなっちゃいそう

アザゼル杯《カップ》において、朱乃の父・バラキエルと戦いながらイッセーは、「俺は朱乃さんを一生大切にしますッッ！」と誓う！ 晴れてイッセーへの嫁入りが決定した朱乃は、リアスより早く彼の子供を産むことを宣言するのだった

Authors' Comment

石踏一榮

「クイーン」は「キング」と並び立つ必要がある、と思いリアスの同級生にしました。リアスと違うタイプの、おっとり系になりましたね。4巻で彼女の話を書いたときにイッセーは1人だけではなく、みんなを幸せにするハーレムルートにすると決めたんですよ。シリーズの分岐点となったヒロインです

みやま零

年上ヒロインはそんなに得意というわけではないのですが、朱乃は別です（笑）。いつも目がニコニコしていて「あらあらうふふ」という包容力のあるお姉さんは、以前の仕事でけっこう描いていたことがあったので、すごく描きやすかったですね。リアスよりおっぱいが大きいのは、彼女に特徴を付けてあげたかったからです

塔《とう》城《じょう》小《こ》猫《ねこ》・黒《くろ》歌《か》（白《しろ》音《ね》）

黒歌姉さま、抜け駆けは駄目です！

Personal Data

種族：妖怪（猫又）→悪魔
所属：駒王学園高等部２年
性別：♀
身長：138㎝　体重：31㎏
BWH：67/57/73
ランク：戦車（ルーク）
誕生日：11月23日

赤龍帝ちん、子種をいただくにゃん

Personal Data

種族：妖怪（猫又）→悪魔
所属：禍の団《カオス・ブリゲード》→ヴァーリチーム
性別：♀
身長：161㎝　体重：49㎏
BWH：98/57/86
ランク：僧侶（ビショップ）
誕生日：10月1日

最強の猫又姉妹はロリな妹とセクシーな姉の迷コンビ!?

猫の妖怪で、その中で最も強い種族「猫魈《ねこしょう》」の姉妹。妹の小猫は見た目小学生だが、れっきとした駒王学園の高校２年生。一部の男子学生から熱烈な支持を得ている無口なロリ少女である。グレモリー眷属での階級は「戦車《ルーク》」で、小柄な体格からは想像できないほど格闘技に秀でている。姉の黒歌は、小猫と生き別れになったあと、はぐれ悪魔となりヴァーリチームの一員となる。長いこと姉妹のあいだには確執があったが、徐々に本来の仲の良さを取り戻しつつある

たった二人きりの姉妹が背負う不幸の歴史

もともと一緒に暮らしていた二人だったが、転生悪魔となった黒歌が、仕えていた悪魔を殺害したことから、命を狙われる身となり離れ離れに。小猫（元の名は白音）はリアスの兄・サーゼクスに助けられグレモリー眷属に。黒歌ははぐれ悪魔となるが、常に妹のことは気に掛けていた

典型的なパワータイプだが妖術と仙術を併せ持つ技も

怪力と高い防御力を誇る小猫は、妖術や仙術も使うことができるが、姉のように自分の力に呑み込まれてしまうのを恐れ、自らに使うことを禁じていた。だがリアスやイッセー、そして黒歌の協力も得て、自然の気と自身の闘志をシンクロさせた技「白音モード」でパワーアップに成功！

仙術の使い手として敵に回すと脅威の存在に

妖術や仙術を駆使し、さらに空間を操る術を繰り出すことができる実力者。しかもかなり好戦的。悪戯好きな面もあって、快楽的に攻撃するのが特徴だ。小猫には仙術の手ほどきをしたり、協力して術を編み出したりするなど、姉妹そろって成長していく様子がうかがわれる

小猫・黒歌&イッセー 恋のゆくえ

Love Episode 1

**先輩は意外に
優しいですよね……
どスケベなのに**

いつもいやらしい妄想ばかりしているイッセーを見て、冷静に鋭いツッコミを入れる小猫。でも、いつも自分に優しくしてくれるイッセーにだんだん心を開いていき、彼に好意を寄せるようになっていく

Love Episode 2

**先輩の……
あ、赤ちゃんが欲しいです**

イッセーとリアスの関係を見て、負けてはいられないと感情が高まった小猫は、発情期に突入し、イッセーに子作りをせまる！　小猫の体を考えると子作りはあまりに早すぎるので、ここはイッセーにガマンしてもらうことに……

Love Episode 3

ひとつ良いかにゃ？
私と子供作ってみない？

初めて会ったその日から、その圧倒的なナイスバディを惜しげもなく見せつけながらイッセーにアタックし続ける黒歌。とにかく強い遺伝子が欲しい彼女は、かねてから天龍と子作りをしようとたくらんでいた！　イッセーへの想いは兵藤家で居候するようになってから加速!?

Love Episode 4

――私は…イッセー先輩のお嫁さんになります！

――やさしいあんたの子供が欲しいのっ！

アザゼル杯で、どちらがイッセーの嫁になるかを賭けて、死力を尽くして戦う小猫と黒歌。そんな二人の姿を見て、「俺の嫁になりやがれえええええッッ！」と叫ぶイッセーは、全力で二人の嫁入りを受け入れるのだった

Authors' Comment

石踏一榮

実はロリキャラに馴染みがなくて、最初は戸惑いながら書いてました。3巻で木場が無茶をして、彼女が止めるシーンがありますが、そこでようやく掴めてきましたね。黒歌の方は、小猫を完全に反転させて作ったヒロインですね。セクシーなお姉さん猫又で、好みに合っているからか、書きやすい子です

みやま零

小猫は僕のいちばん得意とするタイプのキャラですね。小猫の頭についている髪飾りですが、実は以前描いた美少女ゲームのヒロインの一人がつけていたものと同じなんです。わかる人にはわかるというか（笑）。黒歌は小猫とは対照的に、髪の毛は黒でおっぱいを大きくして、花魁や遊女のイメージで描きました

デュランダル！　アスカロン！
私の想いに応えてくれぇぇぇぇっ！

ゼノヴィア・クァルタ

Personal Data

種族：人間→悪魔
所属：駒王学園高等部３年
性別：♀
身長：166㎝　体重：56㎏
BWH：87/58/88
ランク：騎士（ナイト）
誕生日：２月14日

破れかぶれで悪魔に転生した凄腕の聖剣使い

堕天使に盗まれた聖剣を取り戻すために、日本にやってきた聖剣使い。当初は悪魔であるリアスやイッセーと敵対していたが、聖剣を奪った堕天使が共通の敵であることがわかり、手を組むことになる。事件解決後、神が消滅したことを知り、自暴自棄になった勢いで悪魔に転生、リアスの眷属となり駒王学園に転校する。誰とでも分け隔てなく接する性格が生徒たちの支持を集め、新生徒会長に当選。グレモリー眷属では、チームきってのパワーを発揮して、戦闘でも大活躍している

伝説の聖剣で
すべてのものを破壊する！

すさまじい斬れ味と破壊力を誇る聖剣「デュランダル」の使い手として名高いゼノヴィア。ほかにも「破壊の聖剣《エクスカリバー・デストラクション》」や、「アスカロン」など、さまざまな聖剣を使いこなす姿は、まさに凄腕の剣士。一時期から、「エクス・デュランダル」を使用し、弱点克服に努めていたが、現在はエクスカリバーとデュランダルの聖剣二刀流での戦闘スタイルを極めている

すこし世間知らずで
空気を読むのが苦手!?

幼い頃からヴァチカンの施設で育ち、神のための勉強と修行に明け暮れていたせいか、一般常識がいささか欠けているところがある。思い立ったらすぐ行動するのはいいのだけれど、いきなりイッセーの前で脱いだりと、極端すぎる行動は、周りを驚かすことしばしば

新生徒会長として学園の
ために苦労を惜しまない！

「パワーバカ」と言われることもあるが、成績は優秀で、学園では男女問わず人気者な一面も。自分を成長させてくれた大好きな学園に恩返しをするために生徒会長に立候補。選挙演説では学園と生徒たちへの愛を感動的に語り、見事に当選！　現在は学園のために奔走する毎日だ

ゼノヴィア&イッセー 恋のゆくえ

Love Episode 1

一介の悪魔に過ぎない者が、大きな口を叩くね

出会いはまさに最悪。グレモリー眷属と対面したゼノヴィアは、悪魔に転生したアーシアを「魔女」と呼び彼女を斬ろうとする。怒りに震えるイッセーはゼノヴィアと彼女の相棒イリナに戦いを挑む。この段階ではラブモードは皆無!

Love Episode 2

まずは私で女に慣れろ

悪魔に転生してグレモリー眷属の一員になってからは「強い子供を産みたい」と願うようになり、イッセーに子作りの練習をしようとせまる。その勢いは、アーシアやイリナも思わず子作りしたくなるほど激しくて……!?

Love Episode 3

私は本気だぞ。
会長になることも、
戦士としても、
そして恋もな

プールでトレーニング中のイッセーをいきなり水の中に落とし、そしていきなりのキス！　生徒会長になることに真剣なゼノヴィア。そしてイッセーとの恋にも真剣そのものである！　悩むより行動するのがゼノヴィアのモットーなのだ

Love Episode 4

嫁にしてくれぇえええ
ええええええッ

アザゼル杯《カップ》「天界の切り札《ジョーカー》」との戦いで、追い込まれたゼノヴィアは、自らを奮い立たせるためにイッセーに向かって逆プロポーズ！　いかにも彼女らしい告白を聞いたイッセーは、男らしく快諾するのだった

Authors' Comment

石踏一榮

ゼノヴィアとイリナは元々１人のヒロインにする予定でした。でも、教会の剣士が敵地に１人で乗り込むかなと思って、２人に分けたんです。３巻の執筆途中まで、オカ研にどっちが入るかも未定でしたが、幼馴染じゃない方が入った方が面白いと思ってゼノヴィアにしました。勢いのまま書くことが多いキャラですね

みやま零

凛々しくてボーイッシュな感じが強く出るようにしました。服装はエージェントらしくピチピチのスーツを着せて、体のラインがくっきり出るようにしました。体は女性だけど、顔は少年っぽい主人公系にしたのがいい感じになったと思います。髪の色が青なのは、リアスが赤、アーシアが金（黄）ときたので、彼女たちとのコントラストをつけるためです

紫《し》藤《どう》イリナ

お久しぶり、イッセーくん、
私のこと、男の子だと間違えてた？

Personal Data

種族：人間→天使
所属：駒王学園高等部３年
性別：♀
身長：164㎝　体重：56㎏
BWH：87/59/89
ランク：御使い（ブレイブ・セイント）
　　　　ミカエルのA《エース》
誕生日：9月29日

天界からやってきた
天真爛《らん》漫《まん》な
イッセーの幼馴染み

イッセーの幼馴染みで十数年ぶりに彼の前に現れた栗毛のツインテールが特徴の美少女。聖剣の才能を見込まれ、プロテスタント教会の聖剣使いとなった彼女は、堕天使に奪われた聖剣エクスカリバーを奪回するためにゼノヴィアと共に来日。エクスカリバー奪回後は、教会本部に戻っていたが、天使ミカエルにより天使に転生。駒王学園に派遣される。アザゼル杯《カップ》では、イッセーのチームの一員になることを選び、「騎士《ナイト》」枠で出場する

ミカエルに仕える期待の転生天使

天使ミカエルの祝福を受け、天使に転生。しかも直属の配下「御使い《ブレイブ・セイント》」であり、ランクはなんと「A《エース》」。かなりの大抜擢《ばってき》に本人も調子に乗りすぎ、「自称天使」と言われたこともあったが、激戦を経て天使としての格が上がり、天界が保管する聖なる武器を自由に使えるようになっている

信仰心が強すぎて学園生活も暴走気味!?

信仰心の厚いイリナは、駒王学園でも勢い余って「紫藤イリナの愛の救済クラブ」を勝手に立ち上げ、無償で困っている人たちを助けようとする。が、結局部員が集まらなかったという事情もあり、今は正式なオカルト研究部員となっている。教会では悩み相談室など、天使としての活動も並行して行っており、天使の存在を知る信徒からはかなり人気らしい

聖剣使いとして天使に転生後も進化中！

「擬態の聖剣《エクスカリバー・ミミック》」の使い手として、持ち前のスピードを活かしたトリッキーな戦闘スタイルを得意としている。天使に転生後は、光の剣や量産型の聖魔剣を使用していたが、父のトウジから清めの効果を持つ聖剣オートクレールを譲り受け、新たな力を手にいれた

イリナ＆イッセー 恋のゆくえ

Love Episode 1

寝ているイッセーくんに不意打ちでキスしちゃったんだもの

子ども時代のイッセーはイリナのことを男の子だと思い込んでいたようだけど、イリナはそっとキスしてしまうほどイッセーのことが好きだったようだ。子どもの頃のイッセーを知っているのはイリナだけ。これぞ幼馴染みの特権！

Love Episode 2

イッセーくん、わ、私を堕とす気なのね……

イリナは天使で、イッセーは悪魔。彼と子作りをしようものなら、間違いなくイリナは堕天してしまう。なので、ゼノヴィアにけしかけられて、その気になってもなかなか一線を越えられない。悩める乙女がここにもいた!?

Love Episode 3

**ここなら、私、
イッセーくんとエッチなこと
できちゃうんだ……**

イリナの父・トウジとミカエルがイリナにプレゼントしたのは、なんと「子作りルーム」。異空間につくられたこの部屋でなら、天使と悪魔が子作りをしても何ら問題がないという！　イッセーとの子作りではイリナが頭ひとつ抜け出した!?

Love Episode 4

**お嫁にもらって
くださいッッ!
お願い、イッセーくんッッ!**

アザゼル杯《カップ》「天界の切り札《ジョーカー》」との戦闘中、イッセーに逆プロポーズしたゼノヴィアを見たイリナ。負けじと彼女もイッセーに告白する！　前代未聞の連続逆プロポーズにアザゼル杯は大いに沸くのだった

Authors' Comment

石踏一榮

一度退場したイリナでしたが、6巻までの刊行が決まったとき、再登場させたいと思って「転生天使」のシステムを考えました。イリナはキャラが掴みづらくて、序盤は書くのが難しかったですね。他の子に無い魅力を模索した結果、ポンコツ・天然キャラになってきて、短編で味付けされてきたように思います

みやま零

幼馴染みキャラということで、学園モノならメインヒロインとして出てきそうな感じの女の子にしました。ツインテールな元気な可愛い子で、とても王道なキャラクターだと思います。ただ、イリナは最初、メインヒロインの枠に入ってくるとは思っていませんでした。サブヒロインだと思っていたのが、あれだけ登場するようになるとは（笑）

ロスヴァイセ

か……格好良かったですよ。
そ、そ、それに……うれしかったです。
私を追いかけてきてくれて

Personal Data
種族：ヴァルキリー→悪魔
所属：オーディンのお付き役→
　　　駒王学園教師
性別：♀
身長：173㎝　体重：59㎏
BWH：96/61/89
ランク：戦車（ルーク）
誕生日：8月8日

彼氏なし歴＝年齢の美女は
酔っ払いのヴァルキリー

　北欧の主神・オーディンのお付き役として日本にやってきたヴァルキリー。スタイル抜群の美人で、魔法の実力もあるのだが、貧乏が身に染みついていて、彼氏いない歴＝年齢という残念なお姉様。そんな境遇から脱出すべく、悪魔に転生し、グレモリー眷属の一員となり、同時に駒王学園の教師にも就任。堅物だが、どこか抜けていたり、たまに故郷の方言が出たり……。そんなところが生徒の人気を呼ぶ。現在はオカルト研究部の顧問となり、イッセーの眷属としても活躍中！

百均&酔いどれヴァルキリーの異名をとる残念美人

賃金や待遇の良さに惹かれて、リアスの眷属になった彼女は、倹約質素をモットーにしていて浪費などもってのほか。趣味は百円ショップ通いで、特売で買ったジャージを愛用している。また、酒癖も悪く、少しの酒が入るだけで、それまで溜まっていたストレスが一気に弾け、悪酔いしてしまうのだけれど……

北欧式魔法や精霊魔法の卓越した使い手!

強力かつ、あらゆる属性の攻撃魔法を使うことができ、相手の裏をかく頭脳戦にも長けている。北欧に里帰りした際には、弱点の防御力を克服すべく自身の「戦車」の特性で堅牢さを高め、結界術式の研究を重ねるなど、自身のパワーアップに余念がない努力家である

突出し過ぎた能力で不遇だった少女時代

ロスヴァイセの家が代々得意としていたのは精霊との交信や降霊術だったが、ロスヴァイセはそれらの魔法との相性が悪く、家の家紋を継承できなかった。そのかわり、攻撃魔法ばかりに才能が開花するという異端児ぶり。高名なヴァルキリーで、大好きな祖母と比べての劣等感もあって、彼女は肩身の狭い思いをしていた

ロスヴァイセ&イッセー 恋のゆくえ

Love Episode 1

彼が私の彼氏、兵藤一誠くんです

ロスヴァイセは、厳格な祖母・ゲンドゥルを心配させないため、強引にイッセーを彼氏に仕立てる。彼には洋服崩壊《ドレス・ブレイク》など、さんざんな目に遭わされてきたけれど、次第にただのエッチな教え子からひとりの“男性”として見るようになり……

Love Episode 2

わ、わたすだって、エッチなことしてぇさっ!

グレイフィアに似ているという理由で、その弟でシスコンのユーグリットに付け狙われた揚げ句、さらわれてしまうロスヴァイセ。そんな彼女を決死の思いで助けるイッセー。その熱い心に打たれ、恋心が芽生える!

Love Episode 3

私は…あなたの傍にいたい

北欧神話の新しい主神・ヴィーザルとお見合いすることになってしまったロスヴァイセ。婚約を破棄するにはイッセーと既成事実をつくるしかない！　と、恥じらいながらも、ファーストキス！　奥手すぎるロスヴァイセがついにここまでたどり着いた！

Love Episode 4

イッセーくんの子供をたくさん産ませてくださいッ！

なかなかイッセーに積極的になれなかったロスヴァイセは、それでも徐々にイッセーとの距離を縮めてきた。そしてついに、アザゼル杯で戦闘中のイッセーから「俺の子を産んでくれぇぇぇえぇええっ！」と直球過ぎるプロポーズが！

Authors' Comment

石踏一榮

北欧神話を絡めた時点で、絶対にヴァルキリーは出そうと思っていました。シリーズでも早くから登場したのは、そのためです。教師で女性顧問にすることも決めてましたね。性格は「生真面目系の子はまだ出てない」→「真面目な子でお金の管理も厳しい。100均ショップ好きにしよう」と決めていきました

みやま零

ロスヴァイセもまさかメインヒロイン枠に入ってくるとは(笑)。最初はスーツの似合う秘書官みたいなイメージで描きました。北欧の出身なので、寒い国から来た感じを出すように、色使いも薄くしました。ヴァルキリーの鎧は、他のヒロインとは出自が違うので、思い切り差別化したデザインが栄えていると思います

ネクストヒロインズコレクション♥

「D×D」のヒロインはまだまだたくさんいる！　まだイッセーの嫁にはなっていないけれど、その可能性の高いヒロインや、シリーズを通して活躍する女子たちが勢揃い！

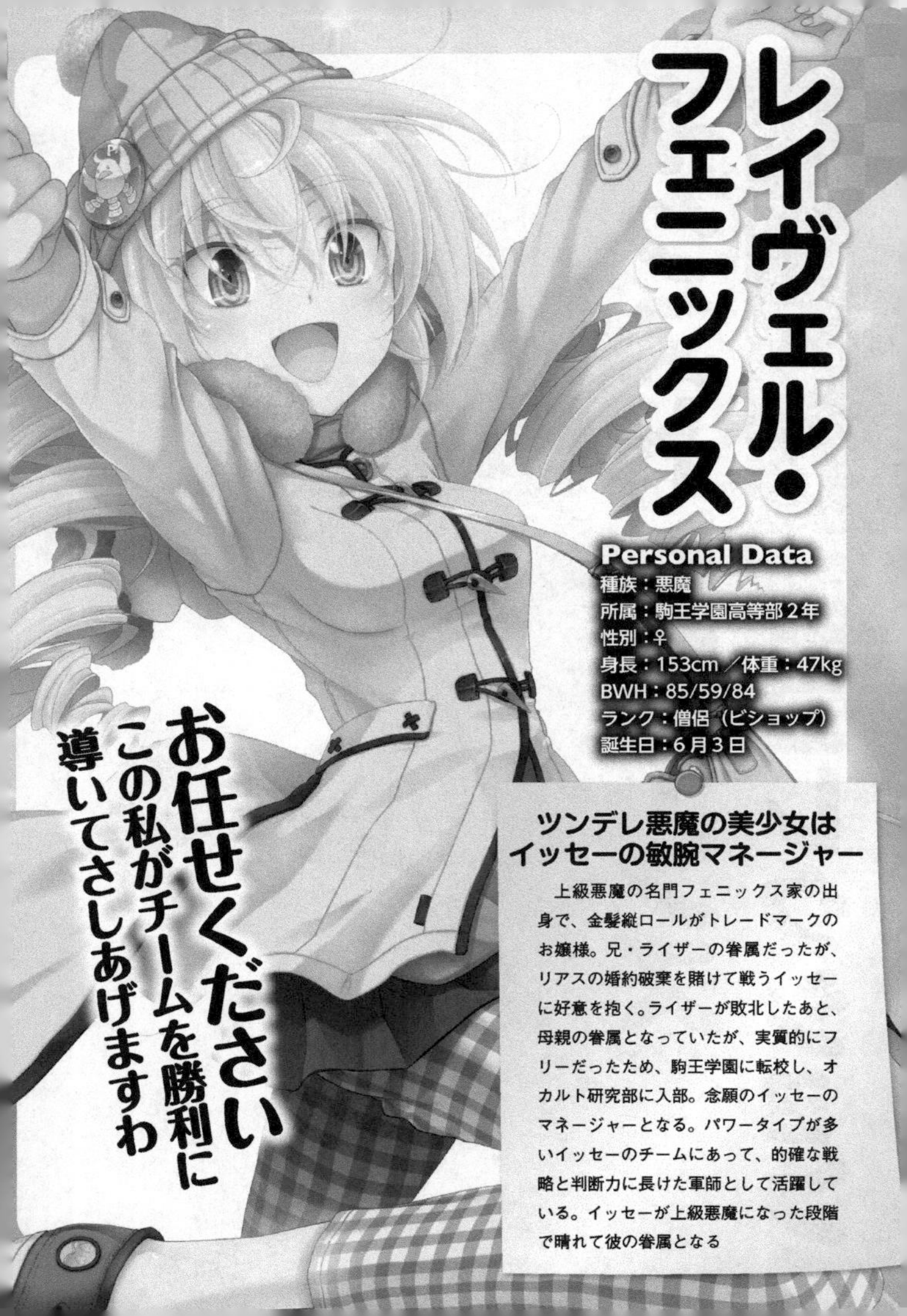

レイヴェル・フェニックス

Personal Data

種族：悪魔
所属：駒王学園高等部２年
性別：♀
身長：153cm ／体重：47kg
BWH：85/59/84
ランク：僧侶（ビショップ）
誕生日：６月３日

ツンデレ悪魔の美少女は イッセーの敏腕マネージャー

上級悪魔の名門フェニックス家の出身で、金髪縦ロールがトレードマークのお嬢様。兄・ライザーの眷属だったが、リアスの婚約破棄を賭けて戦うイッセーに好意を抱く。ライザーが敗北したあと、母親の眷属となっていたが、実質的にフリーだったため、駒王学園に転校し、オカルト研究部に入部。念願のイッセーのマネージャーとなる。パワータイプが多いイッセーのチームにあって、的確な戦略と判断力に長けた軍師として活躍している。イッセーが上級悪魔になった段階で晴れて彼の眷属となる

お任せください
この私がチームを勝利に
導いてさしあげますわ

完全無欠のマネージャーだけど常識には意外と疎い？

マネージャーとしては非常に優秀なレイヴェル。イッセーの昇格試験のための教材を集めてくるなど、彼のサポートに余念がない。完璧主義の彼女だけど、人間界の常識には疎く、箸の使い方や洗濯機の動かし方などを、同級生の小猫から教わっているようで……

Love Episode

夜のマネージングをするのも私のお役目です!!

身も心もイッセーのために尽くしているレイヴェル。だからイッセーのふとした要求（たいていおっぱい絡みだけど）にもすぐ対応できるよう、夜はスケスケのネグリジェ態勢に！　大浴場でイッセーの背中を流すときは恥じらいながらも全裸になることもいとわない！

Authors' Comment

石踏一榮

お嬢様ヒロインも好きなので、書いていて楽しいです。ただ、2巻時点ではヒロイン化までは考えてませんでした。5巻で再登場させたら、読者から好評でヒロイン化を決めました。今やイッセーにとって欠かせない存在です。まだ彼女のメイン回はやってないので、「真」で伸び代を残してるヒロインですね

みやま零

ドリルヘアのキャラクターは大好きなんです。たとえば「マリア様がみてる」の松平瞳子みたいな。だからレイヴェルを描くときは、気合いが入りましたね。あと、彼女はフェニックスじゃないですか。彼女の背中にある孔雀の羽のような飾りは、「聖闘士星矢」のフェニックス一輝のオマージュです

オーフィス

我、赤龍帝に興味がある

Personal Data

種族：ドラゴン
所属：なし
性別：不明
身長：137cm／体重：31kg
BWH：66/53/70
誕生日：12月31日〜1月1日

リリス

最強最凶の ドラゴンはグレモリー眷属の マスコット!?

グレートレッドと並ぶ、世界最強のドラゴンで、「無限の龍神《ウロボロス・ドラゴン》」と称される存在。性別の概念がなく、自由に姿を変えることができる。イッセーたちの前にはゴスロリ風の幼女の姿で現れた。テロリスト集団「禍の団《カオス・ブリゲード》」に協力していたが、当の本人は争いごとには無関心で、のちにイッセーの陣営に身を寄せている。そして、ヴァーリの祖父・リゼヴィムによって生み出されたオーフィスの分身がリリスである。リゼヴィムの死後は、オーフィスの妹分として兵藤家に居候中

生まれて初めての友達が赤龍帝だった！

これまでにない進化を遂げている赤龍帝に驚き、その宿主であるイッセーに興味津々のオーフィス。しかもイッセーは、「禍の団《カオス・ブリゲード》」の旧魔王派首謀者、シャルバ・ベルゼブブとの死闘の末、自分を救ってくれた。その優しさに、オーフィスの心は動かされる。肉体を失ったイッセーを間一髪で救い、その後、兵藤家で一緒に住むことに

ロリ体形のオーフィスがおっぱいバインバインに!?

龍神化の影響で、あんなに大好きだったおっぱいを認識できなくなったイッセーを見て、オーフィスは彼にかかった負荷を受け入れる。そのおかげでイッセーは元に戻るのだが、オーフィスは負荷を受け入れた影響で、美女に成長！　イッセーはその豊かなおっぱいに一瞬で釘付け！

Authors' Comment

石踏一榮

オーフィスはイラストの影響を一番受けた子じゃないかと思います。そもそも最初は「少女にも老人にもなれる」という設定だったので、性別も決めてなかったのですが6巻のカラーイラストを見て息を呑み、「これで行こう！」と。その後も、12巻でイッセーを蘇生させる際に、本当は死ぬ予定だったのですが、あまりに可愛すぎて殺せず、マスコットとなりました。ちなみに、12巻で吸い取られたオーフィスの力をどうするかと考えたとき、最初はアイテムとして出そうと思ったんです。でも、「同じようなキャラをもう一人出したら面白いかな？」と思って、リリスが生まれました

みやま零

オーフィスを描くときは、けっこう遊ばせてもらいました。何を考えているのかわからない怪しい少女ということだったので、ゴスロリ系だなと思ったのが最初です。僕、けっこうゴスロリが好きで、ドロワーズを着た女の子を描くことが多いんですね。だからオーフィスを描くときは、絶対この子はドロワーズ丸出しにしようと。それから、何を考えているかわからないということで、黒くて重たい髪の毛にして、龍神で耳はとんがらせました。僕の趣味が全開しているキャラクターになりましたね。リリスとの描き分けは、オーフィスをより無表情にするようにしています

ルフェイ・ペンドラゴン

あ、あの……私、乳龍帝おっぱいドラゴンのファンなのです！

おっとりしていて、料理上手なイッセー専属魔女っ子

ヴァーリチームの一員で、とんがり帽子にマントがトレードマークの魔法使いの女の子。もともと魔術士の組織「黄金の夜明け団《ゴールデン・ドーン》」に所属していたこともあり、黒魔術や精霊魔術など、さまざまな魔術を使うことに長けている。おっぱいドラゴンことイッセーの大ファンで、彼に会ったときは大感激していた。ヴァーリチームが「禍の団《カオス・ブリゲード》」を脱退したあとは、黒歌と共に、兵藤家に入り浸っていたが、「D×D」結成の際、晴れてイッセーも魔法使いとして契約を結ぶ。現在は駒王学園高等部に転入、オカルト研究部に所属することになった

Personal Data

種族：魔法使い

所属：禍の団《カオス・ブリゲード》→ヴァーリチーム→駒王学園高等部１年

性別：♀

身長：154ｃｍ／体重：45kg

BWH：77/56/78

誕生日：３月３日

ヴァーリ・チームの唯一の常識人!?

ヴァーリ・チームの中で、唯一、常識人のルフェイ。料理番としてもチームに貢献していて、彼女がいないとカップ麺三昧らしい……。そんなルフェイをチームに引き入れる原因をつくった兄のアーサーは、彼女のことを不憫に思い、イッセーと専属魔法使いの契約を結ぶように進言するのだった

頼れる相棒〈神喰狼〉フェンリル

ルフェイの相棒、フェンリルは、北欧の悪神・ロキによって生み出された最強クラスの魔獣。神をもかみ殺すほどの牙と、神滅具《ロンギヌス》を引き裂く鋭い爪を持つ。誇り高い性格だが、ルフェイに対しては信頼を置いている。料理上手な彼女が作る、肉と野菜の煮込み料理にメロメロなのだ

Authors' Comment

石踏一榮

これも今だから言えるんですが、実はルフェイだけは、どういう思考回路で考案したのか思い出せないんですよ（笑）。本当に私の気まぐれというか、偶然の産物です。たしか9巻で曹操たちをゴグマゴグが止めに来る構想が最初にあって、あれが１人で現れるのもおかしいかなと。で、そこからヴァーリチームにメッセンジャーやるような子を考えて、女の子がいいかな、そういえば魔法使いキャラも欲しいし……と思って、勢いで書いたような。とはいえ、今ではヒロインの１人になりそうです。「真」でメイン回を考えているので、期待しててください！

みやま零

最初に描くときは、ルフェイがメインヒロインになるかどうかわからなかったんです。でも仮にメインになったとしても後悔しないように全力でヒロインキャラとしてデザインしました。脇役だと思っていたキャラがメインになるケースが多々あるので、「D×D」ではそこが油断ならないところですね（笑）。ともあれ、着ている制服はミッション系の明るいイメージのブレザーにして、彼女がはおっているマントにも細かく模様を入れて、よし、メインヒロイン級だ、と自分で太鼓判を押しながら描きました。デザイン的にも非常に気に入っています

九《く》重《のう》

お母様、私は赤龍帝の嫁になることを決めましたぞ！

Personal Data

種族：妖怪
所属：駒王学園初等部
性別：♀
身長：142cm／体重：34kg
（尻尾含まず）
BWH：69/54/74
誕生日：9月9日

狐耳の美少女は京都を仕切る狐妖怪の娘

妖怪・九尾の八坂《やさか》の娘で、狐の耳ともふもふした尻尾が特徴的な美少女。京都へ修学旅行にやってきたイッセーたちを、母をさらった「禍の団《カオス・ブリゲード》」と勘違いして襲撃するが、ほどなくして誤解が解けて謝罪。以降はイッセーたちと共闘し、母を救い出してくれた彼に好意を持つようになる。現在は親元を離れて、兵藤家に住みながら、駒王学園初等部に入学。オカルト研究部の予備部員としても活動を開始している

オーフィスとのロリコンビが成立！

オーフィスのお社を兵藤家に作る手伝いをしたことから、九重はオーフィスと仲良くなり、会うときはいつも「フィス殿」と呼んでいる。ちなみに現在のオーフィスは成長した大人の美女だが、九重をびっくりさせないよう、彼女の前では元の幼女の姿のままである

Love Episode

なんでも食べて乳を大きくしますぞ!

イッセーはおっぱいの大きな女の子には目がないことを深く理解した九重。将来はイッセーの嫁になることを目標にしているだけに、これからは好き嫌いなく何でも食べ、正妻殿（リアスのこと）や母親の八坂のような巨乳になることを誓うのだった！

Authors' Comment

石踏一榮

最初、修学旅行では酒《しゅ》呑《てん》童《どう》子《じ》と戦う話を考えていたんです。ただ、編集さんから「鬼と戦う話は、祟られるからお祓いした方がいい」と助言され、怖くなって狐に変えたという経緯で決まった子です（笑）。9巻だけのゲストキャラにするつもりが、みやまさんのデザインに魅了されて再登場させました

みやま零

九重はさすがにメインヒロインにはならないだろうと思っていました。ロリキャラはもう触れないだろうし、京都に住んでいるキャラだし、ここは僕の趣味で描いていいのかなと思って描きました。9巻の口絵に描いただけなのに、なぜかフィギュアになるほどの人気が出て、関係者一同、びっくりしたことを覚えています（笑）

エルメンヒルデ・カルンスタイン

ど、どうして赤龍帝の名前が
出てくるのですか？
わ、私と、か、関係ありません！

生粋の貴族育ちのお嬢様はロボマニアのドジっ娘!?

ウェーブのかかった金髪と真っ赤な双眸が特徴で、西洋人形と見間違えてしまうほどの美少女。吸血鬼二大派閥のひとつ、カーミラ派のなかでも最上位クラスの出身で、気位の高いお嬢様だ。派閥間の争いの際、ギャスパーの力を借りるべくリアスたちに接触をはかる。壊滅状態になった自国の復興のため国外でエージェントとして活動していたが、アザゼル杯の開催をきっかけに、かねてから気になる存在だったイッセーが率いるチーム「燚誠の赤龍帝」に参加する

Personal Data

種族：吸血鬼
所属：燚誠《いっせい》の赤龍帝チーム
性別：♀
身長：150cm ／体重：42kg
BWH：75/56/80
ランク：兵士（ポーン）
誕生日：8月28日

高貴な出身に似合わず、かなりのうっかり屋さん!?

生粋の貴族であるため、家事などはまったくやったことのないエルメンヒルデ。現在は兵藤家に居候の身ということもあり、お茶くみなどに精を出すのだけど、すっ転びそうになることもしばしば。さらに、颯爽《さっそう》と登場する場面でも尻餅をついたりして、うっかり度はかなりのもの!

知らず知らずのうちにマニアへの道を邁進!

シーグヴァイラとはぐれ悪魔を追っていたエルメンヒルデ。捜索中に立ち寄ったイッセーの祖母の家近くのオモチャ屋で、シーグヴァイラから「機動騎士ダンガム」の熱いレクチャーを受ける。以降、彼女からブルーレイを借りるなどして、マニアの道に踏み込んでいる模様

Authors' Comment

石踏一榮

１６巻の展開的に吸血鬼美少女の登場は必須だと思って作った子です。書いてるときから、みやまさんの描く吸血鬼を楽しみにしていたのを思い出します。とはいえ、純血主義でステレオタイプな設定にしたので、一回ここで挫折させた上で仲間にしようというところまで最初から決まってましたね。ギャスパーと違って、陽の光が苦手なのでフードを被ってますが、それが萌ポイントになってていいですね

みやま零

エルメも完全に僕の趣味枠です（笑）。彼女は登場したときはイッセーの敵キャラみたいでしたし、何回も出てくるような雰囲気がなかったので、吸血鬼の回のゲストキャラだと思って描いたんですけど、まさかのメインヒロインの一人になりましたね（笑）。エルメは僕が以前描いたゲームのヒロインのなかに、ツンツンのピンク髪の子がいたんです。その子を吸血鬼にして、「D×D」の世界にコンバートしたのが彼女です

セラフォルー・レヴィアタン

いやぁぁぁん！
お姉ちゃんを
見捨てないでぇえっ、ソーたん！

ソーナ・シトリー

Personal Data
身長：160cm／体重：48kg
BWH：85/56/80

お姉さま、ご自重ください。
そのような恰好は
容認できません

Personal Data
種族：悪魔
所属：駒王学園大学部1年
性別：♀
身長：166cm／体重：51kg
BWH：77/57/83
ランク：王（キング）
誕生日：6月7日

冷静な妹と天真爛漫な姉 冥界最強の姉妹かも!?

駒王学園の生徒会長であるソーナは、眼鏡がトレードマークの美少女。その正体は上級悪魔「元72柱」のひとつ、シトリー家の次期当主である。シトリー眷属を率い、レーティングゲームでは知略を駆使した戦いぶりで名を上げている。そしてソーナの実姉に当たるのがセラフォルー。四大魔王の紅一点として、氷の魔力に長けた、冥界で最強の女性悪魔である。しかしノリはとことん軽く、妹のソーナのことは溺愛しまくりの超シスコンなのだ

沈着冷静な生徒会長は厳しくて優しい!?

匙《さじ》に言わせると、眷属には厳格な態度を取るソーナ。しかし実際は、リアスに負けず劣らず優しい心根をもつ女の子である。現在は駒王学園の生徒会長の座をゼノヴィアに譲り、悪魔なら誰でも分け隔てなくレーティングゲームに参加できる学校を冥界に作ることを目標に奮闘中！

魔法少女マジカル☆レヴィアたんただいま参上!

魔法少女好きが高じて自分を主役にした特撮番組「魔法少女☆レヴィアたん」のプロデュースを手掛けているセラフォルー。邪龍戦役で旅立った彼女のあと、二代目の「レヴィアたん」を継いだのはなんとソーナで、意外なほどノリノリで魔法少女を演じている。そのあたりはやっぱり姉妹！

Authors' Comment

石踏一榮

刊行当時ファンタジア文庫では、某生徒会の会長が大人気だったので、それの逆になるしっかり者な生徒会長キャラを……と思って書いたのがソーナです。あとはリアス以外にも、駒王学園に悪魔がいてもいいかなと思ったので。セラフォルーについては、ソーナを反転させた、はっちゃけた姉にしようと思って作りました。サーゼクスもそうですが、魔王の日常がはっちゃけてるとギャップが面白いかなと。彼はリアスの反転キャラなわけです

みやま零

ソーナはまったくイラストの指示はなかったですね。眼鏡キャラだとも言われていなかったと思います。リアスのライバル的なポジションということなので、眼鏡でクール、そして貧乳キャラにしました。僕、大好きですよ、ソーナ会長(笑)。セラフォルーは魔法少女だということで、顔のパーツはソーナと同じにしつつ、髪を伸ばしてツインテールにしました。お姉さんキャラなので、おっぱいは当然大きくして(笑)。ソーナとは対照的なキャラ作りができたと思います

ラヴィニア・レーニ

よろしくなのです。
いちおう、魔法少女だったりするのですよ

神滅具《ロンギヌス》使いの氷姫は超天然の美人魔法使い

金髪碧眼で美貌の魔法使い。幾瀬鳶雄が率いる「刃狗《スラッシュ・ドッグ》」チームのメンバーの一人である。神滅具《ロンギヌス》「永遠の氷姫《アブソリュート・ディマイズ》」の使い手として、あらゆるものを凍結させる力を持ち、「氷姫のラヴィニア」「無差別氷姫《ディマイズ・ガール》」の異名をとる。普段は、鳶雄がバーテンダーのバイトをしているBAR「黒狗《くろいぬ》」で専属の歌手として働きつつ、イッセーのクラスメートの桐生や、お得意様のミルたんに魔法を教えている。アザゼル杯でも「刃狗《スラッシュ・ドッグ》」チームの要としてその力を大いに発揮している

Personal Data

種族：人間
所属：刃狗《スラッシュ・ドッグ》チーム
性別：♀
身長：170cm ／体重：56kg
BWH：100/59/88
(SLASHDØG時)
誕生日：1月23日

開放的？それとも天然？どんな姿でもお構いなし！

寝ぼけて鳶雄のベッドにもぐり込んだり、シャワー中であられもない姿を見られたりしても、まったく動じる様子がないラヴィニア。個性の強すぎる「刃狗《スラッシュ・ドッグ》」のメンバーのなかで、誰とでもフラットに接する気さくな性格がチームにいい作用をもたらし、結束力を高めているようだ

ヴァーリの唯一の弱点がラヴィニアなのは？

ヴァーリにとって姉のような存在なのがラヴィニア。彼が白龍皇として名を上げた現在でも、「ヴァーくん」呼ばわりで、彼女にとっては可愛い弟のまま。さらにかつてヴァーリが中二病丸出しで書いていたノートを保管。その恥ずかしい文言をイッセーに見せたりして、ヴァーリの面目丸潰れ!?

神滅具《ロンギヌス》「永遠の氷姫《アブソリュート・ディマイズ》」のとてつもない威力

師匠であるオズの南の魔女グリンダが消息不明となり、その黒幕である東の魔女アウグスタを追っていたラヴィニア。しかし隙をつかれアウグスタに体を乗っ取られてしまう。幸い、ヴァーリの活躍でラヴィニアは救出されるが、あらためて彼女の「永遠の《アブソリュート・》氷姫《ディマイズ》」の威力を知らされる事件だった

何よ！　私だって
かよわい女の子なんだから！

皆川夏梅《みながわなつめ》

ハイスクールD×D Universe
堕天の狗神
—SLASHDØG—
—スラッシュドッグ—

Personal Data

種族：人間
所属：刃狗《スラッシュ・ドッグ》チーム
性別：♀
身長：161cm／体重：54kg
BWH：88/57/88
（SLASHDØG時）
誕生日：5月26日

いつも元気一杯の卓越したグリフォン使い

幾瀬鳶雄率いる「刃狗《スラッシュ・ドッグ》」チームに所属する、テンション高めの快活な女性。神器にして相棒「グリフォン」を操って戦う。陵空高校に在籍時、「虚蝉機関《うつせみきかん》」が起こした事件をきっかけとして、戦いの日々に身を投じることに。また、「ウツセミ」に襲われた鳶雄を救い、「刃」のタマゴを渡した張本人。その後はアザゼルの協力をあおぎつつ、鳶雄たちと同居。グリゴリの管理する「堕ちてきた者たち《ネフィリム》」に通う。現在は鳶雄たちと共に、「刃狗《スラッシュ・ドッグ》」チームとしてアザゼル杯に参加中

相棒「グリフォン」その卓越した能力とは

夏梅の頼れる相棒「グリフォン」の正体は四凶のひとつ「窮奇」。2メートルを超える体格を誇り、高速飛行しながら両翼を硬質化し、突風を刃のように変えて敵を攻撃する。また夏梅は、指のジェスチャーでグリフォンに命令することを心がけている。これは言葉尻から戦術を読まれないようにするため

そのテンションの高さはイリナそっくり!?

イッセーたちとの接点はそれほど多くないが、どうやら夏梅は冥界で放映されている「乳龍帝おっぱいドラゴン」のテレビシリーズを欠かさず見ているようだ。また、快活でテンションが高いところがイリナとよく似ていたりして、イッセーチームの面々とも良好な関係が築けている

色っぽすぎる恰好で寝込みを襲われて!?

艶めかしい白シャツ姿のまま、寝ぼけて鳶雄の寝床に行き、そのまま眠ってしまった夏梅。朝目覚めて、鳶雄に寝込みを襲われたと勘違い！　まったく身に覚えのない鳶雄は大慌てだけど、当の夏梅は、いつものように騒ぐわけでもなく、まんざらでもなさそう。その真意は……？

東《とう》城《じょう》紗《さ》枝《え》

泣かないで……鳶雄……
私は……また会えて……うれしかったよ

ハイスクールD×D Universe
堕天の狗神
—SLASHDØG—
—スラッシュドッグ—

Personal Data

種族：人間
所属：刃狗《スラッシュ・ドッグ》チーム
性別：♀
身長：159cm／体重：49kg
BWH：83/56/82
（SLASHDØG時）
誕生日：4月20日

幼馴染みはかけがえのない守るべき存在

鳶雄の幼馴染みでクラスメート。あまり目立たないがよく見るとかなりの美少女であり、学内でひそかに人気があった。ハワイへの修学旅行で豪華客船に乗船中、虚蝉機関《うつせみきかん》の陰謀で他の生徒もろとも誘拐されてしまう。虚蝉機関が開発した「勇気を失った獅子《カウアドリ・レオ》」の宿主となり鳶雄たちと敵対するが、最後の最後で自我が目覚め、虚蝉機関と決別。以降、鳶雄たちと行動を共にするようになる

鳶雄の暴走を止められるのは紗枝の愛の力

虚蝉機関に誘拐された記憶を消すことを拒み、鳶雄を支えることを選択した紗枝。力を暴走させる危険性のある鳶雄を止められるのは、紗枝しかいないようだ。グリゴリの教育施設「堕ちてきた者たち《ネフィリム》」で、体力づくりに励んでおり、その秘められた力が覚醒する日は近い!?

悩みに悩む鳶雄女心は永遠の謎

鳶雄にとって紗枝はかけがえのない存在。しかし紗枝の気持ちははっきりわからず、鳶雄に女心の難しさを痛感させる。動物に好かれるタイプの紗枝は、刃やグリフォンとも仲がいい。そんな彼女を見て、鳶雄はますます彼女の心中がわからなくなっていく……

Authors' Comment 【 SLASHDØGヒロイン 】

石踏一榮

《ラヴィニア》

旧「SLASH/DOG」では悲惨な運命を辿る鳶雄たちですが、何があれば抜け出せるかなと考えたとき、「魔法使いかな」と思いつき、登場させました。ピリッとした作中の雰囲気を中和する、シリアスブレイカーに自然となりましたね。これくらいじゃないとヴァーリの調子は崩れないですし、包み込めないと思います（笑）

《夏梅＆紗枝》

「D×D」本編に出てこなそうなヒロインというのを意識して書いています。鳶雄がイッセーと違って、「受」の主人公だからということもありますが、夏梅はかなり明るいキャラになりましたね。紗枝については、完全に一般人にするという意識で書きました。一般人だからこそ、鳶雄を繋ぎ止められていると思うのです

きくらげ

《ラヴィニア》

金髪碧眼キャラです。色素薄いですね。今のところ唯一の金髪なので、どういう風に見せるのがいいかなーとイラストでは髪の処理で遊んでます。氷と雪をモチーフにした魔法使い衣装ですが、模様まわりは描いていて地味に手間です。手間のわりには目立たないというところで苦悩しています

《夏梅＆紗枝》

夏梅は最初、クールなイメージから入っていったのですが、実際イラストに起こす段になってからは活発ないろんな顔をみせるキャラとして描いてます。表情で遊びやすいですね。対照的に紗枝は可愛らしさを中心に大人しく控えめです。制服はそれぞれ個別アレンジが入っているので、そのあたりもチェックしてみて下さい

姫《ひめ》島《じま》朱《す》雀《ざく》

まずは――
臭いものから消しましょう

朱雀。炎の術や体術を得意とし、冷酷無比に敵を殲滅する朱雀。イッセーチームの百鬼によると、「超怖い」らしい……

Personal Data

種族：人間
性別：♀
身長：168cm／体重：54kg
BWH：102/60/89

ハイスクールD×D Universe
堕天の狗神
-SLASHDØG-
―スラッシュドッグ―

姫島家の才女は霊獣「朱雀」の使い手

五大宗家のひとつ姫島家の次期当主で、ポニーテールにしたつややかな黒髪が特徴の女性。朱乃のいとこ、そして鳶雄のはとこにあたる。姫島家に継承された霊獣「朱雀」を操ることができる異能者である。五大宗家の裏切り者たる「虚《うつ》蝉《せみ》機関《きかん》」を暴走させた責任を感じ、仲間を救おうとする鳶雄たちに協力する。不幸な生い立ちを余儀なくされた朱乃のことは常に気に掛けていて、のちにイッセーと会った際、朱乃のことを頼んでいる

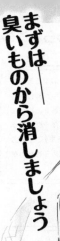

ライバルズコレクション

あるときはガチで戦い、またあるときは切磋琢磨し、共闘してきたイッセーのライバルたち。戦い続ける彼らの熱い思いを受け止めよう！

ヴァーリ・ルシファー

面白いな、兵藤一誠。なら、俺も少し本気を出そう！

イッセー宿命のライバルは戦いが何よりも好きな白龍皇

旧魔王ルシファーのひ孫、人間の母親とのあいだに生まれたハーフ悪魔。二天龍の片割れ、白い龍《バニシング・ドラゴン》アルビオンの宿主であり、神滅具「白龍皇の光翼《ディバイン・ディバイディング》」を所有する。自他共に認める戦闘狂で、戦う相手が強ければ強いほど燃え上がるタイプである。「禍の団」のテロリストとしてイッセーたちと敵対していたが脱退。とっつき辛そうな性格に見えるが、仲間想いで優しい一面や、ラーメンマニアな一面など意外性も秘めている⁉　テロ対策チーム「D×D」への参加を経て、アザゼル杯では「明《みょう》星《じょう》の白龍皇《はくりゅうこう》」チームの「王」としてイッセーと激突する！

Personal Data

種族：悪魔（ハーフ）
所属：神の子を見張る者《グリゴリ》→禍の団《カオス・ブリゲード》
→「明星の白龍皇」チーム
性別：♂
身長：168cm ／体重：60kg
誕生日：６月６日
ランク：王（キング）

苛酷な過去を乗り越えて最強の存在を目指す！

白龍皇を体内に宿していることから、恐怖と嫉妬にかられた父親に虐待されていたヴァーリ。捨てられてしまったところをシェムハザに拾われ、アザゼルに育てられた彼は、父親からかばってくれた母親（現在は記憶を消されている）を見守りつつ、さらに強くなることを目標にしている

VS.イッセー

まさか、女の乳でここまで力が爆発するとは。

三大勢力のトップ会談の破壊をたくらむヴァーリに、イッセーが戦いを挑むが力の差は明らか。しかしヴァーリの力の影響でリアスのおっぱいが半分になると聞かされ、イッセーのパワーはマックスに！　ヴァーリはイッセーに渾身の一撃を受ける。その計り知れない力に、ヴァーリは宿命のライバルが出現したことを認識するのだった

Authors' Comment

石踏一榮

ウェールズの赤い龍を出すにあたって、白い龍を出すことも思いつき、その時点でイッセーのライバルにしようと思っていました。最初は仲間にする予定でしたが、ライバルが同じチームにいるのも変かなと思ってやめました。ただ、7巻で共闘したときに、めちゃくちゃテンションが上ってしまって（笑）。4章で強大な敵を出したのは、もう一度共闘させたいという思いからです。4章はヴァーリを掘り下げたいと思って書き始めたので、メイン格といっても過言ではないですね

みやま零

ヴァーリには最初からTVアニメの「スクライド」の雰囲気がありました。主人公の前を進んでいて、しかし最後はぶつかり合うクールなライバル。石踏さんも「スクライド」のファンだと知っていたので、完全にそのノリを求められていると思って描いた記憶があります（笑）。イッセーの黒髪に対して、ヴァーリは銀色の髪にしました。イッセーがリアスとの対比で弟っぽく見えるように描いたので、ヴァーリはもう少し大人っぽい雰囲気にしてイケメンにしていきました

木《き》場《ば》祐《ゆう》斗《と》

Personal Data

種族：人間→悪魔
所属：駒王学園高等部３年
性別：♂
身長：172cm／体重：61kg
ランク：騎士（ナイト）
誕生日：５月30日

今こそ僕の想いに応えてくれ！
魔剣創造《ソード・バース》！

学園一の爽やかイケメンはテクニック重視の剣の達人

イッセーの同級生。学園で一番のイケメンで、学園中の女子生徒のハートを釘付けにしている。その正体は、グレモリー眷属のメンバーでランクは「騎士《ナイト》」。「魔剣創造《ソード・バース》」と「聖剣創造《ブレード・ブラックスミス》」という神器の剣で卓越した剣さばきを見せる。緻密な作戦を練り、状況に応じた臨機応変な戦い方を得意とする。さらに禁手「双覇の聖魔剣《バランス・ブレイカー ソード・オブ・ビトレイヤー》」と禁手の亜種「聖覇の竜騎士団《グローリィ・ドラグ・トルーパー》」に覚醒し、剣士として急成長を続けている。現在はオカルト研究部の副部長となり、アザゼル杯でもリアスチームを支え続ける

復讐に燃えていたイケメンの心の奥は

もともと神器《セイクリッド・ギア》を宿し、剣の才能があった祐斗は、カトリック教会が秘密裏におこなった「聖剣計画」で非道な人体実験を強制され、多くの仲間を失った。なんとか逃亡したところをリアスに助けられ彼女の眷属となるが、聖剣に関わる者たちに復讐を誓う想いは彼の心のなかにずっと燃え続けていた

イッセーとの親友関係を構築!それ以上の妄想も……!?

イッセーから見ると、いけすかないイケメンだった祐斗だが、共に戦ううちにお互いの気心が知れ、親友同士に。はたから見ると、あまりにも仲が良いので、学園の腐女子たちが二人の仲を邪推。漫画部が二人を主人公にした同人誌を作るほどエスカレート！ちなみに祐斗は「攻め」らしい……

Authors' Comment

石踏一榮

初期構想ではイッセーが主人公ではなかったと書きましたが、じゃあ誰が主人公だったかというと、実は木場だったんです。なので、男では最初に作ったのが彼です。ただ、少しキャラが弱いと思い、同僚ポジションになりました。語り部になることも多い彼ですが、イッセーが女子の身体的特徴に目が行くのに対し、木場はその子の背景を推察しようとするなど、描写の差も意識して入れています。注目してみると面白いかもしれません

みやま零

ちゃんとイケメンに描けばイッセーとのコントラストがはっきりするので、ひたすらイケメンに描きました。それから服装が乱れないように気をつけました。イッセーはやんちゃな少年のイメージがあったので、制服を着崩しているじゃないですか。逆に木場にはきちんと制服を着させて、執事っぽく見えるようにしています。それに合わせて、駒王学園の制服は執事っぽいデザインにしているんです

ギャスパー・ヴラディ

す、すごいです、イッセー先輩
そこまで卑猥に前向きになれるなんて……

吸血鬼と人間のハーフは超引きこもりで女装趣味!?

赤い双眸に金髪、華奢な体つきでどこから見ても女の子に見えるけれど、実は女装趣味の"男の娘"。吸血鬼と人間のハーフで、グレモリー眷属の「僧侶《ビショップ》」として活躍しているが、極端な人見知りで何かあるとすぐ段ボールに引きこもってしまう。神器「停止世界の邪眼《フォービドゥン・バロール・ビュー》」の持ち主で、すべての物体を一定時間停止させる能力の持ち主。イッセーと出会い、彼に尊敬の念を抱くことで勇気を得て、徐々に引きこもり傾向から脱しつつある

Personal Data

種族：吸血鬼と人間のハーフ→悪魔
所属：駒王学園高等部２年
性別：♂
身長：150cm／体重：40kg
ランク：僧侶（ビショップ）
誕生日：3月14日

想像を絶する異形の力が覚醒するとき

由緒正しい吸血鬼の名門の生まれだが、特異な能力を持つために忌み嫌われて生家を追放されたギャスパー。実は彼には魔神バロールの断片が宿っており、この力を覚醒させると巨体の生物「禁夜と真闇たり《フォービトゥン・インヴェイド・》し翳の朔獣《バロール・ザ・ビースト》」と化し、とてつもなく危険な存在になりうることが判明した

幼馴染みを守るため男気を発揮！

同じ吸血鬼と人間のハーフのヴァレリー・ツェペシュとは幼馴染み。彼女が吸血鬼の派閥争いに巻き込まれ意識不明になった際、ヴァレリーを救うために聖杯の奪還を宣言！「女の子は命を賭けて守れ」という先輩イッセーの教えで成長し、男気を見せている

Authors' Comment

石踏一榮

私はよく通販を利用するんですが、その段ボール箱のなかにキャラが入ってたら面白いなと思いついて書いた子です。で、吸血鬼は棺に入ってるじゃないですか。あれの代わりに段ボール。3巻くらいから出そうと思っていましたが、その時は6巻までしか本を出せることが決まってなかったので、もともと居たことにしました。そこから出てこなかった理由も考えて、「引きこもりにしよう」って決めました

みやま零

僕はもともと、中性的なキャラや、女の子みたいな男の子を描いたりするのが好きだったので、もう100パーセント趣味で描いています（笑）。アーシアに次ぐ金髪のキャラなのですが、アーシアは濃いめの黄色で表現していたので、ギャスパーは薄い黄色にしてかぶらないように気をつけました。「D×D」の男性キャラの中で、最も気を使わずに描けるキャラクターと言ってもいいでしょう（笑）

アザゼル

俺は女の乳にハマって堕ちた。だがな、後悔はしてないぞ

イッセーの恩師はエロでチョイ悪の堕天使!?

堕天使組織「神の子を見張る者《グリゴリ》」の初代総督を務め、現在は駒王学園の教師、そしてオカルト研究部の顧問としてグレモリー眷属の成長に大きな役割を果たしている。かなりの神器《セイクリッド・ギア》マニアで、人工の神器を開発することに夢中で研究者としても優秀。自らの名を冠した「アザゼル杯」を主宰し、すべての種族がレーティングゲームで戦える、いまだかつてない大会をお膳立てした。幾瀬鳶雄の「刃狗《スラッシュ・ドッグ》」チームの成長に多大な影響を与えた人物でもある

Personal Data

種族：堕天使
職業：「神の子を見張る者《グリゴリ》」初代総督
→駒王学園教師
性別：♂
身長：188ｃm／体重：82kg

エロエロで悪ノリの困った天才研究者!?

あくまでノリは軽く、人工神器以外にも、思い立ったらどんなものでも開発して周りを驚かせるトラブルメーカーな面も持つアザゼル。UFOを作ってビーム砲をイッセーに撃ち込み、彼の性欲をゼロにしてしまうなど、お馬鹿な発明に、リアスもハリセンで突っ込む！

イッセーとヴァーリは最後で最高の教え子！

アザゼルはイッセーの素質を見込んで、タンニーンの力を借りて修業させるなど、おっぱいドラゴンとしての成長に貢献。また、ヴァーリの保護者でもあり、彼が白龍皇としてその力を覚醒させるのを見守ってきた。現在のイッセーとヴァーリがあるのは、アザゼルのおかげだと言えるだろう

Authors' Comment

石踏一榮

当初は、悪魔と天使と堕天使の三つ巴の戦いを描く予定だったんですよ。堕天使側のラスボスがアザゼルでした。だから、イッセーと戦う可能性もありました。ただ、世界観を広げたくて、4巻で思い切って各陣営に和平を結ばせ、彼は先生ポジションになりました。最初はイッセー目線で執筆していたのに、１０年経った今は彼の視点で書いてます。時の流れは速いですね

みやま零

アザゼルって、この作品に出てくる最初の頼りになる大人じゃないですか。だから大人としての頼もしさと、やんちゃなところを出そうと思いました。あごひげで大人としてのわかりやすさを出して、前髪のところを金髪にしてちょいワルなイメージをつけました。そうすれば黒幕っぽくなってラスボス感も出ますしね。こういうおっさんを描くのは大好きです

フリード・セルゼン

このカッコイイ銃で
おまえのドタマに
必殺必中フォーリンラブ
しちゃいます！

アーシアを亡き者にしようとした外道な悪魔祓い《エクソシスト》

堕天使レイナーレが運営する非合法の組織に所属し、アーシアの神器《セイクリッド・ギア》を奪おうとしたため、イッセーたちと戦うはぐれ悪魔祓い《エクソシスト》。形勢が不利とみるや仲間を簡単に見捨てる外道中の外道。堕天使コカビエルの配下になったり、「禍の団《カオス・ブリゲード》」に所属したりと、さまざまな局面でイッセーたちと対峙するが、木場の剣によって斬り刻まれて敗北した。のちにリアスチームに所属するリント・セルゼンは、フリードと同じ遺伝子を持ち、フリードの妹ともいえる存在であることが判明した

木場に神速で斬り刻まれたフリード。みじめな最期だが、今《いま》際《わ》の際でも悪態をつくことは忘れなかった

Authors' Comment

石踏一榮

実はフリードは、改心してリアスの騎士《ナイト》になる構想があったんですよね。でも、もともと狂気のあるキャラを書きたくて作っただけあって、狂気が消えなくて(笑)。それで、結局平和な悪魔の日常を壊すためのキャラにしました。ただ、若干のもったいなさも感じてて。リントがリアスチームの騎士《ナイト》枠になったのは、その名残です

みやま零

1巻に出てくる小ボスというポジションで、一見おとなしく見えるけれど、キレるとひどい奴になるというイメージのもと、わかりやすさ優先で描いたキャラクターです。アニメではフリードを松岡禎丞さんが演じてらしたんですが、あまりにも素晴らしかったのを思い出します

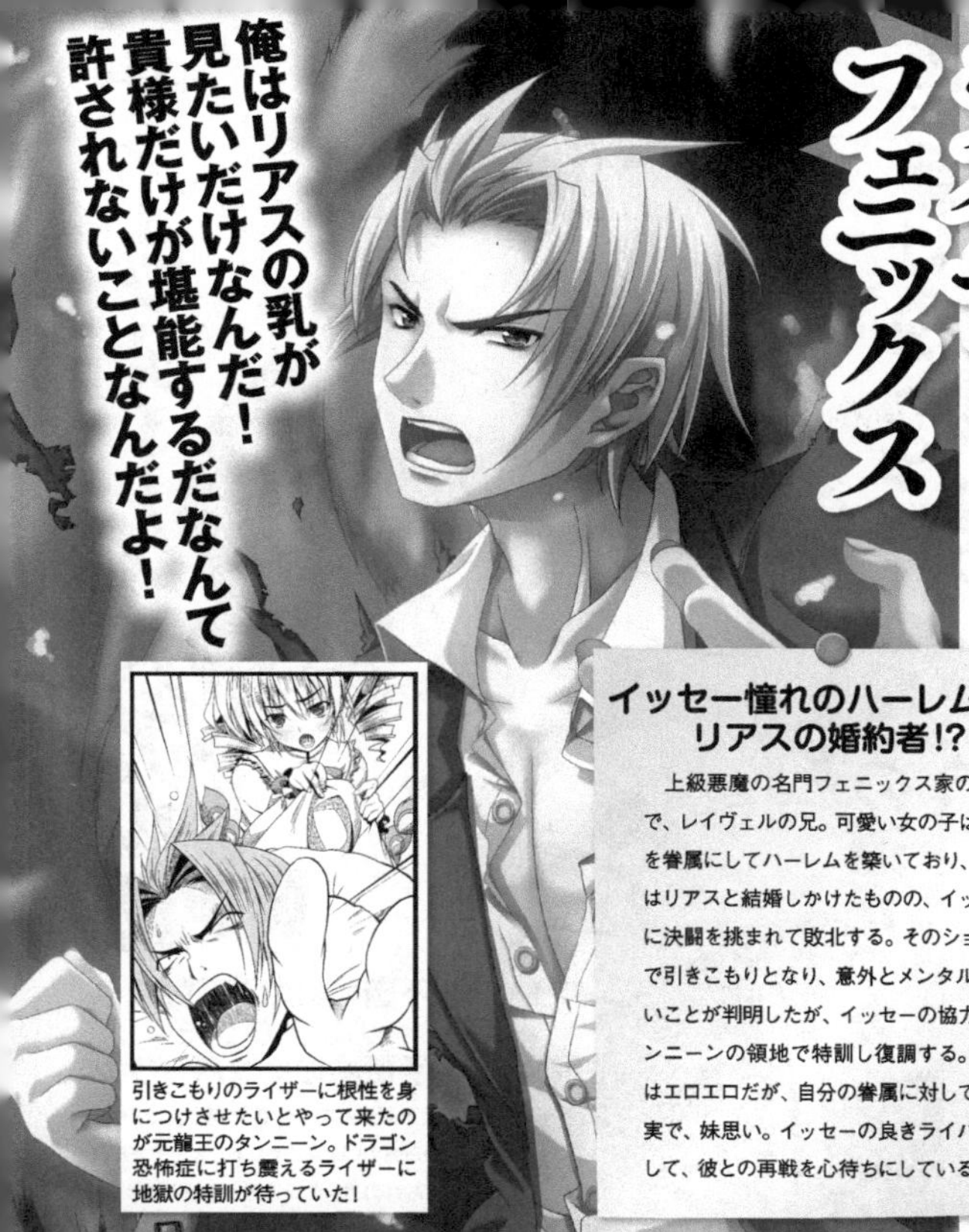

ライザー・フェニックス

俺はリアスの乳が見たいだけなんだ！
貴様だけが堪能するだなんて
許されないことなんだよ！

引きこもりのライザーに根性を身につけさせたいとやって来たのが元龍王のタンニーン。ドラゴン恐怖症に打ち震えるライザーに地獄の特訓が待っていた！

イッセー憧れのハーレム王はリアスの婚約者!?

上級悪魔の名門フェニックス家の三男で、レイヴェルの兄。可愛い女の子ばかりを眷属にしてハーレムを築いており、一度はリアスと結婚しかけたものの、イッセーに決闘を挑まれて敗北する。そのショックで引きこもりとなり、意外とメンタルが弱いことが判明したが、イッセーの協力でタンニーンの領地で特訓し復調する。性格はエロエロだが、自分の眷属に対しては誠実で、妹思い。イッセーの良きライバルとして、彼との再戦を心待ちにしている

Authors' Comment

石踏一榮

ヒロインが婚約者に奪われて、それを奪い返す……っていう、王道な話を序盤に書きたかったんですね。あのバトルは今でも書いたときのことを鮮明に覚えてます。当時書ける力をすべて出し尽くした、最高のバトルを書きましたね。やりきった感がありました。「真Ｄ×Ｄ」ではレイヴェル回もありますし、また登場します。あまり出てきていない、他の兄弟の登場も考えてますので、お楽しみに

みやま零

ライザーを描くときにいちばん困ったのがスーツ姿だというところでした。いろいろ迷ったんですが、よし、ホストで行こうと（笑）。前髪がつーんと立っているのは、フェニックスだから鳥だろうと。だったら頭にニワトリのトサカみたいなものをつけてやろうと思いました（笑）。一回限りの登場かと思ったら、そのあともちょくちょく登場する愛されキャラになりましたね

サイラオーグ・バアル

勝ち続けることこそが唯一の道だった。
だから俺は拳《これ》で勝つしかない

不断の努力と鍛錬でのし上がった若手悪魔のナンバーワン

大王悪魔バアル家の次期当主で、リアスの母方のいとこにあたる。大王である証の「滅びの力」を受け継がなかったため、母のミスラと共に迫害されて少年時代を過ごす。しかし、驚異的な自己鍛錬を続け、若手悪魔のなかでナンバーワンと称されるほどに成長。実力で「滅びの力」を持つ腹違いの弟を倒し、次期当主の座に就く。イッセーとは腕力だけで現在の地位を築いたという共通点があり、良きライバルとしてお互いをリスペクトし合っている

Personal Data
種族：悪魔
所属：「紫金の獅子王《インペリアル・パーピュア》」チーム
性別：♂
身長：194cm ／体重：135kg
ランク：王（キング）
誕生日：8月1日

ゆるキャラになっても その闘志はゆるぎない!?

バアル家の次期当主として、公共事業を見据えているサイラオーグは、その一環で自らバアル家のゆるキャラ「バップルくん」の中の人に！　見た目の可愛さとは裏腹に恐ろしいほどの闘志が漏れてきて、耐えきれずに泣き出すお子様が続出する羽目になった!?

VS.イッセー

俺は今日この場を死線と断定するッ! 殺しても恨むなよ

バアル眷属とグレモリー眷属のレーティングゲーム最終局面。禁手「獅子王の剛皮《レグルス・レイ・レザー・レックス》」と化したサイラオーグはイッセーと壮絶な殴り合いを繰り広げる。アルビオンの残留思念の力で真「女王《クイーン》」に昇格したイッセーのパワーがわずかに勝った。それでも、サイラオーグは倒れず、拳を構えたまま気絶するのだった。男と男が全力でぶつかるこの試合はシリーズ屈指の名試合だ

Authors' Comment

石踏一榮

最初は5巻で6家を設定したときに思いついたキャラです。とにかく殴り合いが書きたくて、物理攻撃だけのすごいやつを出そう！って思いながら作っていました。兄貴分的な気持ち良いキャラクターになったと思います。そのキャラクター作りが上手くいったこともあって、おかげさまで１０巻はファンの評価の高いエピソードになりました。これは余談ですが、あの巻は締切間際のなかで、何回か書き直してるんですよね。一番良いものを出しました

みやま零

昔の少年マンガなら、主役になるか、主役とすごく仲のいいライバルキャラというか。なにがあっても陽気に笑って、殴り合ったあとに握手をするようなタイプですね。僕はメインだと思うキャラには必ずどこかに明確な特徴をつけるんですけど、サイラオーグの場合はもみあげです。「マジンガーＺ」の兜甲児ばりにしようと思っていました。彼の鎧バージョンは、力強いイメージを出したくて、仏像の四天王像を参考にしました

曹《そう》操《そう》

蒼天の先、どこまで行けるのか。
行けるところまで行ってみるか

**神をも貫く神滅具《ロンギヌス》を所有する
世界最強の人間**

「禍の団《カオス・ブリゲード》」英雄派のリーダーで、「三国志」で有名な曹操孟徳《もうとく》の末裔。神滅具《ロンギヌス》の代名詞として称される「黄昏の聖槍《トゥルー・ロンギヌス》」を所有し、現存する人間のなかで最強と言われる存在である。「禍の団」のテロリストとしてイッセーとは何度も対戦するが、肝心なところで油断する癖がある。テロ対策チーム「D×D」に協力するなど、次第にテロリストとしての過去を償う行動をするようになり、アザゼル杯《カップ》では「天帝の槍」チームの「王《キング》」として参戦する

Personal Data

種族：人間
所属：禍の団《カオス・ブリゲード》・英雄派→須弥山《しゅみせん》「天帝の槍」チーム
性別：♂
身長：177cm ／体重：71kg
誕生日：12月24日

神器《セイクリッド・ギア》の覚醒者として戦い続ける理由

中国の山村で生まれた曹操は、神器《セイクリッド・ギア》が覚醒したことで故郷にいられなくなり出奔する。以降、戦いに明け暮れる日々を送りながら、自分と同じく神器《セイクリッド・ギア》によってまともな人生が送れなかった者たちを集め、人間としてどこまで強くなれるのかを追求するようになる。それは、イッセーとの戦いを経て、自らを探し始めた今も変わらない

VS.イッセー

キミはなぜか土壇場でこちらを熱くさせてくれる

京都での戦いでは、イッセーを圧倒するも、彼の「赤龍帝の三叉成駒《イリーガル・ムーブ・トリアイナ》」でダメージを負って撤退。さらに冥界での戦いでは、イッセーの動きを察知しながら攻撃しダメージを与え続けたが、自身に移植したメデューサの眼にサマエルの血を吹きかけられ、敗退するのだった

Authors' Comment

石踏一榮

実は最初、曹操のポジションは織田信長にする予定だったんですよ。人間の魔王といえば、やはり第六天魔王じゃないですか。ところが、同じくみやまさんの作品で、後でD×Dともコラボした「織田信奈《おだのぶな》の野望」があって。それで別のキャラの方がいいかな？って思って、曹操にしました。三国志演義だと悪役として描かれてますからね。それまでパワータイプが多かったので、究極のテクニックタイプのキャラを目指しました

みやま零

曹操は割と原作で描写があったので、イメージしやすかったです。昔、少年マンガで「番長もの」ってあったじゃないですか。ああいうマンガで、中盤ぐらいに登場しそうなちょっと顔の整った敵側の番長というイメージが曹操にありました。イケメンにするのは当然ですが、木場みたいに優男風ではなく、あくまで精悍さを出して、鋭い剃刀みたいなイメージが出るようにしました

匙《さじ》元《げん》士《し》郎《ろう》

同期だからこそ、あいつより強くありたかった——

イッセーの同期で共に切磋琢磨できる好敵手

イッセーの同級生にあたる駒王学園の3年生。神器《セイクリッド・ギア》「黒い龍脈《アブソーブション・ライン》」を宿していたことから、ソーナと主従の契約を結び、シトリー眷属の「兵士《ポーン》」として悪魔に転生する。「神の子を見張る者《グリゴリ》」により神器に宿る龍王ヴリトラが覚醒し、その能力を駆使し、シトリーチームの攻撃の要となっている。ソーナにベタ惚れしていて、できれば「できちゃった結婚」することを夢見ているが、なかなか関係が進展しない。生徒会では書記を務めていたが、ゼノヴィアが生徒会長になったタイミングで副会長となる

Personal Data

種族：人間→悪魔
所属：駒王学園高等部３年
性別：♂
身長：168cm／体重：61kg
ランク：兵士（ポーン）
誕生日：6月17日

弟と妹のために
さらに強くなることを誓う！

両親を亡くし、現在は妹と弟との３人暮らしの匙。悪魔に転生する前は安定した市役所の職員になることを夢見ていたが、転生後は教育関係の仕事をしていた両親のように、レーティングゲームの学校の教師になり、その姿を両親の記憶がない幼い弟に見せようとしている

VS.イッセー

だから、自信を手に入れるんだ、
赤龍帝のおまえをぶっ倒してよッッ！

悪魔として同期のイッセーに先を越されていた感のあった匙は、彼との対戦で血液を奪う作戦を取り、戦いには敗れたもののリタイアさせることに成功。アザゼル杯では、壮絶な殴り合いの末、わずかの差でリタイアを余儀なくされる。今のところ一勝一敗。まさにイッセーの好敵手である

Authors' Comment

石踏一榮

イッセーの同期を出したくて作ったキャラですが、実は初期設定が別にあって。元は超不良で、親に迷惑をかけてたけど、車に轢かれそうな子供を助けて死んだと。で、ソーナに転生させられて改心したというのを原稿にも書いてたんです。しかし分量が入りきらなくて急遽、今の設定に変更したら母親の記述が削りきれてなかった……というのがDX.4で設定が一瞬ブレた真相です。24巻で設定のリカバーをしましたが、これがイッセーの新おっぱい技に繋がったと考えると、怪我の功名といえるかもしれません

みやま零

匙は、イッセーのライバルとしてけっこう登場するかと思ったら、それほど出てこないので、ライバルというよりは友人というイメージですね。イッセーとは雰囲気を変えるように心がけました。イッセーは主人公に見えるようにデザインしましたけど、匙は友人ポジションですから主人公に見えないように。具体的には、髪の後ろの方は刈っていたり、すごいイケメンには見えないようにしたりして、友人であるというイメージを出すようにデザインしました

リゼヴィム・リヴァン・ルシファー

きゃわいい孫にそんな眼をされちゃうと
おじいちゃんうれしくて、
イッちゃいそうになっちゃうよ！

Personal Data
種族：悪魔
所属：クリフォト
性別：♂
身長：176cm ／体重：66kg

クリフォトの首領でヴァーリの祖父は外道な「超越者」

　前魔王ルシファーと、悪魔にとって始まりの母たる「リリス」の間に生まれた息子で、白龍皇ヴァーリの実の祖父。あまりに桁外れの能力を持ち、本当に悪魔であるかさえ疑わしいほどのイレギュラーな存在で「超越者」とも呼ばれている。いかなる神器《セイクリッド・ギア》の攻撃も効かない「神器無効化《セイクリッド・ギア・キャンセラー》」の能力を持つ。クリフォトの首領であり、これまで未知だった異世界に侵攻すべく暗躍を開始。その障壁となるグレートレッドを排除するために、最強の魔獣トライヘキサの復活を画策する

孫のヴァーリへの虐待の果てに……

性格はとにかく残忍で、外道の極みと言っていいリゼヴィム。ヴァーリは白龍皇を宿していたことで実の父から虐待を受けていたが、それはすべて祖父であるリゼヴィムがけしかけたことである。そのためヴァーリからは限りない憎悪と殺意を向けられていた

VS.イッセー

愛、とか言うつもりか!? バカか！ そんなものは幻想だ!

レーティングゲームの王者、ディハウザー・ベリアルを従えて、イッセーの両親を誘拐したリゼヴィムは、両親に息子が悪魔に転生したことを教え、親子の絆を断ち切ろうとする。しかしそんなことでゆらぐ親子ではなかった。倒れることのないイッセーに王者は戦意を喪失し、動揺するリゼヴィム。そして、龍神化したイッセーの怒りの攻撃が炸裂し、リゼヴィムを瀕死の状態に追い詰めるのだった

Authors' Comment

石踏一榮

4章はヴァーリを掘り下げようとして書いたと言いましたが、それで構想を考えていたときに4巻でヴァーリが前ルシファーのひ孫だと言ってたのを思い出して。じゃあ、父親や爺さんもいるだろうってことで、爺さんをボスとして出しました。割と早めに構想だけはあって、8巻くらいでもう考えて、みやまさんにも話していましたね。フリードもそうですが、ゲスキャラを書くのは割と得意なんです。書けるクズキャラ描写を、こいつですべて出しきったかもしれません（笑）

みやま零

ヴァーリを大人にして、悪そうにしたらこんな感じになると思います。リゼヴィムを描いたときは、アニメも始まっていて、サーゼクスの魔王コスチュームがアニメオリジナルなんです。そのデザインを参考にして、リゼヴィムのコスチュームを描きました。リゼヴィムの方がサーゼクスより古参で偉い魔王なので、すごい襟立てをつけてやりました（笑）

幾《いく》瀬《せ》鳶《とび》雄《お》

俺のために《刃》となれ！
奴らを斬る《刃》となってくれ！

ハイスクールD×D Universe
堕天の狗神
—SLASHDØG—
—スラッシュドッグ—

最強の刃を手に入れて失われた日常を取りもどす！

「刃狗《スラッシュ・ドッグ》」チームのリーダーとして、テロ対策チーム「D×D」を支援し、「アザゼル杯」にも参戦している22歳の青年で、朱乃と朱雀のはとこにあたる。陵空高校の２年生のとき、「ウツセミ」という人工神器《セイクリッド・ギア》を憑依させられた学校の友人たちに襲われたことがきっかけで、自分に宿っていた神滅具《ロンギヌス》「黒刃の狗神《ケイニス・リュカオン》」を発動。以降、「神の子を見張る者《グリゴリ》」のアザゼルのサポートを受けながら、皆川夏梅、ラヴィニア・レーニらと共に、自分たちの力を利用しようとする「虚蝉機関」と戦う！

Personal Data

種族：人間
所属：刃狗《スラッシュ・ドッグ》チーム
性別：♂
身長：174cm／体重：65kg（D×D本編時）
身長：171cm／体重：59kg（SLASHDØG時）
誕生日：5月4日

無数の刃で敵を切り裂く！頼れる相棒「刃《ジン》」

鳶雄の独立具現型神滅具は、赤い瞳をした大型の黒犬の刃《ジン》。体や周囲の影から発生させた無数の刃で敵を切り裂く。鳶雄との関係は良好だが、幼馴染みの紗枝のほうにもなついている。ヴァーリチームのフェンリルとも仲が良く、ルフェイがいないときの食料事情の悪さに同情している模様

料理男子として腕をふるう日々

両親が亡くなっていて、一人暮らしが長く自炊はお手の物だった鳶雄。「刃狗《スラッシュ・ドッグ》」チームでは便利な料理番として、夏梅たちに重宝がられている。「D×D」の世界でも、アザゼルが経営するBAR「黒狗《くろいぬ》」でバーテンダーのバイトにいそしむなど、料理男子キャラを確立！

Authors' Comment

石踏一榮

前作「SLASH/DOG」の主人公の鳶雄ですが、正直相当前から「D×D」に出そうと思ってたんですよ。神威具《ロンギヌス》の設定を最初に出したときにも「黒狗」という記述は入れてましたし、虎視眈々と仕込んだ伏線が活きましたね。イッセーとは真逆の、巻き込まれ型主人公ですが、「D×D」より前はこのタイプの主人公を書くことが多かったんですよ。刃《ジン》についてはタマゴから生まれて、進化してガラっと変化するのは、某ゲームから着想を得ました

みやま零

学園モノのラノベの主人公のイメージで描きました。イッセーのようにスケベなことはしないので、清潔感がありますね（笑）。禁手のときは、バットマンのようなマーベルコミックスのダークヒーローの雰囲気が出るようにしました。「D×D」の24巻で描いた鳶雄は青年バージョンで、あれが少年になると正統派の主人公になります

きくらげ

鳶雄と刃《ジン》はみやま先生のデザインがありましたので、作品のビジュアルイメージをどの方向にもっていきましょうかとD×Dとの距離感を相談しつつ逆算していった形です。鳶雄は比較的すんなり決まった気がします。小さい刃《ジン》はあまり描く機会はないのですが、デザインの決定までに試行錯誤しました

鮫《さめ》島《じま》綱《こう》生《き》

俺の猫は何でも貫く槍だ。さ、ぶっ刺されてえ奴からかかってこい！

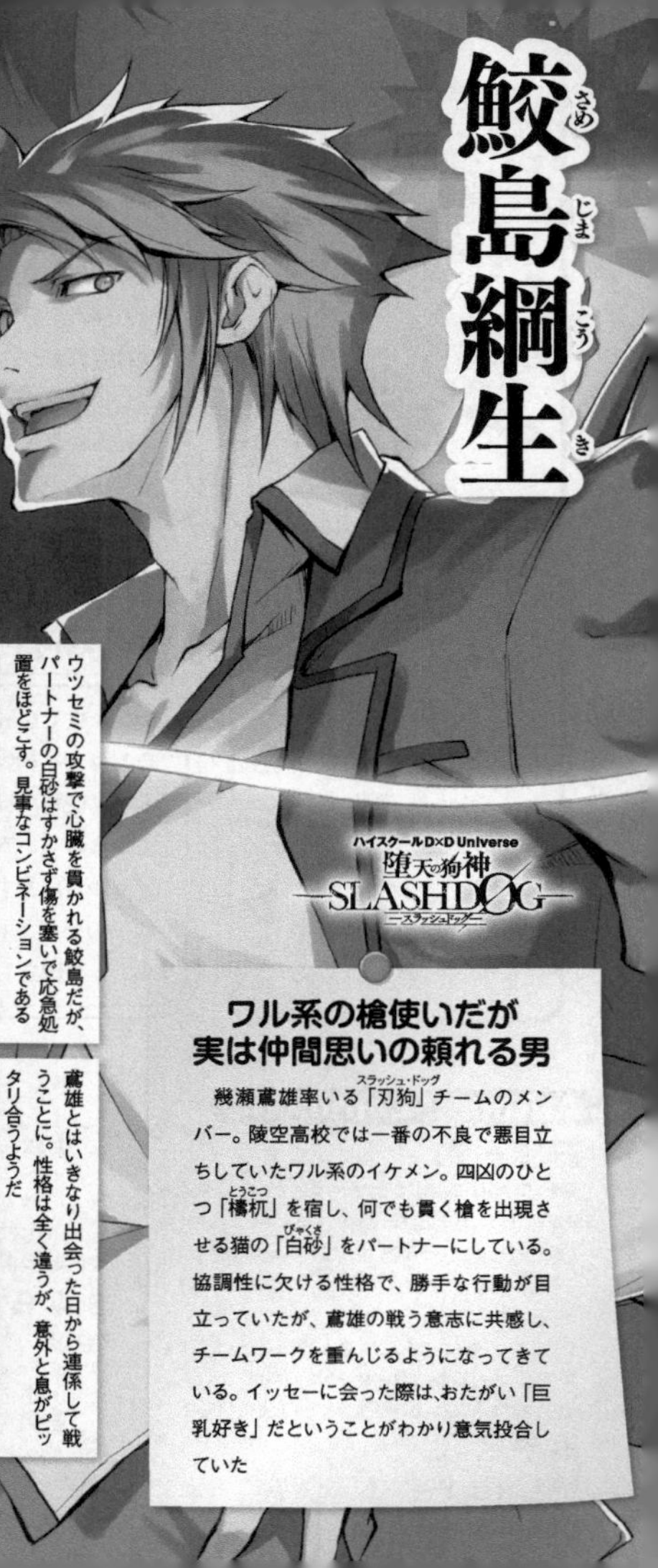

ウツセミの攻撃で心臓を貫かれる鮫島だが、パートナーの白砂はすかさず傷を塞いで応急処置をほどこす。見事なコンビネーションである

鳶雄とはいきなり出会った日から連係して戦うことに。性格は全く違うが、意外と息がピッタリ合うようだ

ハイスクールD×D Universe
堕天の狗神
—SLASHDØG—
—スラッシュドッグ—

ワル系の槍使いだが実は仲間思いの頼れる男

幾瀬鳶雄率いる「刃狗《スラッシュ・ドッグ》」チームのメンバー。陵空高校では一番の不良で悪目立ちしていたワル系のイケメン。四凶のひとつ「檮杌《とうこつ》」を宿し、何でも貫く槍を出現させる猫の「白砂《びゃくさ》」をパートナーにしている。協調性に欠ける性格で、勝手な行動が目立っていたが、鳶雄の戦う意志に共感し、チームワークを重んじるようになってきている。イッセーに会った際は、おたがい「巨乳好き」だということがわかり意気投合していた

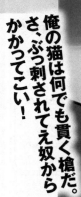

ヴァーリ・ルシファー（少年時代）

むむっ、俺は魔王ルシファーの血を引きつつも、伝説のドラゴン「白い龍《バニシング・ドラゴン》」をこの身に宿すという――

体格が成長過程のため、禁手《バランス・ブレイカー》に至るキャパシティに不安があるヴァーリだが……

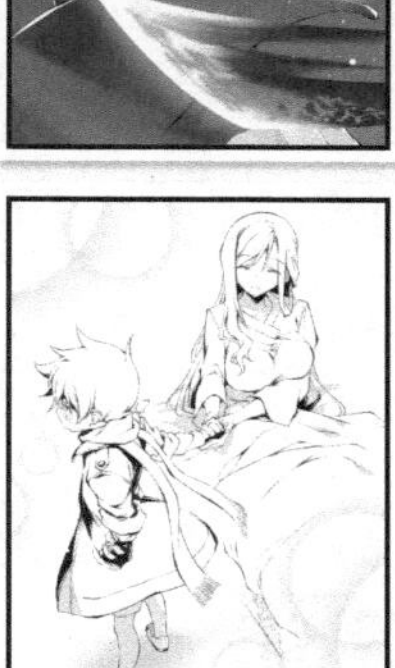

お節介なラヴィニアのことを、普段はうとましく思っているヴァーリだけど、心の底では彼女のことを大切に思っている

ハイスクールD×D Universe
堕天の狗神
—SLASHDØG—
—スラッシュドッグ—

この世で最強のドラゴンは中二病で大のカップ麺好き!?

「神の子を見張る者《グリゴリ》」のアザゼルと共に、幾瀬鳶雄たちを支援する少年。すでに「白龍皇の光翼《ディバイン・ディバイディング》」に覚醒しており、鳶雄や鮫島を軽くしのぐほどの実力の持ち主なのは当然である。しかし、魔王ルシファーの血筋で、二天龍の片割れである白龍皇を宿していると言っても、周囲からは「中二病」だと言われて相手にされていない。ラヴィニアに可愛がられたり、カップ麺を偏愛したりするなど、年相応な部分も多く見られる

おっぱいドラゴンメモリアル

イッセーの悪魔としての成長は、
おっぱい無しでは考えられない！
おっぱいがあるからこそ、一歩ずつ
強くなっていくイッセーと、この男にしか
編み出せない乳技の数々を見ていこう！

俺は、魔力の才能をすべて女の子を裸にするために使った！

洋服崩壊《ドレス・ブレイク》で女の子たちの戦意を喪失！

魔力の才能には恵まれていないイッセーだが、その少ない魔力を、女の子を裸にするためだけに使ったのが洋服崩壊《ドレス・ブレイク》だ！　女の子の服を消し飛ばすイメージで高まった魔力を、相手に流し込むと、服は消し飛び、あられもない姿にして戦意喪失させる。「女の敵！」「性欲の権化」と罵倒されながらも、勝利とエロのために邁進するイッセーに迷いはない！

▲イリナとの対戦時、誤ってアーシアと小猫に「洋服崩壊《ドレス・ブレイク》」を発動させてしまうイッセー。これはこれでいい眺めと思うイッセーに小猫の怒りの鉄拳が！

おっぱいを半分にする者に渾身の一撃を！

三大勢力のトップ会談で自らの裏切りを告げた白龍皇ヴァーリ。その圧倒的な力にイッセーは大苦戦。ヴァーリの力の影響で周囲のものが半分になっていくのを目の当たりにしたイッセーは、あろうことかリアスのおっぱいも半分になると聞かされ、怒りが爆発！　イッセーのパワーはマックスを超え、ヴァーリに渾身の一撃を与えた。おっぱいへの愛ゆえにパワーアップしたイッセー。ヴァーリと互角の戦いができるほどに急成長！

▲おっぱいがあるからこそ、戦う勇気が湧き出てくるイッセー。おっぱいを半分にしようとする者は万死に値するのだ！

至った……本当に至った！
主のおっぱいつついて、
ここに降臨ッッ！

▲右のおっぱいと左のおっぱい。どちらをつついていいか悩むイッセーに、リアスの「それなら同時につつけばいいでしょ」という嬉しすぎる発言が！

ポチっと禁手化《バランス・ブレイク》赤龍帝の鎧《ブーステッド・ギア・スケイルメイル》

歴代の赤龍帝に比べて、なかなか禁手《バランス・ブレイカー》に至れなかったイッセー。ヴァーリ・チームの黒歌と戦いながら、自分に何が足りなかったのかを悟る。それはリアスのおっぱいをつつくことで、とてつもない活力を自分に与えることだった！　ずむっとリアスのおっぱいに指を埋没させたイッセーは、ついに、禁手《バランス・ブレイカー》「赤龍帝の鎧《ブーステッド・ギア・スケイルメイル》」に至り、その絶大な力は、遥か先にある山々を軽く吹き飛ばすほどの威力をもたらした！

乳語翻訳《パイリンガル》で心の内は丸わかり!?

シトリーチームとの対戦で、匙に惜敗しそうになったその瞬間、イッセーは新たなおっぱい技を発動させた。女性限定でその人のおっぱいの声を聞くことができ、心の内を知ることができるのだ。名付けて「乳語翻訳《パイリンガル》」。この技は、イッセーが山ごもりした際、あまりに禁欲的な生活のせいで、おっぱいへの渇望がつのり、ついにはおっぱいと話す方法を編み出すに至ったのだ！

アーシアのおっぱいの声

「イッセーさんったら、ケガばっかりでどうしようもないです！で、でも治してあげないこともないんだからね！」

ソーナのおっぱいの声

「もしかして、心の声が聞こえる技を開発したのかしら★ソーナ、困っちゃう★」

ヘイ、そこのお姉さんのおっぱい！あなたの声を聴かせてちょうだいなッ！

ドラゴンの怒りを鎮める!?おっぱいドラゴンの歌

シャルバ・ベルゼブブに怒りを爆発させ、「覇龍《ジャガーノート・ドライブ》」に至ったイッセー。その絶大な力でシャルバを瀕死に追いこむが、「覇龍」の力が暴走。そこに現れたイリナがイッセーに聴かせたのが「おっぱいドラゴンの歌」。この歌で徐々に正気を取りもどしたイッセーは、リアスのおっぱいスイッチで「覇龍」の解除に成功するのだった。制御という面からも、おっぱいはイッセーのためになくてはならないものなのだ

うう、おっぱい……

もみもみ、ちゅーちゅー……

スイッチ姫
夜の京都に降臨！

京都への修学旅行中に起きた、九重の母親・八坂の拉致事件。首謀者の英雄派との戦いにおいて、イッセーは神器内にいるエルシャの呼びかけで、リアスを召喚し、彼女のおっぱいをつつくことで赤龍帝の力を解放。「悪魔の駒《イーヴィル・ピース》」が自由に昇格できるようになったことと相まって、「赤龍帝の三叉成駒《イリーガル・ムーブ・トリアイナ》」が覚醒。「僧侶《ビショップ》」「騎士《ナイト》」「戦車《ルーク》」の力に赤龍帝の力が搭載され、絶大な攻撃力を持つことになった

おっぱいの大合唱で
真紅の赫龍帝《カーディナル・クリムゾン・プロモーション》に！

サイラオーグ・バアルのチームとのレーティングゲームに臨んだリアスチーム。ゲームの最終決戦でイッセーはサイラオーグのパワーに圧倒される。さらに歴代赤龍帝の黒い邪念に覆われそうになったそのとき、会場にいた子供たちの「おっぱい」の大合唱に救われ、「女王《クイーン》」に昇格。全ての駒特性を発揮できる形態「真紅の赫龍帝《カーディナル・クリムゾン・プロモーション》」となり、サイラオーグと互角に渡り合える力を自分のものとした。

▲「おっぱい」を目にしたり、想像するだけで苦痛を感じてしまうイッセー。「おっぱいドラゴンの歌」を聞いて瀕死の状態になってしまうほどの重症ぶりだった

龍神化でおっぱい恐怖症に!?

両親を救うために龍神化したイッセーは、戦いの後、体に変調をきたして死ぬ寸前にまで至ってしまう。それはあまりにも急激にパワーアップしてきた反動であり、これまでおっぱいを糧にしてきただけに、逆にそれが猛毒になってしまったのだ。紆余曲折の果てに、オーフィスが調整を施してくれたおかげで、イッセーは再びおっぱいが認識できるようになり、無事「おっぱいドラゴン」として復活を果たすのだった

俺が、俺たちが、
駆け抜けてきた
激動の一年間、そこで
手に入れたものを
見せてやるよッッ!!

▶龍神化して無限の力を手に入れたイッセーだったが、あまりにも強大な力であるため体が耐えきれなかった。しかしオーフィスの調整のおかげで、龍神化のパワーはある程度制限されるが、「疑似龍神化」の形でパワーアップできるようになったのだ

おっぱいからおっぱいへ乳語電話《パイフォン》で告白もスムーズ!?

イッセーの亡き祖父が乳語翻訳《バイリンガル》に手を加えた乳技で、おっぱいを通じて、離れた場所にいる相手（女性限定）の心に話しかけることができる。イッセーはレイヴェルのおっぱいを介してこの技を使い、アザゼル杯《カップ》で戦っている小猫と黒歌にプロポーズ！　ちなみにおっぱいによって、通信速度や回線の状況が違うらしい。有効な乳通信者《キャリア》は状況によって変わり、今後誰のおっぱいが電話になるか要必見！

おっぱいの大きさで威力が決まる超乳波動砲《にゅうトロンビームキャノン》登場！

小猫を狙うタナトスを倒すために、乳語電話《パイフォン》同様、イッセーの祖父から直伝された乳技。鎧から出ている尻尾を伸ばしておっぱいを覆い、その乳力《にゅうパワー》を魔力に変換させて撃つ砲撃である。砲撃の威力は、おっぱいの大きさによって変わり、実際、タナトスを倒せたのはロスヴァイセのおっぱいの乳力（バスト96）のおかげである。これが朱乃（バスト102）の乳力だったらさらに強力な砲撃になっていたかも……!?

今後も展開する、
イッセーのパワーアップと
おっぱいに乞うご期待！

どんな戦いでも、
ピンチになっても、
おっぱいが
解決してくれる！！

特別対談

石踏一榮×みやま零

HIGH SCHOOL D×D SPECIAL TALK

著者・石踏一榮とイラストレーター・みやま零の対談が、ついに実現！　今だから話せる驚愕のエピソードや、制作秘話など、「D×D」の産みの親たちが、熱く語り合う！

「D×D」は年上ヒロインが受け入れられない時代に生まれた!?

――この10年を振り返るということで、まずはみやま先生からお聞きしたいのですが、どういう経緯で「D×D」のビジュアルを担当することになったのでしょうか。

みやま　初代の「D×D」担当編集さんにお声がけをいただいたのがきっかけです。小猫をうまく描ける人にお願いしたかった、と聞きました。というのも、最初のうちは小猫がいろいろコスプレしたり、ゴスロリを着たりするという設定があって、そういう衣装を上手に描ける人を……ということで、僕に声がかかったと聞いています。

――最初の打ち合わせから、小猫のいろいろな姿を描いてくださいという具体的なお話もあったんですか？

みやま　いえ、最初はもっと企画全体の話で、まずはこういう作品があるのでお話を聞いてもらえませんかというところから、編集さんと打ち合わせしましたね。小猫のことは、あとになって聞かされたことなんです。最初の打ち合わせでは異能バトルものでヒロインが姉ものというのを聞きました。ただ、率直に言うと、僕のなかではちょっと難しい作品が来たなと感じました。

――当時、ヒロインが年上という作品はあまりなかったそうですが。

石踏　ほぼなかったですし、企画の段階で厳しめに見られることが多かったですね。当時は主人公と同年代か、年下のヒロインばかりだったので。ヒロインが年上というだけで敬遠されていたと思います。たぶん、よほどの売れっ子作家でも、

そういう企画は修正されていたんじゃないですかね。その点、「D×D」ヒロインはかなり好きにやらせてもらいました。
みやま　ただ僕は、リアスを描くときに「ToHeart2」の存在があって。あの作品ではタマ姉が一番人気のキャラだったので、タマ姉的な感じだったら人気が出るとわかっていたんです。それがあって、初期のリアスのデザインはタマ姉寄りにしていたんですよね。姉ものでも、こういう方向性ならウケるんじゃないかって。でも、当時の僕が受けていた仕事はロリ姉ものだったんで、ギャップはありましたけどね（笑）。
――当時のみやま先生としてはチャレンジングな企画だったんですね。
みやま　そうですね、チャレンジでした。姉ものならまかせてください！　という感じではなくて、ロリなら任せてくださ い！　というところに姉ものがきたけど、売れてる見本があるならなんとかなるでしょう、やってみます、という感じで。

――初期の「D×D」は、ダークな雰囲気が強かったように思います。
石踏　それはたぶん、僕が前作（「SLASH/DOG」―スラッシュ・ドッグ 胎動―」）の雰囲気を引きずっていたところがあったので。あとおっぱい路線に入る前で、手探りでいろいろやっている実験的な部分がかなりあったからだと思います。
みやま　ダークなところって言うと、制服のデザインは悪魔のダークさと、僕が以前のお仕事でやっていた吸血鬼のダークさをあわせてデザインを考えたんです。ライトノベルのお仕事をするなら、以前のゲームのファンを何割か引っ張ってこられたらいいなと思ったんですよね。そんな考えで、そのままのデザインではないですけど、ある程度似ている感じを持たせて。

――石踏先生は、どの段階でみやま先生がイラスト担当と知ったんでしょうか。

石踏　連載が始まった年はいろいろあったので覚えていますけど、その年の2月に最初の原稿を書き終えて、3月か4月くらいにはもう、みやまさんに決まったと聞いていました。それで4月の終わりか5月の初めくらいにはみやまさんの過去のお仕事のイラストが資料として送られてきて、それがゴスロリだったのがすごく印象に残っています。だからこの作品も、ゴスロリものになっていくのかなぁって当時は思っていましたね（笑）。

みやま　僕の以前の仕事には姉のかけらも出てこないから、どうなんだろうって思ったでしょう？　僕自身もどうして僕に姉ものの仕事が来たんだろうって思いましたからね（笑）。

石踏　当時は僕も全然若手だったんで、絵師さんについてはもう編集さんに任せるしかないところがあって。できあがってきたイラストに意見するしかなくて、とにかく待つだけでしたね。1巻が9月に発売されたんで、5月の終わりか6月の初め頃に最初のキャラクターデザインが来て、そのときにあれこれ意見を伝えたら、あとはそのまま突き進んじゃったような記憶があります（笑）。確かに初期のリアスはタマ姉っぽかったと思います。髪をうしろで束ねたりしていましたよね？

みやま　ええ、まずタマ姉を参考に年上ヒロインを模索していって、そこから調整しようっていう描き方だったので。

石踏　アーシアとイッセーは、最初からほぼ完成してましたよね。リアスだけちょっと初期デザインから変わったような。

みやま　こんな感じでどうでしょうと描いたら、これでいきましょうとなったから、じゃあこれでいいのかなと（笑）。そもそも初期のリアスって、小悪魔お姉様な感じが強いですよね。今みたいな包容力のあるお姉さんというよりは。初期の設定では部下に指示を出して動かして、自分は後方に控えて作戦を立てる、みたいな。

――やっぱりメインヒロインということで、リアスは試行錯誤が必要でしたか？

石踏　でも、デザインのやりとりで詰まったりすることはなかったですね。確か劇中の設定と照らし合わせて、これこれこういう感じで、と伝えたくらいだったと思います。それで今のリアスのデザインができて、そのままスタートした感じですかね。かなりスムーズに進めていただきました。

みやま　最初のデザインに関しては、あまりいろいろ言われた記憶はないですね。

石踏　そうですよね、激しいやりとりがあったら当人同士で覚えているでしょうし（笑）。けっこう静かにスタートしたと思います。

みやま　ラフがはねられたのは、1巻のカバーラフくらいで。最初は内容が少年マンガ的だから真ん中にイッセーがいて、戦う少年感のあるラフを描いたら、もうちょっとハーレムっぽい方向で……と言われて（笑）。お姫様だっこしましょうとか、アーシアも入れましょう、みたいな感じになって次のラフを出したら、じゃあコレで行きましょうと。僕としては少年マンガ感がこの作品の一番の売りだと思っていたので、最初のラフはそれを強めに押しだしていましたね。（※当時のラフは、本書のカラーページ参照！）

ライトノベルで少年マンガ的な世界観を構築

――みやま先生が感じ取ったとおり、石踏先生としても少年マンガ的な作品を書きたかったということなのでしょうか。

石踏　そうでしたね。当時は少年マンガ的なものは企画として許されにくい状況だったのですが、僕はまったく売れてない作家だったので、一か八かの自由度があったんでしょうね（笑）。だからこの作品って、けっこう型破りなことをやっているんですよ。当時はいわゆる暴力系ヒロインが流行っていたんですが、僕には流行る理由があまりわからなかったんです。だからその逆を行く包容力のあるヒロインが欲しいなと思って。僕は過去2作で苦手なヒロインを無理矢理書いて全然ヒロイン感が出せなかったので、だったら好きなものを書いた方がヒロイン感を出せるんじゃないかと思ったんですよ。ライトノベルはセカイ系が流行っていたのに少年マンガ的なのをやる。年上ヒロインが忌避されていた時代に年上ヒロインを出す（笑）。当時の、10年前のセオリーを全部はずした状態で書きましたね。

みやま　当時は、少年マンガ的なライトノベルってありませんでしたよね。だからこそその雰囲気を出せばオンリーワンになれると思っていました。

石踏　「とある魔術の禁書目録《インデックス》」が出てきたあたりから、ようやく少年マンガ的なライトノベルが台頭してきたのかなと思います。それまでのラノベはセカイ系とか、ジュブナイル小説をちょっとやわらかくしたものとか、それか異世界ファンタジーか、という感じだったので。

――おふたりとも、向いている方向は同じだったということですね。

みやま　編集さんを介してなので、直接のやりとりはありませんでしたけどね。僕は文章からくみ取っただけなので。

石踏　僕も原稿に裏の事情とか、含んだものを書ける人間じゃないので。原稿から素直に読み取っていただけたなら嬉しいですね。

――では、おふたりが実際に会われたのはいつ頃なんでしょうか。

みやま　たしか、2巻が出たあとの新年会だったと思います。

石踏　そう……あ、いや、そのちょっと前にコミケで会いましたよね？

みやま　あれ、そうでしたっけ（笑）？

――夏ですか？　冬ですか？

石踏　冬のコミケですね。僕はそのときに初めてコミケに行ったんですよ。みやまさんが参加されているって聞いて、1巻が売れて2巻も調子がいいっていうんで、これは挨拶に行かないととなって（笑）。

地元の友達を連れて、みやまさんのサークルに行きましたよ。列に並んで。

みやま　いや〜、完全に忘れてました。僕はそもそも人と話すのが苦手なので、特に初対面の方とはなかなか会話できないんですよ。正直、そのとき何を話したか……。挨拶くらいしかできませんでしたよね。

石踏　たしかそうでしたね。当時は連絡手段があまりなかったんで、事前にご連絡もできませんでしたしね。ツイッターとかもたぶんなかったし、あったとしてもまだクリエイター界隈には浸透してなくて。あってもミクシィくらい。

——コミケが初対面で、そのあとに新年会でお会いになったんですね。それからはどんなお話をされるようになりましたか。

石踏　5巻が出たあとの新年会から、僕がホテルで一泊するようになったんですよ。新年会の次の日は、みやまさんは編集さんと打ち合わせすることが多くて、それなら石踏さんもいっしょに打ち合わせしようかとなって、そこから毎年1回とか2回はお会いするようになりました。みやまさんの地元の大阪に行ったりもしましたね。

みやま　そう考えると、初めてお会いしてから長い時間が経ちましたね。でも当時は「D×D」の内容については、そんなに話してませんでしたね。

石踏　そうですね、話してもキャラクターのすりあわせくらいで。本格的に作品について話すようになったのは、アニメが始まってみやまさんがデザインを掘り下げないといけなくなったんで、それで編集さんを介して話したり、直接打ち合わせしたりして。作品に踏み込んだ打ち合わせをするようになったのは、メディアミックスが始まってからですね。

――少し話が戻りますが、1巻の刊行直後から読者の方々に大変な好評を受けたことは、どう思いましたか？。

石踏　1巻というのはやっぱりビジュアルに牽引してもらわないとダメだと思っていたんですが、1巻のカバーイラストがあがってきたとき、僕の周りのクリエイター界隈ではとても評判がよくて。それでいざ発売されたら、大人気。やっぱりあのイラストが作品を引っ張ってくれたところがあったんでしょうね。とっかかりとしてみやまさんの1巻のカバーイラストと、それをめくったあとの口絵のリアスの裸が強かったですね。あとは、当時のライトノベルではお色気系の作品もほとんどなかったはずですし、珍しさもあったのかなと思います。

みやま　逆に僕は自信がなかったんですよ。僕はそんなに年上キャラが得意ではなかったので、売れる裏付けが自分の中になかったんですよね。それまでは年下キャラとかゴスロリ押しの作品の仕事が多かったので、そういう作品ならこうしてああしてとか計算もできるんですけど、「D×D」は僕の中では計算のできない作品で。だから結果を見るまで、僕は本当に売れるかどうかわからなかったです。そのぶん結果がわかったあとは嬉しかったですね。今までこの武器で戦ったことはなかったけど、イケるじゃないか！って。

お色気は過激な方向に走らない、あくまで「おっぱい」中心で！

——当時のライトノベルでは、お色気ものがあまりなかったんですね。

石踏　R18の美少女ものの文庫が別にありましたからね。ライトノベルの方はまあ健全だったというか。だからその中間にあたるものがなかったんですよ。前の編集さんは、このジャンルは隙間産業だと言っていました。それでその隙間にあたる作品を書いたら狙い通り人気が出たわけですけど、今にしてみれば「D×D」の1巻って、企画からしてよく通ったと思いますね（笑）。

みやま　僕が以前携わっていたアダルト系のゲームのファンも、そのままついてきてくれたみたいで、嬉しかったですね。

——アダルト系の作品と一般のライトノベルとの違いで苦労されたことはありますか？

みやま　僕はないですね。ライトノベルって美少女ゲームとかと親和性の高いジャンルだと思っているので。あまり違和感はありませんでした。

石踏　文章の方は難しかったですね。試行錯誤の連続で……言ってしまえば先駆者がほぼいないわけですよ。だから手探りでやっていくしかなくて。どこまでお色気をだしていいのかわからないんですよね。以前、けっこう過激な描写を入れたときに編集さんから、そこまで書いたらいわゆる18禁になってしまうと言われて。だからイッセーはあくまでおっぱいのみを求めて、そのラインを死守しないとこの作品はエスカレートして違う方向へ行ってしまうからということで、お色気はあくまでアクセントにしようと言われました。そういう感覚がつかめてきたのは3巻とか4巻とかの頃ですかね。3巻のときには過激になりすぎて、編集さんに怒られたこともありました。ただ、言い訳をすると、その指摘の前に編集さんから「戦闘中にお色気を入れられませんか?」とか言われたりしていたんですよ(笑)。戦闘シーンばかり続くと読者が息切れしちゃうからって。それでけっこう悩んで、イッセーが相手の女性キャラの衣装をバラバラにする洋服崩壊《ドレス・ブレイク》っていうのをヤケクソで書いたんです。当時はもう怒られる前提で書いたつもりだったのに、いつまでたっても修正案が返ってこなくて……あっ、通っちゃったって(笑)。

みやま 僕はそこを読んだときに、すごく面白いって思いましたよ?

石踏 まあ……本当にヤケクソですよね(笑)。そんな感じで急にお色気を入れてくれとか言われたりもしましたけど、編集さんの中でのボーダーラインはしっかり決まっていたんですよね。アクセル全開で書く必要はあるけど、必ずブレーキもかけなきゃいけない。そのバランス感覚がわかっていくうちに、おっぱい方面で話を広げるのはOKだと気づいて。で、あるとき「おっぱいドラゴンの歌」というのを思いついて書いたのですが……これは実は書いた直後は、さすがにやりすぎたと思ったんです。こんなふざけた歌を、歴史のある富士見書房の編集部が許すはずがないと。そう思いながらも、〆切も近いので送ってみたらなにも修正の指摘がなくて。これはやるしかないのかと（笑）。

――アニメにもなっちゃいましたしね。ちなみに、みやま先生の感想は……。

みやま　あれは笑いましたよ（笑）。これは他のライトノベルにはない。ウケる！って思いました。

石踏　手探りを続けるうちに、おっぱいのネタでどこまでもいけるんだなと思って結局、過激なエロの方向には進みませんでした。やっぱり過激な方へ進むと、際限がなくなるので作品と作者の首を絞めることになって袋小路になると思うんですよ。それが編集さんにはわかっていたんでしょうね。この点のコンセプト決めで試行錯誤してよかったと、本当に思います。

――みやま先生も洋服崩壊《ドレス・ブレイク》のイラストは、楽しんで描いていたんでしょうか。

みやま　この面白さが伝われば、読者の方にこの作品をもっと楽しんでもらえると思ったので、この魅力をなんとしても伝えねば、という気持ちはすごくありましたね。

――あの3巻の口絵イラストは、とても素晴らしいと思います。

石踏　とんでもない技を作ってしまったなと、イラストを見てよくわかりました（笑）。

――イラストを見て文章に影響を受けたりというような相乗効果はよく感じますか？

石踏　ビジュアルになって初めて他の作品に無い、すごいことをやってるんだな

と思った部分もありますし、この路線でやっていくしかないと決意したところもありますね。

みやま　いや、何度も言いますけど、あれすごく面白かったと思いますよ。あれは、石踏さん、本当に自信がなかったんですか？

石踏　だって、当時のファンタジア文庫編集部は真面目でしたもん。あんなふざけたことをしたら、絶対怒られると思っていましたよ。

みやま　そうだったんですね。僕は洋服《ドレス・》崩壊《ブレイク》で、「D×D」ならではの武器ができたと思いましたから。本人たちは真面目に戦うけど、その最中にちょっとエロいことをするっていう流れが完成したと思いましたね。

石踏　いやー、僕が洋服崩壊《ドレス・ブレイク》をニヤニヤしながら書けるようになったのって、けっこう後だったと思います。最初は本当に怖々としながら書いてましたから。編集部もそうですけど、読者もこのシーンで本当にウケてくれるのか、共感してくれるのかと思って。

みやま　僕は読者目線で読んで、これは楽しい技が出てきたと喜んでいましたので、石踏さんがそう考えていたとは思わなかったですね。

石踏　もともとあまり、読者から感想をいただける作品ではなかったんですよね。僕はブログもツイッターもやっていますけど、読者からの反応が来るようになったのは、アニメが何回かオンエアされてからなので。それまでは売り上げとかの数値しか返ってこなくて、本当にウケているのかわからなかったんです。読者の反応がわかればその部分を強化して書くこともできたんですけど。だからメディアミックスされてからやっと、ああここはウケてたんだとわかるようになって、それからはおっぱい技をニヤニヤして書けるようになりましたね。それまではずっと手探りで、試行錯誤の連続でした。

――逆にみやま先生は、イラストを描いていくうちに文章との相乗効果で変化していった部分はありますか？

みやま　キャラクターが物語の中で成長している作品なので、イッセーなんかは精悍さを増していたりしますね。やっぱり細身のままパワータイプになっていたらさすがにおかしいだろうと思って、見た目にも少し筋肉質にしていったり。ヒロインに関しても劇中での内面の変化にあわせて、描き方や表情のつけ方は変わりますね。

石踏　そういう細かな変化や工夫を加えていただけるのは著者冥利につきます。

著者とイラストレーターの絶妙なコラボで面白さがエスカレート！

――石踏先生は「D×D」で、作るときに苦労したキャラクターっていましたか？

石踏　実は小猫のキャラはかなり大変でした。僕はロリキャラは、当時あまり好みではなくて馴染みが無かったんです。オカ研のメンバーは「涼宮ハルヒの憂鬱」のSOS団を参考にして作っていたのですが、長門を分析しても人気の理由がわからなかったんです。でも、なんだか無口で妹系なキャラは人気があるらしいと。じゃあ一応そういうキャラも入れた方がいいだろうと考えて、その上でネコっぽい方がいいかなと書いたんですね。それで1巻では本当に無口なキャラになっていますが、今だから言いますと、あれはセリフがわからなかったんでしょうね。その後、3巻で小猫にスポットを当てようとしたんですけど、書けないから途中で編集さんに、3巻は木場の話にさせてほしいと頼んで。それで4巻で書こうと思ったんですけどやっぱり書けなくて、4巻は朱乃にしようと。さすがに5巻では書かないといけなくなって、それでやっと書けたんです。

みやま　それは、だいぶ苦労しましたね（笑）。

石踏　小猫の姉の黒歌を、僕の趣味であるお姉さんキャラとして登場させることでやっと小猫のエピソードが書けたんですよ。今ではキャラをつかんで書けるようになりましたけど。イッセーがスケベなことをしたときに、注意できるキャラクターということでよかったのかなと思います。最初の4～5年は、本当に模索しながら小猫を書いていました。だからこそリアスや朱乃の人気が出たんでしょうね。小猫の人気はもう、みやまさんのイラストに頼るしかなかったですね。

みやま　逆に、僕が最もスムーズに描けたのは小猫なんですよ（笑）。「涼宮ハルヒ」で一番好きなキャラは長門ですしね。無口でロリなキャラは大好きなので、こんなに楽に描けるキャラはないぞってくらいで（笑）。

――作者とイラスト担当で趣味が真逆って、すごい組み合わせですよね（笑）。

石踏　いや、よかったと思いますよ。自分の凹んだ部分にガッチリハマる感じで。

みやま　片方が苦手なところは、こっちが大得意ですから。ここは任せろ！って。

石踏　趣味が同じだったら、きっとぶつかってると思いますよ。

みやま　こだわりの差が絶対に出ますからね。だから、劇中で石踏さんが外見描写をしていないキャラは、ああこれは僕が自由に描いていいキャラなんだなと思っています（笑）。そういうキャラは僕の趣味を入れたり、貧乳にしたりして。

石踏　まったくその通りです。僕が外見描写をしないキャラは、きっとみやまさんがいいイラストを描いてくれるだろうってポンとお任せして（笑）。九重なんかもそうですよね。とりあえず狐のキャラを出しておこうかなーくらいだったので……。オーフィスなんかもそうだったと思います。

みやま　こっちとしては設定を見たとき

に、おお来たぞーと喜んでました。

――そういう流れがわかってきたのは、何巻くらいからですか？

石踏　何巻くらいかな……。書いているときは毎回大変なので、忘れてしまいましたね（笑）。自分が書けないキャラはみやまさんにお任せするといいものができるっていうのは感覚でわかったので、いつからかそういうキャラは、デザインを縛らないように、描写をなるべくしないようになりましたね。これは、意識してそうしています。

――みやま先生の方には、つくるのに苦労したキャラクターはいますか？

みやま　リアスと赤龍帝……ですかね。初期段階ではやっぱりリアスです。先程も少し話しましたが、冷たく突き放すようなお姉さんなら得意だったんですけど、優しくて包容力のあるお姉さんというのは、自分の中での持ちキャラにはいないタイプだったんですよ。だからこれは、一から構築していかないとならないと。そう思って試行錯誤を重ねているので、これがリアスを描くたびに若干印象が変わっていく理由にもなっているんでしょうね。赤龍帝は、僕の最初のイメージではもうちょっとガッシリしていて、強化スーツというよりは、もっと生物感が強いと思っていました。「強殖装甲ガイバー」がイメージで近かったのですが、主人公のガイバーより、敵側の獣化兵に近いイメージでしたね。最初はそういう印象で、後でパワーアップしたら細身になって、獣化兵からガイバーに近くなればいいかなと思っていたんです。ところがアニメ版のプロップデザインが上がっ

てきたときに、最初から細身のガイバー寄りのデザインになっていて、やっぱりこっちの方がカッコいいよなと思って（笑）。それ以降は基本をアニメ版のデザインに寄せるようになりました。

石踏　赤龍帝は僕も鎧っぽくするべきか、生物感がある方がいいのかわからなかったんですけど、昔からガイバーみたいな装甲は着させたいなと思っていましたからね。だからイッセーが暴走したときに、胸からスマッシャーを出してますけど、あれはガイバーそのものですし、「SLASHDØG」に出てくる禁手《バランス・ブレイカー》もガイバーに近いですよね。表現が難しいですけど、ロボットとスーツの間というか。

みやま　途中からツイッターとかで、石踏さんの好みがわかってくるじゃないですか。それで「仮面ライダー」が好きだとわかって、イッセーのあとに出てきた匙とかのときには、同じ龍の仲間で禁手化《バランス・ブレイク》したときは「仮面ライダー」にしようと決めて、そこから先は完全にライダー風にしました。

石踏　平成前半のライダーなイメージですよね。

石踏&みやまが選ぶ胸キュンなキャラクターは!?

――それでは、おふたりがイラストを見て、あるいは原稿を読んでキュンと来たキャラクターを教えてください。

石踏　キャラというか、イラストになりますが僕がベスト3として挙げ続けているのは、1巻のカバーイラスト、1巻の1枚めのカラー口絵、それから6巻のオーフィスが出てきたときの口絵なんです。だから、リアスとオーフィスは外せないですね。あと見た瞬間にインパクトがあったのは、九重ですかね。このキャラクターたちには、キュンとしたというか、心が惹かれました。

――お姉さんキャラはリアスだけなんですね。

石踏　みやまさんが得意なキャラだからこそじゃないですかね。自分からはあまり見ようとしないジャンルだから、珍しくて惹かれたんだと思います。

――以前、グレイフィアもお好きだとお聞きしたことがあります。

石踏　グレイフィアはキャラとして好きですね。お姉さんキャラ好きなので。みやまさんは、どうです？

みやま　僕はサイラオーグですね。行動やセリフから、イケメンぶりがあふれ出ていますよね。シリーズを通して一番好きなキャラです。女性キャラ限定なら、蒼那会長が好きですね。ケーキを作って失敗するとか、そういうベタなところもいいです。イッセーのことを好きになる

のか、わからないところなんかにも惹かれますね。ミステリアスでちょっとツンだけど実はめっちゃ優しい、みたいな。

石踏　実はソーナは扱いが難しいと思っているキャラなんですよ。グレモリー眷属とは一歩引いているキャラなので、毎回どこまで描こうか迷ってしまって。

――その描写の少なさが、みやま先生の描きやすさにつながっているのかもしれませんね。

石踏　確かに。そういうところもあるかもしれませんよね。

――ちなみに、イラストや原稿を見て意外だと思ったキャラクターなんかはいますか？

石踏　強いて言うならイリナですかね。最初、髪型の描写はなかったんですよ。それがイラストを見たら、全く考えていなかったツインテールだったので、「なるほど」と思いました。「D×D」にツインテールキャラって、意外にもいなかったって、そこで初めて気が付きました。それ以降は劇中でもツインテールと書くようにしています。

みやま　僕はライザーの変遷ですかね。2巻のボスとして登場して、スッキリ倒して退場して。これで終わりかと思っていたら、復活したあと、いいお兄さんみたいになったという、ある意味出世魚のように姿を変えながら本編に登場し続けていて。初登場の頃を考えたら、よくぞこんなに変わったなと思いますよ。

石踏　更生した敵キャラで、今は愛されキャラみたいになっていますね。「真D×D」では、どう登場するかも期待してください。

――一回限りの登場だと思っていたキャラが、後になって再登場することが多いのも「D×D」の魅力だと思います。

石踏　そのときそので、いつ終わってもいいというつもりで書いていますから。出版社的な諸事情もあるんですけどね（笑）。そうやって段階的に考えていても、続くとなれば、あのキャラは今どうなったのかなと思い出して、再登場させたりします。復活して再登場させるか

らには以前とはちょっと違うキャラにしてあげたいなというのもあるし、元の敵キャラはまた敵キャラにしてもしょうがないですし。でも味方にするとしても読者のヘイトを溜めているから、それを下げるためには面白いキャラにしないとダメかなと思ったりして。そうやって書いていますね。

石踏&みやまが選ぶ ここが熱いぞ「D×D」!

――熱血なシーンが多いのも「D×D」の魅力ですけど、そういう意味でのお気に入りはありますか?

石踏　これは10巻です。4回目のアニメ「ハイスクールD×D HERO」で描かれたところですね。巻数が二桁まで続けられると決まったときに、やりたいことを考えたら、良きライバルと殴り合いがしたいって思って。サイラオーグとの戦いについては、あれ以上のものは書けないから、再戦はしないと読者にも宣言しています。最高の思い出を劣化させるわけにもいかないので、イッセーとサイラオーグの戦いは10巻で出しきったつもりです。

――石踏先生としては、ふたりの戦いは10巻でやりきったということですね。

みやま　僕も10巻のサイラオーグ戦は大好きでした。ボクシングもののマンガが好きなので、殴り合っている感じというか、男同士の語り合いはコレだよなっていう、いい戦いですよね。ベストバウトです。「熱いシーン」で印象に残っているのを挙げるなら、間違いなくここですよね。

石踏　アニメの方でも、スタッフの方々や監督に、きっとファンが一番見たいのはここでしょうからと、最終回は力を入れてくださいとお願いした記憶があります。そのくらい、この作品にとっても大事なシーンなんだと思いますね。

——そういう「熱い」シーンを描くのは、やはり執筆したり、イラストにしたりするのは大変なんですか？

みやま　いや、熱血やバトルは描き慣れてはいませんでしたが、だからこそ描いていて楽しいですよ。大変だと思うことはないですね。石踏さんも、そうじゃないですか？

石踏　僕も少年マンガが書きたかったので、熱血シーンは楽しいですけどね。それよりも、大変なのは、やっぱりお色気シーンですよ。キャラクターのことか、設定のこととか、刊行的なこととか、いろいろ他にも大変なことはありますけど（笑）。僕はラブコメ系ではなく、ダークな現代異能ファンタジーで賞をいただいた身なので、僕の中には当初、お色気の要素はなかったんです。でも前の担当さんから「次の主人公はスケベな高校生にして、お色気要素を入れたいんだけど、書ける？」って聞かれていたんですよ。あとがない僕としては、書けるとしか言いようがないですよね（笑）。でも考えてみれば僕も男の子でしたし、少年マンガの週刊誌って、必ずお色気枠があったじゃないですか。友達同士の会話ではエロいのは見ないよねとか言ってる人は多かったですが、陰では絶対にみんな見てます！（笑）。そういうのを思い出して、当時の僕が見てきたものを放出すると決めたんです。とはいえ初めて書くので、迷いの日々でしたね。それが大変だったのは10年経った今でも覚えています。

みやま　そうなんですね。どれくらいで、お色気シーンが武器になるって思えるようになったんですか？

石踏　いいえ、実はいまだにそう思ってないんです。お色気シーンは、他の作家さんの方が上手いと思ってますからね。ただ、お色気を笑いのネタにすることはだんだん上手くなってきたと思います（笑）。一芸特化というやつですかね。お色気系って、やっぱりどうしても官能小説の作家さんには勝てないと思うんですよ。僕はそこまで官能小説の才覚はないだろうから、おっぱい技に力を入れています。洋服崩壊《ドレス・ブレイク》を生み出したときから、そこに研鑽を重ねていますね。そういう意味で、お色気シーンは気を抜けない、大変なシーンですね。

——洋服崩壊《ドレス・ブレイク》の他にも乳語翻訳《パイリンガル》や、乳語《パイ》電話《フォン》などもありますが、そういうアイディアはどうして生まれたんでしょうか。

石踏　いや、実はほとんど考えついた瞬間を覚えていないんですよ（笑）。最初は編集さんの言う「戦闘中にお色気」なんて無理難題だって思って、反発の意味で振り切ったものを書いたんですが、それ以降は……降りてきたんでしょうねとしか言いようがなくて。「おっぱいドラゴンの歌」なんかは、予期せぬ産物の最たるものです。

――そんなお色気シーンの話ですけど、おふたりが一番印象に残っているドキドキなシーンってどこでしょう。

石踏　序盤の頃の、朱乃がイッセーに迫るシーンはギリギリを攻めていたと思いますので、あのあたりかな。あのシーンで編集さんに怒られていますからね（笑）。そういうこともあって、朱乃関係のシーンは当時、ドキドキしながら書いていたと思います。どこまで過激にしていいのかなって。

みやま　編集さんの反応も気になって、ドキドキしたんですね（笑）。僕はアニメ4期でも描かれていた、サウナでのリアスとのシーンです。あのときのリアスって、胸の内にモヤモヤしたものを溜めこんで迫ってくるじゃないですか。そういう情念があるところがグッときましたね。僕は健康的なお色気より、なにか暗い気持ちがこもっているシーンの方がドキドキするタイプなので。

石踏　あのイラストは、僕も最初見てグッときたのを覚えていますよ。

10年間の一番のおっぱいとは⁉ そして、物語は「真D×D」へ

――やはりこの質問は欠かせませんね。おふたりが選ぶ、10年間のなかでの「ベストおっぱい」を教えてください！

みやま　「ベストおっぱい」として選ぶなら……僕としては、やっぱりアーシアのおっぱいですね。大きすぎず、小さすぎず、最高のバランスだと思います。

おっぱいと呼んでいいのか悩むのも含めると小猫になるんですが（笑）。小猫のは、おっぱいと呼ぶにはちょ〜っと慎ましやかかなとも思うんで、やっぱりここはアーシアで！

石踏　僕は……そうですね、どのおっぱいも素晴らしいと思います。思いますが……やっぱり、選ぶのであれば、僕は1巻の表紙をめくったあとのカラー口絵、ここに描かれているリアスのおっぱいですね。最初にして、この作品の運命を決めた最高のおっぱいだと思います。

――10年間、おっぱいにこだわり続けたおふたりのチョイス、ありがとうございます。さて、最後に今後の展開について、「真ハイスクールＤ×Ｄ」の見どころを教えてください。

石踏　もう最終章なので、ラストまでの総決算になるかなと思います。ここまで長く書かせていただいているので、イッセーの物語としてやり残しがないようにしたいですね。あとはまだ掘り下げていないキャラについても書きたいですし、ライバルキャラとの決着をつけたいですね。決着と言っても戦いによる決着というよりは、物語を通しての生き様としての決着です。

――イッセーが最後につける決着というのは……？

石踏　ネタバレになるかもしれませんが、ヴァーリとの決着ですね。無印の4巻からずっと、保留にしたままなので。その決着はつけないとな、というのがひとつです。

――二天龍のバトルということですね。これは楽しみです。みやま先生の方も「真D×D」への意気込みはいかがでしょうか。

みやま　これまでのシリーズで、イッセーと戦っていてもイラストになっていないキャラがたくさんいるので、そういうキャラもどんどんイラストとして描いていけるように、頑張りたいです。編集さん、指定よろしくお願いします。

――石踏先生は、これからイラストを描いてほしいキャラはいますか？

石踏　もうボスキャラも女性キャラもかなり描いてもらっていますけど……。百鬼《なきり》とクロウ・クルワッハと、シヴァの3人は見たいですね。

みやま　リントもまだ描いてないですよね。

石踏　そうですね……あ、あとストラーダ猊下。

――まだけっこういるみたいですね（笑）。

みやま　僕としては旧キャラのイラストを削ってでも、一回は描いておきたいなと思っています。

――見たいシチュエーションはいかがでしょうか。

石踏　みやまさんのイラストでもアニメでも、幸いなことに見たいシーンはかなり見せていただいたんですよね。だからシーンというと思い浮かばないですが、みやまさんの描く一枚絵のカッコいい男キャラや、かわいい女の子キャラはまだまだ見たいと思います。それが今までに描かれていないキャラならなおよし、というところですかね。

みやま　新しい敵というか、新たな神器を持った超強敵が続々登場しているじゃないですか。あのあたりは必ずイラストにしたいと思っています。やっぱり一回は描いておかないと、読者の皆さんもイメージがわいてこないと思うので。

石踏　トーナメントが波乱になりそうなんで、この先、まだどれだけキャラが出るのかわかりませんけど(笑)。今後、皆さんに楽しみに待っていてほしいですね。

——それでは最後に、本作を応援してくれているファンにメッセージをお願いします。

石踏　たぶんファンブックまで買って読

んでくださっている方って、原作も読んでアニメも見ている一番コアなファンだと思うんですけど、ここまでついてきてくださったことに、本当に感謝していま す。やっぱり長くなると脱落する方もいるでしょうし、恐縮ながら、これまでの巻がすべて満足だったというわけではなかったと思います。なにかしら物足りないところがあったとは思います。それでも信じてついてきてくれたということが本当に嬉しいですし、ぜひ最後まで見届けてください！

みやま　新シリーズになってからも新しい女性キャラが増えていますが、彼女たちの衣装にはどこかエッチなポイントを用意したいと思っています。普通に着ているだけなのにファンサービスになるようなギミックで、楽しんでもらえたらなと。たとえばイングヴィルドなんかも、わきからふとももまで開いていて、カラー映えするようにしています。そういうデザインを今後も作り込みたいと思っていますので、ぜひ楽しんでください。

——おふたりとも、本日はどうもありがとうございました。

特別小説

ハイスクールD×D EX

初出

第1話　紅髪《べにがみ》の赤龍帝《せきりゅうてい》　ハイスクールD×D BorN Vol.1収録
第2話　異界からの侵略者《しんりゃくしゃ》　ハイスクールD×D BorN Vol.2収録
第3話　新・教会トリオ　ハイスクールD×D BorN Vol.3収録
第4話　真紅《しんく》の意思　ハイスクールD×D BorN Vol.4収録
第5話　禁じられた共闘《きょうとう》　ハイスクールD×D BorN Vol.5収録
最終話　そして、明日《ちち》へ　ハイスクールD×D BorN Vol.6収録
Top Secret.　書き下ろし

これより、語るのは要人の一部のみが知り得《う》る最高機密《トップシークレット》の顛末《てんまつ》だ――。

事の重要性から、決して表に出してはならないものではあるが……時が来れば、この情報が役に立つのもまた事実だ。

よって、もし自分に何かがあった場合のことを想定して、あえてこの媒体《ばいたい》に記録させてもらう。

これが開示されないことを切に願いつつ、記録を開始させようか。

第1話　紅髪《べにがみ》の赤龍帝《せきりゅうてい》

事の始まりは、クリフォトとの戦いが激化してきた頃《ころ》のことだ。

俺──アザゼルは、教え子たちから聞かされたものをこの目で確認するため、その日の深夜、リアスたちの行動に付いていくことにした。

俺があいつらから聞かされたのはこうだ。

──最近、グレモリー眷属《けんぞく》の縄張《なわば》り付近に不審《ふしん》なモノが出没《しゅつぼつ》する。

そう相談を受けたのだ。少なくともはぐれ悪魔《あくま》ではないようだった。

相談を受けてから二日後の深夜のことだ。朱乃《あけの》から、緊急《きんきゅう》回線で──。

『先生、例のモノが現れましたわ。確認のために、こちらまで顔を出していただけませんか？』

連絡《れんらく》を受けた俺は、おおよその場所を教えられたあとに転移型魔《ま》方陣《ほうじん》でそこへ一気にジャンプをする。話では、イリナも謎《なぞ》の敵の討伐《とうばつ》に参戦しているとのことだ。

転移してすぐにリアスたちの魔力──オーラの波動を感知したので、そこまで翼《つばさ》を広げて飛んでいった。

現場は、駒王町《くおう》の郊外《こうがい》にある廃屋《はいおく》だ。人気《ひとけ》のない場所で、電灯ぐらいしか明かりはない寂《さび》しいところだ。すでに戦いは始まっているようで、魔力での攻撃《こうげき》が視認できる。

俺がリアスたちのもとに到着《とうちゃく》したとき、ちょうどグレモリー公爵《こうしゃく》の名において、あなたたちを吹《ふ》き飛ばしてあげるわっ！　……と言っても言葉が通じているか怪《あや》しいところだけれど」

「私の管轄《かんかつ》内を荒《あ》らす、不逞《ふてい》の輩《やから》。グレモリーの口上が発せられていた。

リアスが決めたところで、イッセーたちも構え直していた。どうやら、先にいくらかやりあったようだな。イッセーも鎧化《よろいか》していた。

俺が視線を前に送ると電灯の下、明かりに照らされて——そこに銀色の形容しがたいものが立っていた……っ。

かろうじて人型だ。『かろうじて』とは、四肢《しし》があり、頭部もあり、人間のように足で立っているから、視覚的外観を述べたに過ぎない。問題は構成されているものだ。

銀一色の全身が、虫の外骨格のように硬質《こうしつ》そうな表面をしており、光沢《こうたく》を放っている。

一見、機械のように見えるが、外皮のようなものは非常に滑《なめ》らかな曲線も描《えが》いており、生物とも見受けられてしまう。

頭部は後頭部が突《つ》き出ており、さながら人間たちがよく噂《うわさ》している『宇宙人のグレイ』

めいていたが、目（昆虫《こんちゅう》の複眼を連想させる）とも思《おぼ》しきものが、五つもあり、鼻と口が見当たらなかった。

何よりも――オーラをまったく感じ取れない。いや、こいつの体から、何かが発せられているのはわかる。だが、それは俺たちの知っているエネルギー、エナジーと明らかに異質なものだった。呼吸をしている様子すらうかがえない。

謎の生物と対峙《たいじ》したオカルト研究部の面々は、一様に複雑極《きわ》まりない表情を浮《う》かべており、眼前の物体に戸惑《とまど》っていた。

……まあ、俺もコメントに困る相手を見てなんとも言えないんだがな。とりあえず、永い間生きてきた俺が初めて遭遇《そうぐう》する手合いだ。

なるほど、こいつは……研究者的に興味が引かれる相手だ。

相手に気味悪がるイッセーが俺に訊《き》いてくる。

「……先生、これ、なんですか？　機械？　魔物？」

俺は間髪《かんはつ》を容《い》れずに言った。

「わからん。俺も初めて見る。機械でも魔物でもなさそうだ。まずは……捕《と》らえて調べてみるか。おまえら、できる限り痛めずに捕《つか》まえてくれないか？」

俺の指示を受けて、リアスが当惑《とうわく》していたが、渋々《しぶしぶ》うなずく。

「……先に仕掛《しか》けられた以上、捨て置くわけにもいかないものね。──小猫《こねこ》」

「……はい」

リアスの命を聞き、小猫が一歩前に出た。

……まずは、打撃か。判断材料としてはわかりやすくていいな。

俺は小猫に追加の指示を告げる。

「小猫、闘気《とうき》をそこそこ込めて一発入れてみてくれ」

「……了解《りょうかい》」

小猫は軽《かろ》やかなフットワークを見せながら、相手の隙《すき》をうかがうが……。相手はまるで動こうとしなかった。所作ひとつ見せない。それが余計に不気味だった。

小猫が、距離《きょり》を詰《つ》めて相手の腹部に一発ぶち込んでいく。

──金属にハンマーを打ち込んだかのような音が辺りに響《ひび》き渡《わた》る。

インパクトで金属音？　やはり、金属──機械なのか？

「…………」

小猫が後方に飛び退《の》き、俺たちのもとに戻《もど》ってきた。打ち込んだ拳《こぶし》をまじまじと見つめていた。

小猫はぼそりとつぶやいた。

「……まるでゴムの塊《かたまり》を殴《なぐ》ったようでした」

……そりゃ、なんとも。インパクト音が金属で、感触《かんしょく》がゴムってか。ますます正体がわからなくなってきたぜ。

──と、相手が動きを見せ始める。頭部を小刻みに震《ふる》わせて──五つの青い目が、赤い危険な色合いに転じたっ！

「あれね！　皆《みんな》、散って！　アザゼルも避《よ》けて！」

リアスが素早《すばや》く皆に命令を飛ばす。

俺も危険を感じて、翼を広げて、深夜の上空に飛び出していった！　眼下に謎の物体を捉《とら》えて、様子をうかがうと──全身に見たこともない紋様《もんよう》を浮かび上がらせたあと、五つの目から赤い光線を放ってきやがったっ！

この場にいる連中は、若いながらも結構な修羅場《しゅらば》をくぐってきているため、生半可な攻撃は歯牙《しが》にもかけないだろう。──だが、放たれた赤い光線は、ぐにゃりと光の軌跡《きせき》を曲げていったっ！

朱乃が叫《さけ》ぶ。

「気をつけてください！　あの光は自在に動きますわ！」

赤い光線は、それぞれが意思を持つかのように宙で縦横無尽《じゅうおうむじん》ハチャメチャな軌跡を高速で描きながら、俺たちに襲《おそ》いかかる！

「くっ！」

ロスヴァイセが一発を貰《もら》いかけるが、防御《ぼうぎょ》魔方陣を前方に敷《し》くことで弾《はじ》き――。いや、赤い軌跡はロスヴァイセの魔方陣に弾かれることもなく、まるで意にも介《かい》さずに魔方陣をすり抜《ぬ》けていった！　防御魔方陣をすり抜ける⁉　ロスヴァイセの魔方陣は、少なくともあらゆる事象に対しての防御対策として展開していたはずだ。物理攻撃にも魔法攻撃にも対応した術式で編んであったはずだ。

――それをすり抜ける？

となると、あれは物理でも魔法でもない、まったく異なる認識から生まれた攻撃というのか？　いやいや、あり得ん！　北欧《ほくおう》神話は魔法の技術が他のどの神話体系よりも進んだ領域だ。そこでエリートだったロスヴァイセの魔方陣をすり抜けるなどと――。

ロスヴァイセは自身に触《ふ》れる瞬間《しゅんかん》に体捌《たいさば》きで赤い軌跡を避けて、距離を取った。

空中で他の赤い軌跡を払《はら》いのけていくオカ研の者たち。

「くっ！　邪魔《じゃま》だ！」

「もう！　何よ、これ！」

手に持つ得物で赤い軌跡を斬《き》り払うゼノヴィアとイリナ。

……聖剣《せいけん》での攻撃ならば弾けるのか。

「クソッ！　ドラゴンショット！」

イッセーが特大の魔力弾《まりょくだん》を相手目掛《めが》けて放っていく。凄《すさ》まじい速度で放たれた赤龍帝の一撃は、銀の謎の生物に直撃する――。避ける素振《そぶ》りすらしなかったぞ。

爆音《ばくおん》と爆煙《ばくえん》を巻き起こし、相手は――衝撃《しょうげき》で生じたクレーターの中央で、バラバラとなっていた。四肢がもがれ、頭部も胴体《どうたい》と離《はな》れていた。

……やったのか？　いや、バラバラになったというのに体液すら出てこない。……なんなんだ、こいつは……？

リアスが目を細めて警戒《けいかい》を緩《ゆる》めなかった。

「……ここからよ」

リアスが言うように、バラバラになったはずの謎の生物は――胴体、四肢の切れ端《はし》から、細い触手のようなものを無数に出現させていった。腕《うで》の断面から生えた触手が、胴体の断面より出ている触手と――融合《ゆうごう》していくっ！

腕と胴体が、足と腰《こし》が、次々と繋《つな》がっていき、元の姿に戻ろうとしていた！

「くっ！」

木場《きば》が飛び出して、聖魔剣で繋がろうとしている触手を斬り払うが――程なくして再生は再開されていく。

これをロスヴァイセが言う。

「先ほどと同じです。一度、倒《たお》したのですが、あのようにすぐに復活するのです。しかもただの攻撃では、あのボディに傷ひとつつけることもできない」

……確かにイッセーの攻撃を受けても、銀の体に傷ひとつついておらず、いまだ光沢を放ってやがる。まあ、こいつらが周囲を気にせずに本気を出せば、この限りではないだろうが、町内でそんなことできようはずもない。

俺はロスヴァイセに言った。

「――凍《こお》らせろ」

俺の言葉を察したのか、ロスヴァイセが魔方陣を展開して、周囲に冷気を漂《ただよ》わせてから、謎の生物を凍結《とうけつ》させていった。触手がしだいに動きを弱めていく。五つの目も輝《かがや》きを失い、ついには活動を停止させた――。

銀の生物の周囲に降り立つ俺たちは、気味の悪さを覚えながらも回収の手はずを進めていく。

これが、俺たちと、謎の生物とのファーストコンタクトである――。

―D×D―


謎《なぞ》の生物を捕らえてから、数日後のことだ。

俺はオカ研の部室に顔を出して、部員たちに報告をしていた。ちょうど、悪魔の仕事を終えたばかりだったようだ。

俺が手元から映写式の魔方陣《まほうじん》を展開させて、例の生物を立体映像で皆に見せていた。軽く、銀色の生物について報告を済ませる。まあ、まだ正体不明としか言えなかったが。

投写された立体映像をぐるりと回りながら見ていたイッセーが言う。

「……いったい、こいつ、何者なんでしょうか？」

俺は首を横に振《ふ》った。

「わからん。俺も永く生きてきたが、こいつらは初めて見る。軽く調べてみても、どの神話体系にも属していない生物だ。参考になる文献《ぶんけん》もありゃしない。オーディンのじいさんもゼウスのところも匙《さじ》を投げ出す寸前だそうだ。もっとサンプルを寄越《よこ》せとまで言ってきやがった。各勢力の研究機関も大注目みたいだ」

いちおう、グリゴリの研究施設《しせつ》で調査継続《けいぞく》中だ。三大勢力の同盟の関係上、天界、悪魔側からも研究員が派遣《はけん》されており、共に調べているが……構成されている物質すら判明していないのだから、お手上げだ。

……まあ、おかげである程度の目測もついたけどな。つまり、この世界にはない物質ってことだ。

リアスが訊いてくる。

「お兄さまやアジュカ・ベルゼブブさまからのご報告は？」

「サーゼクスもわからんそうだ。アジュカは……調査中とのことだ」

アジュカはそう言っているが、あの魔王ならすでに把握《はあく》してきているかもしれない。

「……まるで有機物と無機物の融合体、機械と生物が合わさったような……」

小猫がそう言う。

……ああ、その認識は間違《まちが》っちゃいないだろうが、俺たちの尺度でそこを測るのも早計でもある。

俺は、映像を止めると、

「ま、何かわかったら報告する。もし、またあれに会ったら俺に連絡《れんらく》を寄越せ。それまでは普通《ふつう》にしていていい」

それだけ言い残して、部室をあとにした。

部室を出た俺は、駒王町の地下に設けられている広大な空間に足を運んでいた。リアスの身内が作り出したものである。有事の際に活用するため、また冥界《めいかい》に繋がる列車を通すために用意しただだっ広い場所で、大小様々な空間が無数に繋がっていた。内部に明るくない者が入り込めば、間違いなく迷うことだろう。

俺は、その空間のひとつにたどり着いていた。

実は、昨夜、俺宛《あ》てにとある通信が入ったのだ。

『あなたたちの町に出没《しゅつぼつ》する者たちについてお話がしたい。駒王町の地下で待ちます。絶対にお一人で来てください。場所は――』

――と、若い男の声がプライベート回線でそう伝えてきやがった。

……俺がグリゴリの幹部にしか教えていなかった機密回線だ。リアスたちにも教えたことのない回線を通してくるなんて……いったい何者なのか。

俺は怪訝《けげん》に思いながらも、ここで待っている。

……護衛に鳶雄《とびお》や夏梅《なつめ》たち、『刃狗《スラッシュ・ドッグ》』チームを付けるべきなんだろうが、あっちが一人で来いと言っていたからな。つい律儀《りちぎ》に守ってしまった。まあ、いつでも逃《に》げられるようあらゆる転移型魔方陣の術式は事前に用意してきたけどな。

待つこと数分——。

背後からの気配を感じて振り返ると——そこには例の銀色の生物が、二体現れていた。

……罠《わな》か？　ったく、俺も甘くなったもんだ。バカ正直にあの回線を信じるなんてな。

イッセーたちの影響《えいきょう》だろうか？

ま、それは置いておこうか。俺は右手に光の槍《やり》を出現させた。

対峙《たいじ》していて、思慮《しりょ》する。……こいつらが、俺の回線を知った？　いや、上に俺の回線すら知りうる存在がいるってことだろうか。グリゴリ幹部しか知らない回線となると……

これ以上身内は疑いたくないんだけどな。

ため息を吐《つ》いている俺の耳に奇《き》っ怪《かい》な音が聞こえてくる。

《ギガガガガガッ》

《グゲゲゲゲゲゲッ》

……ほう、『声』らしきものを発したぞ。口がないから、どこから声を出しているか皆《かい》目見当《もく》もつかないが……。

俺は槍の切っ先を相手に向けて言った。

「俺も個別に狙《ねら》ってか。……おまえら、他の神話体系に手を出していないことから、目的は俺たちだな？」

問う俺だったが、奴《やつ》らは小刻みに震えながらこう述べる。

《ギガガガガ、アザ、ゼル、リアス・グレモリー、ギガガガ》

《グゲゲゲゲ、ヒョウドウ・アーシア、ヒョウドウ・イッセー・グレモリー、グゲゲゲゲ》

機械的な音声だ。……やはり、機械なのか？　というよりも、いま俺たちの名前を出したな。俺たち狙いなのは、明白だが……。気になることも声に出しやがった。

──ヒョウドウ・アーシア？　ヒョウドウ・イッセー・グレモリー？

聞き間違いか？　それとも相手の勘違《かんちが》いか？　それは知れないが……。

二体の銀の生物は、五つの目を怪《あや》しく赤く輝かせ始めた。例の光の触手みたいな攻撃《こうげき》をするつもりだなっ！　俺は槍を構えて、逃亡《とうぼう》用の魔方陣の展開も考慮する！

──と、そのときだった。

第三者の声が、この空間に響《ひび》き渡《わた》る。

「来て早々にこいつらと会えるなんてな。さい先がいいのか、悪いのか」

刹那《せつな》、銀の生物の一体が──頭部より、縦に両断されていく！　絶大の聖なるオーラを揺《ゆ》らめかせる一本の聖剣！

真っ二つにされた生物がくずおれていき、そいつの背後から現れたのは、聖剣を構える一人の少年！　聖剣は――デュランダルにそっくりの形をしていた。

さらにもう一人の声が聞こえてくる！

「下がれ、漸《ゼン》」

その声を聞いて、デュランダルを持つ少年が横に飛び退《の》く。同時に残った銀の生物の頭上に雷《かみなり》が生まれていた。

「――雷光《らいこう》よ」

声と共に煌《きら》びやかな雷光が、銀の生物に落ちていく！　盛大な雷撃に全身をくまなく焼かれていった！　雷撃が止《や》んだとき、そこにあったのは人型の消し炭だけだった。

俺たちも容易に傷をつけられなかったこいつらをこうもいとも簡単に！

銀の生物を二体退けた少年二人が、俺の前に立つ。

聖剣を持つ少年と、黒髪《くろかみ》で細身の少年。……どちらもどこか見覚えのある面影《おもかげ》をしていた。

黒髪の少年が俺に頭《こうべ》を垂れる。

「はじめまして、アザゼル……初代総督殿《そうとくどの》」

「雷光に……デュランダルに似た聖剣。おまえたちは――」

問う俺に黒髪の少年は自己紹介《しょうかい》をし始める。

「アザゼル初代総督、僕の名前は姫島紅《ひめじまくれない》といいます」

それに聖剣《せいけん》を持つ少年も続く。

「俺は漸《ゼン》・クァルタと言います」

……二人の姓《せい》に俺は驚《おどろ》き、同時に得心も抱《いだ》き始めていた。

黒髪の少年――姫島紅が言う。

「僕たちは今から約三十年後の未来からやってきた――赤龍帝・兵藤一誠《ひょうどういっせい》の子供です」


―D×D―


二人の少年から告げられた突然《とつぜん》の告白に驚くしかない俺だったが、割とすぐにこいつらの話は受け止められた。

……まあ、いまはともかく、三十年後であるならば、時間を超《こ》える魔力、魔法、グリゴリの研究技術が発展していてもおかしくはないだろう。

俺自身、歴史の歪曲《わいきょく》を恐《おそ》れて、あまりその領域に足を踏《ふ》み入れたくはなかった。そのため、真剣《しんけん》に取り組んでもいなかったが……よほどのことがあれば研究するだろうよ、未来の俺ならば。

二人はイッセーの子供だと言っていたが……おそらく、母親は黒髪の少年が朱乃、聖剣を持つ少年がゼノヴィア、といったところだろう。どちらも顔つきが母親にそっくりの美少年だ。

俺はそこまで思慮したところで、二人の少年に問う。

「……何があったか、端的《たんてき》にでもいいから話せ」

黒髪の少年——姫島紅が言う。

「いま、この一帯に出没している謎の生命体は——未来から来たものです」

聖剣を持つ少年——漸・クァルタが続く。

「正体は——異世界の生物。俺たちは、『UL《ウル》』と呼称《こしょう》してます。『Under world's Life form』の略称です」

……なるほど、そういうことか。

あの生物が、この世界のものではないことはある程度予測はしていた。異世界の生物と言われれば、合点もいくというものだ。そして、未来から来た。これも納得《なっとく》できる。突然、あんなものが現れるなど、そうはないからな。次元の狭間《はざま》を観測している悪魔たちが次元の揺らぎを捉《とら》えれば、俺のもとにも情報は入ってくる。

それが今回はなかった――。少年たちの言っていることは突拍子《とっぴょうし》もないが、俺としてはいろいろと話が繋《つな》がっていくと思っている。

「異世界ってのは、もしや、イッセーが遭遇《そうぐう》した乳神と関連しているか？」

俺がそう訊《き》く。悪神ロキとの戦闘《せんとう》中にイッセーは、乳語翻訳《パイリンガル》を通じて、乳神に仕えるという精霊《せいれい》と交信した。それによって、自分たちが知る各神話世界の他《ほか》に、まったく別の異世界が存在するのではないかと一部の研究者から注目を集めている。

「はい、そうです」

――と、紅は至極《しごく》平然と答える。

……額に手をやるしかない俺。

いま俺たちが戦っているクリフォト首魁《しゅかい》のリリン――リゼヴィム・リヴァン・ルシファーの思惑《おもわく》といい、これは必然だったのか？　それとも……。

「未来で何があったか話せ」

頭を振《ふ》って気を取り直した俺が訊く。まあ、未来で何かがあったからこそ、この時代にまで影響が出ているのだろうからな。まずは事情を聞こうじゃないか。

紅が語り始める。

「タイムパラドックスをあまり起こしたくないため、詳《くわ》しくは教えられませんが、いまから三十年後、『邪神戦争《じやしんせんそう》』と呼ばれる大きな戦《いくさ》が我々の間で起こります」

「……ま、だいたい想像はできる。魔神《まじん》や悪神の類《たぐい》が徒党を組んで俺たちに攻《せ》め入るとかそういうのだろう?」

皮肉げにそう言う俺。漸・クァルタも苦笑していた。

漸が言う。

「はい、あなた方が和平を積み重ねた結果、未来の各世界は協調性が進んだ世界になっています。もちろん、その間にも厳しい戦いは何度もありましたが……父たちは犠牲《ぎせい》を払《はら》いながらもそれらを打破してきました」

それは……うれしいじゃないか。今後の和平活動に力が入るというもんだ。いや、力みすぎると変に歴史を変えるかもしれないから、平常心で臨《のぞ》んだほうがいいな。

紅が続く。

「彼ら、魔神と悪神の背後で支援《しえん》していたのが――異世界の邪神なのです。あなたが先ほど遭遇した『UL《ウル》』は、異世界の邪神が作り出した兵隊です。機械と生物の融合体《ゆうごうたい》と思ってください」

……異世界の邪神、か。どうやら、未来の情勢も問題が山積みのようだな。いまから頭が痛くなりそうだ。

俺はうなずき、こう訊く。

「未来のことはわかった。じゃあ、なんでその『UL《ウル》』とおまえらがこの時代に来た？　理由はあるんだな？」

核心《かくしん》に触《ふ》れる俺。そう、未来の出来事はわかった。しかし、どうしてそれが現代にも影響を与《あた》えるのか？　『UL《ウル》』とやらとこいつらがこの時代に来ているのか？

紅は静かに言う。

「――この時代に、北欧《ほくおう》の悪神ロキが『UL《ウル》』を連れて、逃《に》げてきているからです」

……ロキときたか。こりゃ、なかなかに複雑そうな問題だな。

漸がこう言う。

「三十年後の悪神ロキは、戦争中、隙《すき》を見つけて脱獄《だつごく》しています。そして、俺たちの敵として戦争に参加しました。その途中《とちゅう》で異世界の技術を用いて、時空を超え、この時代にたどり着いています」

……未来のロキがこの時代に来ているってことか。現代の奴は、アースガルズの牢獄《ろうごく》に繋がれているだろうからな。

俺は再度問う。

「それで、奴ら――ロキと共に来た異世界の連中がこの時代でやりたいことってのはなんだ？」

「——歴史の改変です。異世界の邪神や未来の悪神たちは、この世界の歴史をいじることで自分のやりやすい結末を描《えが》きたいのです」

漸が言う。

「それによって、俺たちの親父《おやじ》やリアス母さんたちの本来あるべき出来事を塗《ぬ》り替《か》えるつもりなんです」

紅が眉《まゆ》を寄せながら言う。

「僕たちのいた時代——未来の世界では、並行世界、つまり世界線の観測ができる能力者がいます。その方が言うには、この世界線は無事ですが、他の世界線ではすでに異なる歴史を歩み出しているそうです」

「ある世界線では乳神の精霊が現れなかったそうです。乳神と接触《せっしょく》することで、異世界の存在を察知されたくなかったのでしょうね」

漸がそう言う。

俺はあごに手をやり、首をひねっていた。

「大分、おかしなことになっていそうだな……」

ロキの奴め、この時代で一暴れして、あらゆる世界線の歴史をねじ曲げる気だな。まあ、あいつのことだ、それが未来で抱いたあいつなりの神々の黄昏《ラグナロク》なのだろう。

漸が緊張《きんちょう》の面持《おもも》ちで言ってくる。

「信じられないかもしれませんが……真実です」

とうてい信じてもらえないと思ったのだろう。

だが、俺は平然とひとつうなずくだけだった。

「いや、信じるさ。おまえさんたちの顔を見ていれば嫌《いや》でもあいつらの子供だってわかっちまうからな」

いま起きている状況《じょうきょう》とこいつらの話は、辻褄《つじつま》が合っていると俺は思っている。何よりもこいつらから感じるオーラの波長は……まんまあいつらのものだ。今更《いまさら》、疑う余地もないだろう。

安堵《あんど》した紅が息を吐《つ》く。

「母たちが言っていた通りでした。あなたに話せば、絶対に理解してもらえると」

安心してもらったところで俺は気になったことを訊く。

「……ところで、おまえたちをここに送り込んだのは誰《だれ》だ？　時を操れるなんて、相当なもんだぞ？　アジュカか……もしかして、俺の研究が未来でタイムマシンを作るにまで至ったか？」

おそらく、時を超える技術を持ったのは俺かアジュカ・ベルゼブブだろう。アジュカもその気になれば禁呪《きんじゅ》の類を複数用いて可能にしてしまうはずだ。それをしないのは、俺と同じ理由だろう。

俺の言葉に漸は当惑していた。

「……えーと、どちらも合ってはいるのですが……」

紅も言葉を濁《にご》しながら続く。

「その、アジュカさまの魔力術式とアザゼル初代総督《そうとく》の技術があったのは確かなのですが、それを操作しているのは、僕たちの上司といいますか……」

「たぶん、あの方もこちらに来ているとは思うのですが……」

二人とも怖々《こわごわ》としていた。よほど、その『上司』が怖いと見える。

「俺が知っている奴《やつ》か？」

訊く俺に紅はうなずく。

「はい。いちおう、リアス母さまのご眷属《けんぞく》の方です」

リアスの眷属？　となると……。

「……時、か。……まさかな」

一人しか思いつかないが……怖いだと？　何が起こっているというんだ、三十年後の未来は……。まあ、グリゴリ幹部しか知らない回線をこいつらが知っていたのは、未来にいる誰かが伝えたからだろう。

漸は紅に言う。

「紅兄さん、勝手にアザゼル初代総督と会ったこと、絶対に怒《おこ》るよ、あのヒト……」

息を吐く紅。

「そうだな、漸。きっと、腕《うで》を組んで、『貴様ら、これはどういうことだ?』って背景をゴゴゴゴと鳴らして苛立《いらだ》つに決まっている。だが、だからこそ、らしいとも言える」

二人の反応をおもしろおかしく観測している俺に気づいたのか、紅と漸も咳払《せきばら》いしていた。紅は話題を切り替えて、真《ま》っ直《す》ぐに言ってくる。

「実は、もうひとつ重要なこともあって、この時代に来ました」

漸も真に迫《せま》った表情となってうなずいていた。

「俺としてはそっちのほうが本命だと言ってもいい。実は――」

漸がそこまで言ったところで、俺に緊急《きんきゅう》の通信が入り込む。耳に展開する通信の小型魔《ま》方陣《ほうじん》。

朱乃の声が聞こえてきた。

『アザゼル先生。大変ですわ。例の者たちが、ソーナ会長の縄張《なわば》りに出没《しゅつぼつ》したそうです』

——っ！

……ソーナの縄張りは、駒王町に隣接《りんせつ》している地区だ。そこにまで『UL《ウル》』が出たということか。

「わかった、俺もいまから行く！」

それだけ言って、俺は通信を切った。

紅と漸は——すでにやる気に満ちていた。

「来る、ってことでいいか？」

俺が訊くと、二人はうなずく。

「はい」

「そのつもりで来ましたからね」

二人の勇ましい姿は——父親にそっくりのいい心構えだった。熱いハートは完全に引き継《つ》いでいるってことかね。

俺は指を立てていちおう言っておく。

「ただ、親には会わないほうがいい。何が起こるかわからんからな」

二人はこれに顔を見合わせたあとにおかしそうに噴《ふ》いていた。

「もちろん、そのつもりです」

「でも、遠目には見させてください。若い親を見るのも楽しみだったので……」

ま、それはタイムスリップの醍醐味《だいごみ》でもあるか。

俺たちは転移型魔方陣で一気に現場近くまでジャンプしていく——。


—D×D—


深夜の上空を飛ぶ俺たち。

紅も漸も翼《つばさ》はドラゴンのものだった。ここはイッセーの血が濃《こ》いようだ。顔はどちらも母親似なんだけどな。まあ、イッセーに顔が似たところでいいことはないだろうし。

朱乃からの二度目の通信では、ソーナチームの攻撃《こうげき》から複数の『UL《ウル》』が逃げたとのことだった。

どうにも紅たちは、奴らの居場所を感知できる機器を有しているようで、手元に小型機器を持って、反応を確認していた。

紅が、とある一点を指さして「あそこです」と伝えてくる。

俺たち三人は、駒王町から大分離《はな》れたところにある山の奥地に降り立っていた。

前方に複数のうごめく物体を視認できた。近寄って見れば——十数体に及《およ》ぶ『UL《ウル》』だった。――と、すでに戦闘《せんとう》が開始しているようで、魔力の波動を感知できてしまう！

紅《あか》いオーラが光の軌跡《きせき》を描《えが》きながら、『UL《ウル》』に襲《おそ》いかかっている！

間近にきて、俺は眼前の光景に驚《おどろ》く。

複数の『UL《ウル》』、その中央に禍々《まがまが》しくも神々《こうごう》しいオーラを放つ存在が佇《たたず》み、対峙《たいじ》するように紅いオーラを全身から放つ剣士《けんし》が道で睨《にら》み合っていたからだ。剣士はフードを被《かぶ》っており、顔までは見えない。

『UL《ウル》』を付き従えているのは……懐《なつ》かしいオーラの波動じゃないか。そう、悪神ロキそのものだった。容姿すら、先日と一切変わらぬ格好だ。

剣士は、紅いオーラを纏《まと》う紅い刀身の長剣を一閃《いっせん》して、『UL《ウル》』を一気に二体も屠《ほふ》り去って行った。

紅いオーラを放つ剣士がロキに言う。

「ようやく会えたな」

ロキは忌々《いまいま》しそうに顔を歪《ゆが》めていた。

「貴様は……っ！　ここまで追ってきたというのか……っ！　……忌々しき真紅《しんく》の血族がっ！」

剣士がふいにフードを取り払《はら》う。そこにちょうど雲に隠《かく》れていた満月が、顔を覗《のぞ》かせる。

月光に照らされて、そこに立っていたのは紅髪《べにがみ》の少年剣士だった——。

紅が一歩前に出て紅髪の少年に言う。

「——イクス、来ていたのか」

イクスと呼ばれた少年剣士は、不敵な笑みを見せていた。

「やあ、兄さんたち。——遅《おそ》いから、俺だけで片付けようと思っていたところだ」

大胆不敵《だいたん》にそう告げた少年は、再び『UL《ウル》』に勇敢《ゆうかん》に斬《き》りかかっていく！

「他《ほか》の兄妹——まだイッセーの子供が来ているということか」

俺が紅に問う。

「ええ、皆《みんな》、アーシア母さんを助けるためなら、どこまでも行きますよ」

その言葉に俺は訊《き》き返す。

「アーシア、だと？　いったい、何が起こったというんだ……？」

訊いている俺など置いて、イクスはロキに言う。

「わざわざ、おまえたちを斬るために三十年前の世界にまで来てやったんだ」

ロキが手元に魔方陣を展開させて、魔法の弾《たま》を幾重《いくえ》にも撃《う》ち込むが——。イクスは紅色の剣で、容易《たやす》く打ち消してしまう！

この結果にロキは歯噛《はが》みしていた。

「…………ッッ！　我が攻撃を斬り払うかっ！」

俺は、イクスの左腕に装着されたものを見て驚いた。

──赤龍帝の籠手《ブーステッド・ギア》にそっくりなガントレットだと⁉

「紅髪に……赤龍帝の籠手《ブーステッド・ギア》にガントレット……。じゃあ、あの少年は──」

俺の言葉に紅がうなずく。

「はい、彼は僕たちの弟──イクス・グレモリー」

漸が続いた。

「あちらでのイクスの異名は『真紅剣の神滅龍子《ゴッド・スレイヤー》』──。あいつは、各神話体系の連合軍で若きエースにして、グレモリー一族きっての最強の剣士です。何せ、剣の師匠《ししょう》が聖魔剣の木場祐斗《ゆうと》さんで、ドラゴンとしての師匠は──」

イクスが紅髪をかき上げ、真紅の剣を携《たずさ》えながら、ロキに一歩また一歩と近寄っていく。

「ロキ、悪いが、俺は白龍皇《はくりゅうこう》ヴァーリに鍛《きた》えられているんでね。親父《おやじ》の赤龍帝ほど甘くはない。──敵は確実に滅《ほろ》ぼす」

紅髪の少年剣士は、全身から紅いオーラを解き放つと剣を構え、ロキに憎悪《ぞうお》の眼差《まなざ》しを向ける。

「──アーシア母さんの仇《かたき》を討《う》たせてもらう。グレモリー公爵《こうしやく》家の名において、おまえを斬り滅ぼすっ！」

その少年は、母の華麗《かれい》さと父の勇敢さを有した、まさにあいつらの子供だった――。

第2話　異界からの侵略者《しんりやく》

「はっ!」

熾烈《しれつ》な様相で敵——異世界の生物『UL《ウル》』に斬り込んでいく紅髪の少年剣士ことイクス・グレモリー。見たところ、歳《とし》は十五、六だろう。少年の髪、身に纏うオーラ、手に持つ剣に至るまで紅色であった。

複数の『UL《ウル》』が、両手を前に突《つ》き出す。前腕《ぜんわん》の至るところがカシャカシャと機械的にスライドしていき、形態変化をし始めていく。銀色の異物の腕から、砲口《ほうこう》が現れた。腕にあんなものを仕込んでいるのか。機械生命体らしい特徴《とくちょう》だ。砲身と化した『UL《ウル》』の腕、その砲口が怪《あや》しい紫色《むらさきいろ》の輝《かがや》きを放つ。

刹那《せつな》、イクス目掛《めが》けて光弾《こうだん》が発射される。放たれた光弾は、イクスに当たることなく、その先にあった高木に直撃した。イクスが音もなくその場より消えたからだ。

高木は光弾を受けた箇所《かしょ》が、丸ごと抉《えぐ》られた格好となっている。光弾が当たった瞬間《しゅんかん》に光が広がり、その分だけごっそり持っていかれたのだろう。あの光弾がこの世界の技術、異能ではない以上、直撃を受けるのはマズいな。ロスヴァイセの防御魔方陣《ぼうぎょまほうじん》を素通《すどお》りしたのを見ているため、通常手段のディフェンスでは致命傷《ちめいしょう》を受けかねない。

光弾が俺や紅《くれない》、漸《ゼン》のほうにも向けられる。直撃を避《さ》けるために、俺は飛び退《の》いて回避《かいひ》に成功するが……光弾は木々だけじゃなく、地面や路面にまで着弾して、抉り去っていく。

紅と漸は——。

「甘い」

「この程度、俺のデュランダルⅣ《フォー》ならっ！」

見覚えのない術式の魔方陣を展開して、光弾を防ぐ紅。そして、デュランダルに似た聖剣のオーラで消滅《しょうめつ》させていた。……どうやら、こいつらの時代には『UL《ウル》』の攻撃を防ぐ手段が確立しているようだ。

——と、俺の視界に『UL《ウル》』の周辺に紅い閃光が幾重にも発生するのが確認できた。同時に『UL《ウル》』たちの動きが止まる。目の光も消え失《う》せて、一拍《いっぱく》おいたあとで四散していった。

再び音もなくイクスが姿を見せる。その手に握《にぎ》る紅色の刀身の剣は、濃密《のうみつ》な滅びのオーラをたゆたわせていた。『UL《ウル》』の光弾を神速で避《よ》け、詰《つ》め寄り、複数を同時に斬り払ったのだろう。恐《おそ》ろしいまでの高速剣技だ。木場《きば》そっくりの剣技だった。

イクスの剣に斬られた『UL《ウル》』は、斬られた箇所が削《けず》り取られたように消失しており、少年の攻撃は斬るというよりも削り取ると表現したほうが正しいだろう。あれは、リアス同様『滅び』の魔力に違《ちが》いない。

というよりも、イクスが内包しているであろうオーラは、感じ取れる範囲《はんい》だけでも常軌を逸《いっ》してやがる……っ。明らかにこの歳で現代の両親を突き放すものを感じてならない。

そして、奴《やつ》の体捌《たいさば》きはヴァーリにそっくりであり、剣の構え、技は木場のもの。……なるほど、イッセーとリアスの子供が、両親の特性を引き継《つ》いで白龍皇《はくりゅうこう》と聖魔剣使いに師事するとこうなるというわけか……。

ロキが使役《しえき》していた『UL《ウル》』を薙《な》ぎ払われたことで、歯を食いしばっていた。

イクスが不敵に剣の切っ先を悪神に向ける。

「ロキ、アーシア母さんにかけた呪《のろ》いを解け。そうすれば、楽に消してやる」

「……神を相手によくも言ってくれるものだな、紅髪の剣士イクス」

「この場で切り刻まれないだけマシと思え」

一触即発《いっしょくそくはつ》の雰囲気《ふんいき》だが、ロキの焦《あせ》った様子を見る限り、イクスの実力をよく知っているのだと思われる。紅と漸もロキを囲むような配置についた。

俺もイッセーの子供たちに協力しようと一歩足を踏《ふ》み出したときだった。

――ロキの近くに空間の歪みが発生していた！

歪みはしだいに大きくなり、青い光が生まれて、形をなしていく。光が人型に浮《う》かび上がったところで歪みは消えていった。浮かんだ物体の輝きが落ち着くと、そこに立っていたのは――機械めいた人型だった。

青色を基調とした光沢《こうたく》のある機械の全身。頭部には三本の角があり、目はバイザー型である。全体的に鋭角《えいかく》なフォルムを持ち、背中には右側に翼《つばさ》のようなものが三枚生えていて、左側は翼ではなく、キャノンらしき砲身が伸《の》びていた。オーラは読み取れないが、不気味なプレッシャーだけは感じ取れる。おそらく、ファーブニルの鎧《よろい》を着込んでいたときの俺と同等……いやいや、それよりも上か。

人型機械はイクスたちを視界に捉《とら》えたようだ。バイザー型の目が機械的な輝きを放つ。

【――まさか、ここでも《赤い龍《ウェルシュ・ドラゴン》》の子らが現れるとは】

口らしきものは頭部には見当たらないが、それでも音声がそのモノから発せられたのはわかった。

ロキがその物体の登場に安堵《あんど》の顔を見せていた。

「ルマ・イドゥラか！　遅かったではないか！」

【合流ポイントより離《はな》れた位置に転移したため、少々手間取った】

人型機械──ルマ・イドゥラとロキに呼ばれたモノを見て、紅と漸は険しい表情を浮かべていた。

紅がぼそりと漏《も》らす。

「……レッズォ・ロアドの『四　将《インヴェイド・ファナティック》』か」

……レッズォ・ロアド、当然だが聞いたこともない名前だ。異世界の生物、その上位的存在と見て間違いはなさそうだが……。

ルマ・イドゥラがロキに言う。

【勝手に動かれては困るのだが、ロキ殿《どの》。我らが揃《そろ》うまで手を出さぬよう我が主《あるじ》より申しつけられていたはずだ】

「……わかっている！　偶然《ぐうぜん》、イクス・グレモリーと出くわしただけのこと！」

ルマ・イドゥラの目が、イクスを捉える。バイザーが、怪しく輝いた。

イクスは、兄である漸が警戒《けいかい》を強めたルマ・イドゥラの登場を見ても、不敵な笑みを浮かべるだけだった。

「ちょうどいい。ルマ・イドゥラ、おまえもここで滅んでいけ」

【変わらずの大胆不敵ぶりだ、イクス・グレモリー。だが、まだ父の赤龍帝《せきりゅうてい》ほどの迫力《はくりょく》を纏《まと》うには早いようだ】

イッセーと比べられたイクスは——不快そうな表情をしていた。

ルマ・イドゥラがふいに右腕《みぎうで》をあげる。すると、ルマ・イドゥラとロキを覆《おお》うようにドーム状のバリアーが発生し、その足下《あしもと》に陣が出現していた。

陣が輝きを放つなかで、ルマ・イドゥラが言う。

【ここは退《ひ》かせてもらおう】

「させるか」

イクスが剣《けん》を振《ふ》り下ろして、滅びのオーラを相手に放つ。——が、ルマ・イドゥラとロキを包むバリアーは強固であり、イクスのオーラを難なく防いでしまった。

まばゆい輝きが生まれて辺りに広がった。光が止《や》んだときには、そこにルマ・イドゥラとロキの姿はなかった。転移したのだろう。

イクスは息を吐《は》くと、剣を鞘《さや》に納める。

「……そう簡単に仕留めるわけにもいかないか」

そう漏らすと同時に踵《きびす》を返して、この場から去ろうとする。

イクスの行動を見て、漸が叫《さけ》ぶ。

「イクス！　単独行動は控《ひか》えろとヴラディさんから言われているはずだぞ！」

イクスは振り返りもせずに言う。

「……漸兄さん、それに紅兄さん、俺は俺で動かせてもらう。一人で仇討《かたきう》ちをしようなんて思ってはいないよ。——奴らを見つけたら、連絡《れんらく》はする」

そう告げた瞬間、イクスは一切の音も立てずにこの場から去っていった。

漸は髪《かみ》をかきあげながら、吐き捨てる。

「おい、イクス！　ったく、あいつは……っ！」

紅が、俺に頭を下げてきた。

「……すみません、向こう見ずな弟で。普段《ふだん》は素直なのですが、大切なものを傷つけられると無鉄砲《むてっぽう》になる気質がありまして……」

なるほどな、イッセーたちの子供らしいじゃないか。

俺はイクスの行動を特に気にせずに言った。

「ははっ、両親のどちらにもそっくりじゃないか」

これには紅と漸もポカンと顔を見合わせたあと、苦笑するしかなかったようだ。

「返す言葉もありません」

紅がそう告げたとき、ふとイッセーたちが近づいてきている気配を察する。どうやら、あいつらもここでのドンパチに気づいて近くまで来ているようだ。

俺は紅と漸に訊《き》く。

「おっ、あいつらが来るな。……おまえたち、どうする？」

直接会うのは避けたほうがいい。かといって、俺がここを離れるわけにもいかない。あいつらが来たあとで、ここでのことを話せる範囲で話さないといけないだろうからな。

紅が漸と目で意思疎通《そつう》したあとに言った。

「会うとマズいでしょうから、一旦《いったん》退きます。——後日、駒王学園《くおうがくえん》周辺で会うという形でよろしいでしょうか？」

「ああ、何かあったら例の回線で連絡をくれ」

俺のその言葉に紅と漸がうなずく。

「——了解《りょうかい》」

それだけ言い残して、二人は夜の闇《やみ》に消えていった。

取り残された俺だが……さて、どうリアスたちに伝えたものか。思慮《しりょ》しながらも、俺は奴らの到着《とうちゃく》を待った。


—D×D—

未来のロキとの一戦から二日経過した平日のことだ。

駒王学園に設けている俺の研究室にて、イッセーの子供たち――姫島《ひめじま》紅と漸・クァルタを招いていた。

ここにこいつらをそのまま招き入れると、リアスたちかソーナたちに勘《かん》づかれそうだったので、紅と連絡を取り合い、この部屋の座標と、魔方陣でここに至るまでの経路を伝えて、直接室内に転移してもらっている。研究室は、俺が独自に用意していた結界で覆っているため、ちょっとやそっとでは紅たちを察知することはできないだろう。

そこまで準備して、こいつらを招待している。その上で俺はこいつらから、いろいろと話を聞かせてもらっていた。

まず、ロキたちの目的だが、奴らはこの時代を軸《じく》にして、いまより数週間から数か月の範囲で細かく何度も過去に時間転移して歴史を操作し出しているであろうこと。この時代を軸にしてさらに過去に遡《さかのぼ》るのは、時間転移のブレ幅《はば》を出来る限り小さくするためだろう。……この時間軸には影響《えいきょう》は出ていないそうだが、異なる世界線はたくさん生まれているだろうな。

次に重要なのは――アーシアについてだ。イクスや紅、漸、イッセーの子供たちは未来で起きたアーシアの変化が原因でこの時代に飛んできている。

イクスは、ロキを相手に「呪いを解け」と、紅や漸は、「アーシア母さんを助けるためなら、どこまでも行く」と言っていた。そこからおおよそのことは想像できる。俺はそれを踏まえた上で紅と漸に訊いた。

「おまえたちから聞いた説明では、未来で起きた戦争、それが原因でロキが牢獄《ろうごく》から脱走《だつそう》した。そして、おまえたちやイクスは、この時代に転移したロキや『UL《ウル》』を打倒《だとう》するだけではなく、『アーシアを救う』という目的を持って時間移動している。イクスはロキにアーシアにかけた呪いを解けと言っていたな。……三十年後の世界で、アーシアはロキに呪いを受けたってことか？」

俺の問いに二人は悲哀《ひあい》に満ちた表情となって、うなずいた。

紅が言う。

「……はい。脱獄したロキは、自分を捕《と》らえたリアス母さまと白龍皇ヴァーリさんの一派に恨《うら》みを晴らすべく、仕返しを企《くわだ》てました。そのひとつが——アーシア母さんへの呪いです」

漸が続く。

「……不幸が重なったんです。その日、ちょうど誰《だれ》もアーシア母さんの傍《そば》にいなかったものですから、ロキの復讐《ふくしゅう》をその身に受けてしまい……アーシア母さんは目覚めることのない深い眠《ねむ》りの呪いに落ちてしまった。……ロキが牢獄のなかで独自に考案した凶悪《きょうあく》な術式を無数に重ねてかけた呪いのようでして、ロスヴァイセ母さんをはじめ、魔法《まほう》に長《た》けた方々でも、ロキ本人が解呪《かいじゅ》するか、術式の構築について口を割らせない限り、アーシア母さんは目覚めないと判断してました」

紅もこう続ける。

「膨大《ぼうだい》な時間をかければ解析《かいせき》が可能かもしれないとも意見もありましたが、これでは意味がありません。すでにアーシア母さんは呪《のろ》いによる衰弱《すいじゃく》が始まっているため、解析まで保《も》たないからです。それならば、過去に転移したロキと『UL《ウル》』を打倒すると共にロキの身《み》柄《がら》を確保して、解呪に近づけたほうが現実的だと上の方々と話し合い、今回の作戦を実行しました」

「……ロキめ、牢屋のなかで恨みを募《つの》らせ、よほど強烈《きょうれつ》な術を構築したようだな。腐《くさ》ってもロキは神だ、たとえ主神オーディンだろうとも魔法の才女たるロスヴァイセであろうとも、ちょっとやそっとでは解析できないだろうよ。

俺は二人に問う。

「アーシアは、やさしいか？」

紅が微笑《ほほえ》みながら言う。

「……ええ、『母』たちのなかで、誰よりもやさしい方です。いつも僕たちに笑顔を見せてくれていますよ」

漸が目に溜《た》まっていた涙《なみだ》を拭《ぬぐ》いながら続く。

「……怒《おこ》ったことなど、一度だってありません。いつだって、やさしく語りかけて、俺たちを導いてくれていた。俺たち兄弟、皆《みんな》、アーシア母さんを救うためなら、どこまでも行きます。たとえ、過去であろうとも、助けられるのであれば絶対に行く。ですから、今回だって、必ずロキを捕らえて元の時代に戻《もど》るつもりです」

母親としてのアーシアは、子供たちに心の底から慕《した》われているようだ。まあ、いまのアーシアからも、それとなく子煩悩《こぼんのう》のいい母親になりそうな面は見て取れる。過去に行ってまで救いたいと強く想《おも》えるほどにイッセーの子供たちのなかでアーシアの存在は大きいのだろう。

俺はあごに手をやり唸《うな》っていた。

……よし、大体の流れ、こいつらの目的は把握《はあく》できた。次は、個人的に気になっていたことを訊いたほうがいいだろう。

俺は、リアスの息子——イクスを含《ふく》め、こいつら自身について、二、三質問をさせてもらい、説明を受ける。

……イクスの持つ剣のことも気になっていたが、それ以上に左腕に装着されていたガントレット――赤龍帝の籠手《ブーステッド・ギア》についてどうしても訊きたかったのだ。

いくつか説明を受けた俺があらためて訊く。

「じゃあ、イクスが持っていた籠手《こて》――。あれは人工の神滅具《ロンギヌス》と見ていいんだな？」

ゼノヴィアの息子――漸がうなずく。

「はい、俺たちの時代では、数は少ないですが、人工の神滅具《ロンギヌス》が作られるようになっています。イクスの籠手も成功作のひとつです。ただ、本物と比べると性能は格段に下がりますが……。通常の人工神器《セイクリッド・ギア》に比べたら段違《だんちが》いに強いのは確かです」

……そうか、三十年後の未来では、神滅具《ロンギヌス》も人工的に作れるようになっているんだな。まあ、現時点でも俺がある程度研究を進めているわけだし、もう二歩か三歩、真理に近づけば到達してもおかしくはないことだ。むろん、漸が言うように本物とは比べものにはならないだろうが……。それだけ、神滅具《ロンギヌス》の性能がおかしいということだ。

ふと、俺の研究室に置かれているものを手に取って興味深そうにしている紅の姿が目に入った。

紅が持っているのは人工の神器《セイクリッド・ギア》の試作品なのだが……その手の仕草は素人《しろうと》のものとは違い、覚えのある者のそれだった。明らかにその試作品の特性を認識した上でいじっていやがる。

俺は「ああ、そういうことか」と気づいて、紅に訊く。

「……あれは、イクスの籠手は、おまえが関わったのか？」

俺の言葉に紅は人工神器《じんこうセイクリッド・ギア》をいじる手を止めて、心底驚《おどろ》いた表情をしていた。

「よくわかりましたね」

「雰囲気《ふんいき》かな。おまえさんからは研究者気質を感じる。グリゴリの幹部に……むかしからの仲間にその手のが多いから空気でわかる」

俺の周囲は研究者だらけだ。付き合う相手もその系統が多い。室内での紅の行動を二、三見てすぐにわかってしまった。

紅が続ける。

「ええ、あなただからお話ししますが、僕は三十年後の世界ではグリゴリの研究者として列席してます。あなたの研究を引き継《つ》ぐ形でして――」

……紅の言葉にそれとなく、見えるものがあった。

俺の研究を『継ぐ』、か。……なるほどね。まあ、いまは追求しないさ。あまり、訊くのはよろしくないだろう。ロキの悪戯以上に未来を変えるような真似《まね》はできない。

「俺たちの研究を継ぐなんてよ。朱乃《あけの》がよくそれを許したな」

俺がそう言う。

……朱乃は、どうにも俺に手厳しくてな。それは父親のバラキエルと和解したあとでも、同様に感じる。

俺の言葉に——紅は、正体を言い当てたとき以上に驚いた様子だった。

「……そうなのですか？　それは興味深いですね。母からはあなたへの敬愛の言葉をよく聞いていますが……名前を出すたびに感謝の言葉ばかりですよ」

………そ、そうなのか？　うーん。これから、俺が朱乃の信頼《しんらい》を得られるイベントでも発生するのだろうか？

漸が言う。

「朱乃母さんはリアス母さんの眷属《けんぞく》でありながらもグリゴリの幹部に列席していますし、俺たちの時代はバラキエル先生が総督《そうとく》をされています」

……そうなのか。あいつが幹部に、ね。なんだか、感慨《かんがい》深いものを感じてならない。

それにその時代の総督はバラキエル。しかも『先生』ときたか。

…………。

……いかんいかん。見えちゃ、い、いや、ダメだな。あまりそれを考えたらいけない。

俺は気を取り直して、あえて追求せずに、

「……そりゃ、興味深いことばかりだな」

とだけ返した。話を変えるか。

「次の質問だ。イクスの剣《けん》や――漸の持つ剣は伝説の武器か？　この時代にはないものだな？」

そう、イクスの持っていた紅色の刀身の剣、そして漸の持つデュランダルに似た聖剣について問う。俺は聖剣魔剣、伝説の武器に関してはほぼすべて把握していると自負している。全神話体系の現時点でのデータだが。

漸が亜《あ》空間《くうかん》にしまっていた剣を取り出して、俺に見せてきた。

「俺の聖剣はデュランダルⅣといいます。母が持っていたデュランダルの発展型です」

発展型、Ⅳ、つまりデュランダルの系譜《けいふ》の四番目か。新たに作り出したのだろう。伝説の聖剣を新しく作り出す技術は三十年後で発展しているようだ。

しかも、この剣……弾倉《だんそう》と排莢口《はいきょうこう》がついてやがる。錬金術《れんきんじゅつ》だけじゃなく、機械的な技術も使われてるな。超常《ちょうじょう》の力と科学技術が結びついて生まれたような武器だ。俺たちグリゴリがやっていることの延長線上にあるような聖剣だ。

聖剣をいじっている俺に紅が言う。

「イクスの持っている剣は、真紅剣《スカーレット・ブレード》ガラティンⅢ《スリー》改――。デュランダルⅣ同様、伝説の剣であるガラティンの発展型でして、それをさらにイクス専用に鍛《きた》えた一本です」

ほう、ガラティンときたか。エクスカリバーの兄弟剣とされ、決して刃《は》こぼれしないとされる伝説の一振《ひとふ》り。その発展型の上にイクス専用……なるほど、イクスの滅《ほろ》びの魔力を纏《まと》ってもあの剣が無事な理由はそれか。あえて頑強《がんきょう》なガラティンを選び、その新型を専用に鍛えたわけだ。

「アスカロンの新型じゃないんだな」

イッセーの持っている聖剣の発展型でも持つのかと思ったが、そうでもないようだ。

これには紅も漸も肩《かた》をすくめるばかり。

「あいつは、父親のこと、苦手ですから」

「剣の選定をするときも、『アスカロン以外で』と強調してました」

——と、漸と紅が続いて答えた。

……未来のイッセーは、自分の子供がヴァーリと木場に師事して、父親を嫌《きら》っていることを、どう思ってるんだろうか。というか、何をして嫌われているんだ……？　見たところ、この二人は父親に対して特に嫌悪感《けんおかん》を持っていないようだが……。

話を聞く限り、紅がイッセーのところの長男であり、歳《とし》は十八。漸が次男で十七だそうだ。イクスはイッセーの息子《むすこ》としては四男に当たるという。

ふと、部屋の壁《かべ》にかけられている時計に視線を移す紅に気づいた。

「……時計を気にしてどうした？　誰《だれ》かと……そうか、他《ほか》の兄妹《きょうだい》と待ち合わせか？」

俺は口に出していて、そこに気づいた。

「ええ、本来なら『妹』たちと合流予定の時間でして……」

紅がそう言った。

……『妹』たち、ね。イッセーの娘《むすめ》か。誰との娘だ？　やはり、気になってしまうが……。

漸が紅に言う。

「兄さん、『UL《ウル》』の奴《やつ》らも転移に誤差が出ていたようだし、こっちも出ているかもよ？」

「そうだな。少しその辺りを修正して動いたほうがいいか」

兄弟のやり取りを見ていた俺はふといい案を思いつき、いたずらな笑みを浮《う》かべて言ってみた。

「じゃあ、時間があるのか。ちょうどいい。——見ていくか、おまえたちの親を？」

俺の提案に二人は顔を見合わせたあとで、「どうやってですか？」と同時に訊《き》いてきたのだった。

『ちょっと朱乃！　イッセーはいま私の膝枕《ひざまくら》で耳かきをするところだったのよ！』

『いいえ、リアス。イッセーくんはこれから私と別室で「メイドとご主人さまのいけない関係」をシミュレーションする約束だったのよ！』

『もう！　そんなシミュレーションなんて知らないわよ！　朱乃のおたんこなす！』

『耳かきなんて家でもできるじゃないの！　リアスはケチですわ！』

『いやー、まいったな。ぐへへへへ……』

　俺が研究室のモニターに映したのは――オカルト研究部の様子だった。ちょうど、リアスと朱乃がイッセーを取り合い、そのイッセーはスケベ顔で困っているという場面だった。

　羽虫型の観察用カメラを旧校舎に放った俺は、窓ガラスにその羽虫を密着させて、室内の様子をこちらに飛ばしていた。

　昨夜《ゆうべ》のことだが、駆《か》けつけてきたリアスたちには、俺がグリゴリのエージェントと共に謎《なぞ》の生物を調査中、そいつらと偶然《ぐうぜん》かち合ったので、その場にて戦闘《せんとう》になったと言付けた。

　……ロキが放った北欧《ほくおう》の魔法《まほう》の術式及《およ》び、イクスの纏っていた滅びの魔力の残滓《ざんし》からロスヴァイセが感知して解析《かいせき》をしそうだったので、諸々偽《もろもろぎ》装《そう》させてもらった。

　……イッセーの子供たちよ、おまえたちが今回の一件を解決できなかったら、俺はとんでもない背徳行為《こうい》をしたことになるんだぞ。協力してやるんだから、後腐《あとくさ》れなく無事終えて帰還《きかん》してくれよ？

　さて、カメラ越《ご》しに親の様子を見ていたとうの子供たちはというと……顔を手で覆《おお》い、呆《あき》れつつも、恥《は》ずかしそうにしていた。

　漸がイッセーの姿を見て言う。

「……あれが高校時代の親父《おやじ》か。……変わってないな」

「あっちでもスケベか？」

　俺が問うと、紅が苦笑しながら続く。

「……まあ、スケベだとは思いますよ。複数の奥さんに尻《しり》に敷《し》かれているとも言いますが」

　ああ、嫁《よめ》の尻に敷かれるタイプだよな、イッセーって。その点では、グレモリー家の男子と気が合うだろう。

　漸が頰《ほお》をかく。

「でも、俺たち、親父とのやり取りは案外少なくて……どっちかというと、祐斗《ゆうと》さんに育てられたといいますか……」

　父親との交流は少ないということか。あー、なんとなくわかるな。

「あいつ、未来で忙《いそが》しいんだろ？」

　俺がそう口にした。現状でもおっぱいドラゴンとして人気者のあいつは、スケジュールが圧迫《あっぱく》されてきている。この時点でこれなら、三十年後なんていまよりずっと過密なスケジュールになっていてもなんらおかしくない。いや、むしろそうなっているだろうさ。

　漸が答える。

「わかりますか？　ええ、その通りです。もう、各地で引っ張りだこでしてね。冥界《めいかい》だけじゃなく、他の神話体系のところにも助《すけ》っ人《と》に行ったり、講演、興行に行ったりで……。赤龍帝としても、おっぱいドラゴンとしても各地を飛び回ってますよ」

　紅が続く。

「二百年先までスケジュールが埋《う》まってますからね。うちの母親たちともほとんど会えずじまいで、逆に母たちがローテーションで付き添《そ》っているぐらいです」

　二百年⁉　そ、そりゃ、さすがに想定外だ。あ、あいつ、そんなに忙しくなるのか……。それは確かに子育てしている余裕《よゆう》もないな……。嫁たち——マネージャーたるレイヴェル中心だろうが、それらのフォローがあってようやく各地を回れている状況《じょうきょう》なのだろう。

　漸が言う。

「そんなものですから、俺の弟、妹——特にイクスは、親父よりもヴァーリさんに懐《なつ》いてしまって……」

……遠くの父親よりも会える位置にいる白龍皇ってことか。ライバルの子供の相手をするあいつの心情が測れないが……案外、未来のヴァーリは楽しんでいるかもしれない。

羽虫型カメラが、今度は——木場を映す。イッセーたちのやり取りを気にせず、ソファで本を読んでいた。

木場を見て、紅と漸が唸《うな》る。

「さすが俺たちの剣の師匠《ししょう》だ。当時から一分の隙《すき》もない剣士だったんだな」

漸が意気揚々《ようよう》と話す。

「俺を含《ふく》め、兄弟たちの剣の師匠は木場祐斗さんです。というよりも俺にとってみたら、第二の父親みたいなもんでして……」

おおっ、注意深く木場に視線を送っているぞ、こいつら。尊敬の眼差《まなざ》しから察するに木場はよほどイッセーの子供たちから慕《した》われているようだ。

……忙しい父親よりも、師匠である木場と過ごした時間のほうが多いのかもしれん。

漸の発言を聞いて、紅が弟に注意をする。

「それは言うな。父さんも忙しい身の上なんだぞ」

ふと気になって俺は訊いた。

「ゼノヴィアやイリナは剣を教えてくれなかったのか？」

漸の言葉から察すると、剣の師匠が木場である点はわかるようで、引っかかるところでもある。こいつの母親が女剣士たるゼノヴィアである以上、母親からも剣を習っていて当然だと思ったのだが……。あいつの気質なら、息子に剣を教えるだろう。

しかし、ゼノヴィアの息子たる漸は「とんでもない！」と首を横に振《ふ》った。

「そんな、俺んところの母さんが、剣を教えるなんて……」

訝《いぶか》しげに感じている俺に紅が補足説明をくれる。

「ゼノヴィア母さんは、教育熱心な方でして……父の仕事を手伝う傍《かたわ》らで、冥界の一流大学を目指す学生が通う塾《じゅく》の塾長をやってます。それもありまして、会うたびに勉強しろ研究しろ頭を働かして行動しろと僕たち兄弟の教育係みたいなものでしたよ」

……マジか。あいつが、塾の塾長で教育ママだと⁉　……わからんもんだな！

漸が続く。

「……若い頃《ころ》に剣に明け暮れて青春を人並みに謳歌《おうか》できなかったそうなので、とにかく健全に勉強して運動して青春しろと、いい学校に入れるよう誰よりも教育熱心ですよ」

あー、そっちに行っちまったか、ゼノヴィア〜。自分の半生を振り返って、息子たちに同じ轍《てつ》は踏《ふ》ませないという方向に思考がいってしまったのだろう。

それはゼノヴィアを責められない事柄《ことがら》だ。教会育ちからこの駒王学園での生活だからな……。価値観がそっくり裏返っても仕方ないことだ。

漸が未来のイリナのことにも触《ふ》れる。

「イリナ母さんは、天界の仕事が忙しすぎてほとんど会えません。たまに帰ってきても疲《つか》れてすぐに寝《ね》ちゃいます」

「女性管理職の休日風景だと他の母さんたちは評してます……」

紅も切なそうにそう言っていた。

……そうか、イリナは家に帰るとくたびれたOLの暮らしになっているのか。……いまのうちにそっと将来の役職についてのアドバイスをしておいてやるかな。

ふと、漸がデスクの上にあった写真立てを見ていた。そこには俺、サーゼクス、ミカエル、オーディン、ゼウスといった首脳陣《じん》で集まった一枚が収まっていた。それを見た漸が思いついたことを口にした。

「そういえば、この時代の魔王さまは……リアス母さんのお兄さんでしたか」

「……おまえたちの時代では違《ちが》うのか？」

俺の問いに漸は慌《あわ》てて口を手でふさいだ。「しまった」と感じたようだ。

「すみません、失言でした」

謝る漸だったが、紅が言う。

「初代総督《そうとく》なら、別に構わないんじゃないか？　歴史への干渉度《かんしょうど》は極《きわ》めて低い方だと僕たちの時代でも結論づけられていた」

そりゃ、ありがたい評価なことで。

紅が言う。

「僕たちの時代の魔王は――四大魔王ではなく、七大魔王制度になっています。ルシファー、ベルゼブブ、レヴィアタン、アスモデウスの他にマモン、ベルフェゴール、ベリアルが新たに加わっています」

……四名から、七名に変わったたか。代表者が増えるってのは相当なことだ。よほど、内政に変化があったと見える。

内戦か？　いや、内側に巣くっていた深い闇《やみ》が露《あら》わになって、現政権が維持《いじ》できなくなったと見ていいのかもしれん。……前途《ぜんと》多難だな、サーゼクスよ。

紅が説明を続ける。

「この時代とは、アジュカ・ベルゼブブさま以外、すべて魔王さまが変わっていますよ」

……今後、予想外なことは起こるってことか。まさか、一番魔王をやめそうな者が、未来でも現役だなんてな。

俺が目を細めて言う。

「……サーゼクスたちのことは、訊かないほうがいいんだろうな」

紅がうなずく。

「ええ、おそらくは。これ以上の情報はさすがにマズいと思いますので……」

それに、こいつらが俺のことを『初代総督』と呼ぶのも……あまりいい結末は迎《むか》えられそうもないな。

それからは、あまり未来の政治について触れることなく、紅と漸が過去の親たちを覗《のぞ》く姿を楽しむことにした。

イッセーたちのいまの姿に一喜《いっき》一憂《いちゆう》していて、こいつらを見ていて飽《あ》きなかった。

十数分ほど経過したところで、紅と漸の耳元に小型の通信用魔方陣が展開した。どうやら、『妹』たちと連絡《れんらく》がついたようだ。

親の姿の覗き見を切り上げて、俺も付き添う形で紅と漸と共に指定の合流場所に転移していく――。


―D×D―


転移した場所は、駒王町から駅で四つ離《はな》れている町の森のなかだ。

背の高い木々が生《お》い茂《しげ》る森の開けたところに、その『妹』たちが佇《たたず》んでいた。白い着物と、黒い着物の少女の二人組。見た感じでは、十二、三歳ほどの小柄《こがら》な娘《むすめ》たちだ。その頭部には——猫《ねこ》のような耳が生えていた。

着物の少女たちは、兄を見かけるなり笑みを浮《う》かべた。

「——紅兄さま、漸兄さま」

「ようやく合流できたにゃん」

漸が俺に少女たちを紹介《しょうかい》してくれる。

「俺たちの妹です。白いほうが、白雪《しらゆき》。黒いほうが、黒茨《くろばら》です」

おそらく、白い猫耳少女は小猫《こねこ》の娘、黒い猫耳少女は……黒歌《くろか》ってことでいいのか？　ったく、あいつらもイッセーにベタ惚《ぼ》れしちまってたってことなんだろうな。

……白雪は『白雪姫《ひめ》』か？　黒茨は……『眠《ねむ》れる森の美女』の別名『茨姫《いばらひめ》』からかね。

意外にメルヘンな名前をつけるな、あの姉妹《しまい》……。

この猫耳少女二人は、姿形、顔までそっくりだが、双子《ふたご》というわけではなさそうだ。まあ、父親が同じで、母親が姉妹だから、似てもおかしくないか。……姉妹揃《そろ》って、ほぼ同時に産んだということでいいのかね。

紅がここまでの経緯《けいい》を妹たちに話す。

「……私も若い頃のパパとママたち見たかったにゃー」

黒い着物の——黒茨が、不満そうな声音でそう漏《も》らしていた。母の黒歌のように陽気ではないようで若干《じゃっかん》落ち着いた雰囲気《ふんいき》を放っていた。

白い着物の——白雪は、精悍《せいかん》な顔つきで報告を口にする。

「ヴラディのおじさまと連絡ができました」

「どうやら、厄介《やっかい》なことになっているようにゃ」

黒茨が白雪の言葉に続いてそう言った。

……ヴラディのおじさま？　紅たちの上司は、『時』に関連したグレモリー眷属《けんぞく》だと言っていた。それに付け加えて少女たちの『ヴラディのおじさま』だ。もう、俺のなかでこいつらの上司が誰《だれ》なのか、確定してしまったわけだが……。

——ッ！

……突如《とつじょ》、全身を嫌《いや》な感覚が襲《おそ》う。こちらに向かって放たれた強烈《きょうれつ》な敵意、プレッシャーを察知してしまったからだ。紅たちも感じ取ったようで、俺と同様に上空に顔を向けていた。

漸が、声を絞《しぼ》り出すように言う。

「……この重圧感、奴《やつ》だ……っ！」

漸だけじゃなく、この場にいるイッセーの子供たちは全員覚えがあるようだった。

頭上より、高速で降下してくる物体が視界に映り込む——。

強烈なまでのプレッシャーを撒《ま》き散らしながら、森に降り立つ巨大《きょだい》な何かっ！　地面に激突したと同時に激しい衝突《しょうとつ》音と地響《じひび》きを立てて、辺り一帯に多量の土が舞《ま》い上がったっ！

俺たちの眼前に大きな窪《くぼ》み——かなりの規模のクレーターが生じていた。

クレーターの中央で、シュウウウウ……と、蒸気を全身から放つ十五メートルはあろうかという巨影《きょえい》——。

光沢《こうたく》を放つ緑色の機械めいた生物——フォルムはドラゴンのものだった。両腕《りょううで》の前腕《ぜんわん》が太く、盾《たて》を装備しているかのように見えるほどだ。いや、盾の役割も持っていそうな形ではある。背に翼《つばさ》はないが、腰《こし》の両サイドにロケットエンジンらしきものが見えた。あれで飛ぶということか……？

——ドラゴン型機械生物、ロボットかよ……ッッ！　こういうわかりやすい『UL《ウル》』もいるんだな……っ！

……へっ、異世界の邪神《じゃしん》ってのは、設計思考が趣味《しゅみ》めいてやがるんじゃないか？

クレーターから上がってきながら、ドラゴン型の機械生命体が音声を発する。

【——へっ、どうやら、赤い奴のガキどもがこの時代に来ているようだな】

金属で作られているであろう口元が、生身の生物のように笑みを作り出していた。

「――ガルヴァルダンッ！」

漸が亜空間《あくうかん》からデュランダルⅣを取り出して構えた。鬼気迫《ききせま》る様子から、あのドラゴンが桁違《けたちが》いのバケモノなのだと認識できる。……だろうよ、異世界の存在だから、オーラはまるで感じないが、この圧倒《あっとう》的なまでの重圧感は……龍王《りゅうおう》クラス以上だぞ……っ！

漸の声を聞いてドラゴン――ガルヴァルダンと呼ばれたものが、うれしそうな声音になっていた。

【よー、漸・クァルタ、それにクソガキども。あっちじゃ随分《ずいぶん》世話になったなっ！】

ゴウゥウォォォォォオオオオオッと、突然ガルヴァルダンの腰のロケットが勢いよく火を噴《ふ》き出したッ！　――いきなり、けしかけてくる気かッッ！

ロケットの勢いは増していき、そして前方の巨大な機械生命体が――飛び出してくるッッ！　巨体が高速で飛びかかり、漸に襲いかかるッ！　漸はデュランダルを構えて、相手の猛撃《もうげき》を防ごうとするが――ガルヴァルダンは大きな手で漸を丸ごと摑《つか》んでしまうッ！

【あいさつ代わりだッッ！　吹《ふ》っ飛べやァァァァアアアアアアアアアッッ！】

ガルヴァルダンは、漸を摑んだまま引きずるように前方に飛び出していくッッ！　地を大きく抉《えぐ》り、森の樹木を幾重《いくえ》にも薙《な》ぎ倒《たお》しながらガルヴァルダンは漸を摑んだ状態で真《ま》っ直《す》ぐ飛んでいったッ！

「クソがッ！」

手のなかの漸が、激しく抵抗《ていこう》し、聖なるオーラを聖剣に纏《まと》わせていく。聖剣の鍔《つば》にあるトリガーを引くと、何かが刀身に撃《う》ち込まれる激しい音が鳴り響《ひび》き、薬莢《やっきょう》が飛び出していった。同時に聖剣を覆《おお》っていたオーラが増大していくっ！

だが、ガルヴァルダンは唐突《とうとつ》に漸を上空高く放《ほう》り投げたッ！

——ガルヴァルダンが頭上の漸を目掛《めが》けて、口を大きく開け放つッ！

【死ねェエエエエエエエエエエエッ！】

機械のドラゴンが口から放ったのは——極大とも言える極太《ごくぶと》の光線だった！　漸は空中でデュランダルを盾にして、防ぐ形となるッ！

「漸ッ！」

紅が手元に転移の魔方陣《まほうじん》を作り出して、空中にいる漸のほうに放ったっ！

刹那《せつな》——森の上空、遥《はる》か先までどデカい光線が一直線に伸《の》びていく。

紅の横に転移の魔方陣が展開して、そこに漸が出現した。どうやら、間一髪《かんいっぱつ》で回避《かいひ》できたようだった。

突然の攻撃《こうげき》を済ませたガルヴァルダンは、愉快《ゆかい》そうに言った。

【まっ、そう簡単に死んじゃくれないよな。だが、この時代にはてめえらの親父《おやじ》と白い龍《ドラゴン》を筆頭とした強《つえ》ぇドラゴンどもはいねぇっ！　それどころか、他《ほか》の神滅具《ロンギヌス》所有者もいねぇっ！　戦力はクソ以下だッ！】

俺とイッセーの子供たちと前方の機械のドラゴンが対峙《たいじ》する形となる。

紅が、俺に言う。

「……異世界の邪神の名は、メルヴァゾアと言います。その邪神は、七体の凶悪《きょうあく》無比な眷属を持っていて、それらを僕たちは『羅睺七曜《らごうしちよう》』と呼んでいます。その七曜は、それぞれ『四　将《インヴエイド・ファナティック》』という強大な僕《しもべ》を従えていて、目の前の機械のドラゴン——ガルヴァルダンはその『四　将《インヴエイド・ファナティック》』の一体です」

……神の眷属に仕える四体の重臣、その一体ってことか。ロキを迎えにきたルマ・イドゥラとかいうのもその『四　将《インヴエイド・ファナティック》』だったな。この時代にそんなものが二体も来ているということか……。

黒茨が目元を険しくしていた。

「ルマ・イドゥラだけじゃなく、ガルヴァルダンも来ているなんて……」

ガルヴァルダンが、楽しげに言う。

【ああ、他の奴らも直に来るぜ？　我が主《あるじ》——レッズォ・ロアドさまが来られるのも時間

の問題かもな】

「レッズォ・ロアド、先ほど言った『羅睺七曜』の一角です。各神話の主神クラスの強さだと思ってください」

──と、紅が補足説明をしてくれた。

異世界の邪神に仕える七名の眷属とやらは、一体一体が主神クラスということか。

「つまり、国ひとつ簡単にどうにかできそうな奴が来るかもしれないってことか」

俺は内心で今回の厄介ごとに関して、予想外の規模のデカさに閉口しそうだった。……こりゃ、俺の管轄《かんかつ》を飛び越《こ》えてしまう案件かもしれん。

俺はイッセーの子供たちに問う。

「……勝てる算段はあるのか？」

俺の問いに紅、漸、白雪、黒茨は、勇ましい顔つきとなっていた。

漸がデュランダルⅣのオーラを莫大《ばくだい》に高まらせながら言う。

「──ええ、ありますよ。じゃないと来た意味がないッ！」

白雪と黒茨が、闘気《とうき》を全身にたゆたわせて、火車をも無数に出現させていく。

「父さまと母さまの若い頃《ころ》は、もっと苛烈《かれつ》な敵と戦ってきたと聞いてますから」

「あのパパとあのママたちの子としては、退《ひ》くわけにはいかないにゃん」

そして、長男たる紅は——空間を歪《ゆが》ませて、そこより強大なものを召喚《しょうかん》させていた。周囲を燃やし尽《つ》くさんばかりの勢い、灼熱《しゃくねつ》のオーラを放つ巨大な火の鳥だ。紅自身は雷光《らいこう》を身に纏わせて、こう言い放つ。

「僕は赤龍帝の長男であり、姫島の血も引いた男なので、負けませんよ」

姫島は、神道《しんとう》の家系であり、日本を古来より陰《かげ》で守り続けていた由緒《ゆいしょ》ある一族だ。その一族は元来炎《ほのお》を操り、霊獣《れいじゅう》「朱雀《すざく》」をも司《つかさど》っていた。

紅が召喚したのは、「朱雀」ではない。——同じ霊獣である「鳳凰《ほうおう》」であった。

朱乃、おまえの息子《むすこ》はどうやら姫島の血を濃《こ》く出せたようだな。しかも、雷光の能力まで引いている。……素晴《すば》らしいじゃないかっ！

じゃあ、俺はこいつらが思う存分に戦える場を提供するだけだ。手元より、魔方陣を展開させて、俺はこの一帯を複数の強固な結界で覆っていく。結界を展開させた瞬間《しゅんかん》、余計な雑音はなくなり、外部から誰も侵入《しんにゅう》できない領域とさせた。こういうことを想定して特別に準備しておいたスペシャルな結界だ。

【ほう、この時代にもいい結界を作る奴がいるものだ】

ガルヴァルダンも、この一帯が不可思議なもので覆われたことによる違和感《いわかん》を感じたのか、結界の発生を感知したようだった。

俺はイッセーの子供たちに言う。

「ちょっとやそっとじゃ壊《こわ》れない作りの結界だ。ま、思う存分に暴れてくれや」

俺の一声に子供たちは勇猛《ゆうもう》な笑みを作りだしていた。

俺も光の槍《やり》を手元に出現させて、機械のドラゴンに構えた。

——最初に仕《し》掛《か》けたのは、猫又《ねこまた》少女二人組！

白雪が白い炎の火車を、黒茨が黒い炎の火車を、それぞれ無数に生み出してガルヴァルダンの周囲に展開させた。ひとつひとつが意思を持つように宙を縦横無尽《じゅうおうむじん》に動き回っている。少女二人の手の合図と共に、無数の白黒の火車がガルヴァルダンに襲いかかったッ！

【こざかしいっ！】

ガルヴァルダンは、全身に飛びかかる火車に一切臆《おく》さず、大きな口から再び太い光線を放っていく！　光線の余波で森の一部は薙ぎ払《はら》われ、白と黒の火車も吹き飛ばされていった。

「んじゃ、これはどうだ？」

俺も光の槍を宙に無数に作りだして、ガルヴァルダンに撃ち放つ。一発一発、濃密《のうみつ》に光力を込めたものだ。ただのドラゴンなら、これでお陀仏《だぶつ》だが……。

ガルヴァルダンは、両腕の盾のように太い前腕で、俺の槍を次々と弾《はじ》いていく。むろん、直撃して突《つ》き刺《さ》さった槍もあったが、奴はダメージを意にも介《かい》さずに俺の槍をどんどん両腕の動きだけで弾いていった。

「――鳳凰よっ！　そして、雷光よッ！」

紅の指示を聞いて、炎の鳥が翼を羽ばたかせて機械のドラゴンへと直進していく！　灼熱がこちらにまで届き、チリチリと肌《はだ》を焼いた。これだけの火炎《かえん》を巻き起こしながらも周囲の森の木々を焼かないのは、紅の使役《しえき》が卓越《たくえつ》したものだからだろう。未熟なものが、火の霊獣を使えば、悪戯《いたずら》に熱を振《ふ》りまいて周囲を焼いてしまう。紅の放った鳳凰は、ただひとつ、目標の敵のみを焼くために直進するのである。

【へへっ！　おもしれえっ！　来いやッ！】

真っ正面から受けて立つ格好のガルヴァルダン！　鳳凰がドラゴンの金属の肌に襲いかかっていく！

ガルヴァルダンは、両腕の太い前腕を大きく振りかぶって鳳凰を横殴《よこなぐ》りにしていった！　その豪快《ごうかい》さときたら、腕を振るっただけで周りの木々を薙ぎ倒すほどである。鳳凰はガルヴァルダンの剛力《ごうりき》に捕《つか》まり、勢いを相殺《そうさい》されていくが――そこに天より雷光が鳴り響いて、ガルヴァルダンに盛大に落ちていく！　機械のドラゴンが全身くまなく雷光に飲み込まれていった！

反撃とばかりに鳳凰が、飛びかかるが——それはガルヴァルダンの新たな攻撃にて、打ち止められる。例の盾《たて》のような形の太い腕《うで》が、パカリと縦に割れた。割れたところより、砲身《ほうしん》が伸びる！　盾の中から、キャノンが出現しやがった！

絶大な雷光により全身から煙《けむり》を上げるガルヴァルダンだが、怯《ひる》むことなく、右腕で鳳凰の喉元《のどもと》を摑み、その腹部に左腕の盾より現れたキャノンを押し当てるっ！

【吹っ飛べやァアアアアアアアッッ！】

キャノンより巨大《きょだい》な光弾《こうだん》が飛び出して、鳳凰を丸ごと飲み込んでいく！　この一帯を激しく照らす光量を発生させて、鳳凰は光弾の一撃にて吹き飛ばされていった！

霊獣のため、実体はない。もう一度召喚すれば鳳凰は呼べるだろうが……。それにしてもタフな機械生命体だ。あれだけの雷光——雷撃《らいげき》を受けて、内部も焼かれたはずだ。それでも一切怯まず、臆さず動き続けて反撃するなんて、相当な闘争心だ。

いまの攻防だけで、この周囲一帯の木々はすべて吹き飛び、丸裸《まるはだか》となっていた。……あとでどうにかして修繕《しゅうぜん》しておかねば、いろいろと面倒《めんどう》くさいことになるな……。森ひとつの修繕って、かなり大変なんだけどなっ！

——と、最後に斬《き》り込んだのは漸である！

「とりゃぁあああっ！」

漸の剣戟《けんげき》は、ゼノヴィアの豪快さと木場の華麗《かれい》さが合わさったものであり、剣士としては理想的な形だった。

高速で斬り込み、大ぶりな相手の攻撃をかいくぐって、隙《すき》を衝《つ》いて絶大な威力《いりょく》を撃ち込む。デュランダルが纏う破壊《はかい》のオーラは荒々《あらあら》しくも、静かなものである。木場がこれを見たら泣いて喜ぶであろう剣士の姿だった。

ガルヴァルダンは、その巨体に似つかわしくないほど機敏《きびん》に反応するが、それにも限界があり、圧倒《あっとう》的なまでに漸のほうが動きの速度では上手だった。漸の攻撃も、ガルヴァルダンに届いており、金属のボディに一撃、また一撃と剣のダメージが重なっていく。

加速する攻撃は、トリガーを引いて弾《たま》が剣に撃ち込まれるたびに威力を増していき、数十秒後にはデュランダルⅣが纏う聖なるオーラは、ガルヴァルダンの全身よりも大きく膨《ふく》らんでいた。視認する限りでもこの時代のデュランダルよりも攻撃力が上回っているのが理解できる。ああやって、威力を増強する弾を刀身に撃ち込むことで、段階的に攻撃力を上げていく仕様なのだろう。それが未来の聖剣――デュランダルⅣか。

【おりゃあああああっ！】

ガルヴァルダンが、いままでにないほどの特大の光線を口から放つっ！　直撃すれば、この場にいる誰《だれ》もが消滅《しょうめつ》は免《まぬか》れない威力のものだ！　しかし、漸は臆することなく、正面から、デュランダルを振り下ろしたっ！　デュランダルⅣより、極大の聖なるオーラが解き放たれるっ！　これは母であるゼノヴィアが得意とするデュランダル砲《ほう》、そのものだった――。

ガルヴァルダンの光線と、デュランダル砲が真っ正面よりぶつかり、盛大な大爆発《だいばくはつ》を森のなかで巻き起こしていくっ！　爆音と衝撃《しょうげき》、爆煙《ばくえん》を発生させて、ふたつの攻撃による余波は俺たちとこの一帯を激しく包み込んだっ！

……すべてが静まったとき、そこにあったのは――肩《かた》で息をする漸の姿。どデカいのを一発放ったためか、デュランダルⅣは先ほどの極大のオーラを消失させていた。

ガルヴァルダンのほうは――左腕を丸ごと吹《ふ》き飛ばされており、腕の断面より、バチバチと火花を散らせていた。

いまの激しい衝突《しょうとつ》の影響《えいきょう》で、この結界にも歪みが生まれて、上空に穴が発生していた。

ガルヴァルダンが、不敵な笑みを見せて、腰《こし》のロケットを吹かしていく。

【――チッ、転移の影響で大分パワーが下がっているようだ。ガキの一撃でここまでやられるとはな】

ガルヴァルダンが頭上を見上げて、一気に飛び出す格好となるっ！

イッセーの子供たちが、逃《に》がすまいと構える！

「逃がすかっ！」

「行かせないっ！」

紅と漸が、攻撃《こうげき》を繰《く》り出そうとする！　俺も結界を張り直そうと魔方陣《まほうじん》を展開させようとするが――。

ガルヴァルダンの右肩の部分が開いてスピーカーユニットのようなものが露《あら》わになる。

――ッッ！

突如《とつじょ》として襲《おそ》いかかる耳障《みみざわ》りな不協和音っ！　ガルヴァルダンの肩から発生したものだろう！　初めて耳にするもののためか、俺も魔方陣の展開が一瞬《いっしゅん》おろそかになった。紅たちも耳を押さえて、苦悶《くもん》の表情を浮《う》かべていた。

【次は殺すぜ、赤龍帝のガキどもっ！】

それだけ言い残して、ガルヴァルダンは、ロケットの勢いで上空に飛び出していった！　そのまま結界に開いた穴を通り過ぎて、この場より脱出《だっしゅつ》していく。

「くそっ！　仕留めたかもしれないのに！」

悔《くや》しそうに吐《は》き捨てる漸。

紅が漸の肩に手を置き、首を横に振る。

「……いや、いまの装備は初めて見たものだ。おそらく、ガルヴァルダンたちも以前戦ったときよりも兵装を変えてきているだろう。あのままやれば、想定外のカウンターで誰かがやられていたかもしれない。……いまはこれでいい」

兄の一言に漸も息を吐いて落ち着きを取り戻《もど》そうとしていた。

機械のドラゴンが飛んでいった上空を見上げる俺こと——アザゼルは、言い知れない不安を抱《いだ》いた。

だが——。俺はイッセーの子供たちに視線を向ける。

不安を抱いたと同時に未来の子供たちに大きな希望を持ったのも事実だ。

未知の敵がこの時代に襲来《しゅうらい》しているが、こいつらがいれば、こいつらと共に立ち向かえば、未来は守れる。そう信じたい。

まだ見ぬイッセーの子供たちにも期待を寄せながら、俺はこの森の修繕方法に思考を切り替《か》えていった——。

第3話　新・教会トリオ

三十年後の未来から転移してきた侵略者《しんりゃく》──異世界の機械生命体『UL《ウル》』。それを追って三十年後の世界より現れたイッセーの子供たち。

俺はイッセーの子供たちと共に『UL《ウル》』の幹部である『四将《インヴェイド・ファナティック》』の一角『ガルヴァルダン』とかいう機械のドラゴンと遭遇《そうぐう》、これと交戦したのであった。

「──というわけで、そういうことがあった。おまえらも気をつけてくれ」

『了解《りょうかい》』

俺は、オカ研メンバーに真実を伏《ふ》せて、『未知の敵性生命体』が暴れ回っている旨《むね》を報告した。

あの機械のドラゴンが飛び去ってから、一日が経過していた。俺はあのあと、戦場となった森の始末をどうにか片付けてから、駒王《くおう》町に住む教え子たちに今回の言い訳をしたのだが……。

「先生！　俺たち、襲撃されました！　あいつら──」

「生徒会のメンバーも遭遇したそうで――」

――と、『UL《ウル》』からの接触《せっしょく》を報告されてしまう。幸い、幹部クラスやロキとは会っていないようで、真相は知り得ていない。

……どうやら、敵さんのほうはこの時代の連中を襲うことに関して躊躇《ちゅうちょ》ないようだ。ま、歴史を作り替えることが目的である以上、未来の世界で手こずっている二天龍《にてんりゅう》の仲間をこの時代で襲うことはむしろ当然だろう。この時間軸《じく》からさらに過去に戻って歴史に影響を与《あた》える組と、ここに留《とど》まって俺たちを襲う組で分かれているようだ。

不幸中の幸いなのが、奴《やつ》らが歴史改変のために転移してきた時代が、この時間軸だったことだ。もう少し過去――たとえば、『禍の団《カオス・ブリゲード》』とやり合い始める前に転移されてきたら、アウトだった。――何せ、『UL《ウル》』とまともに戦えるだけの力が、イッセーたちにはなかったのだから、そのまま一方的に殺されていたことだろう。

相手の転移方法が、技術的に問題を抱《かか》えていたのか、それとも予想外のハプニングが起きてこの時間軸の転移になったのか……。おそらく、後者のように思えるが……。

俺は教え子たちに、

「とにかく、一人で行動することだけは控《ひか》えてくれ。特に後衛のメンバーは日中でも絶対に前衛で戦う者と一緒《いっしょ》に動くこと。二、三人以上で行動するようにな」

それだけきっちりと言い渡《わた》してから、イッセーの子供たちと合流予定の場所へ向かうことにした。

―D×D―

駒王学園から少し離《はな》れた住宅街の公園に来た俺は、ベンチに座って、ゼノヴィアの息子《むすこ》――漸《ゼン》から報告を受けていた。

「じゃあ、紅《くれない》は他《ほか》の兄妹《きょうだい》と合流するためにもう出たってことか」

「はい、どうやら想定していたタイミングがかなりズレているようでして、修正した日時と座標をもとに朝から転移ポイント周辺に向かってます」

紅の姿はなく、漸が言うように他の兄妹を迎《むか》えるために動いているようだった。この場にいるイッセーの子供たちは、漸、白雪《しらゆき》、黒茨《くろばら》のみだ。

「――で、おまえさんや白雪、黒茨は昨夜連絡《ゆうべれんらく》があったっていう兄弟のほうと合流するために残ったわけだ」

「ええ、そうです」

話の通りで、ガルヴァルダンとの一戦後すぐに別の兄弟から連絡が入り、今日、この場所で合流という手筈《てはず》になっているようだった。

十数分ほどベンチで待っていたが、漸が公園の時計をしきりに見ている様子から、予定の時間よりも遅《おく》れているのだと察した。

ベンチの隅《すみ》で並んで座っている白雪と黒茨は、俺が持ち歩いている非常食のチョコバーを頬張《ほおば》っていた。俺が飴《あめ》をなめていたら、じーっと見てきたからな。

「この時代のお菓子《かし》もいけるにゃ」

「……うん、おいしい」

チョコバーにご満悦《まんえつ》しているようだ。食べ物に関心を寄せるのはこいつらの母親とそっくりだな。

「……遅《おそ》いな」

そう言うなり、漸は立ち上がり、公園の外のほうに出ようとする。そのときだった、漸が公園の入り口で何かを発見したようで、その場で立ち止まっていた。「あちゃー」とばかりに顔を手で覆《おお》い、まいっているようだった。

何を見つけたのかと気になって俺は白雪、黒茨と共に公園の入り口のほうに足を運び、漸の視線の先を目で追った。

「ほら、おばあさん。地図の通りだと、その場所はこの辺りだと思うわ」

道路を挟《はさ》んだ対岸の歩道に、地図を片手にお年寄りの手を引いている長い金髪《きんぱつ》の少女と、そのうしろにつく栗毛《くりげ》の少年がいた。手をあげて、元気に横断歩道を渡り歩く三人の姿。渡るなり、老女《ろうば》が少女と少年に深く頭を下げて「どうもありがとうね」としきりに礼を口にしていた。

金髪の少女と栗毛の少年が老女と別れたのを確認してから、漸がため息を吐《つ》きながらそちらに近寄っていった。

「姉さん！　おおっぴらにこの時代の面前に出ちゃまずいって！」

漸が少女にそう告げる。漸が言うようにやたらと過去の人間と接触を持つのは良《い》いことじゃない。この老女だって、本来ならもっと道に迷っていただろうからな。迷っていた時間が短縮したってことは、それもまた歴史改変となる。わずかな変化は因果関係の果てにやがて大きな結果になることもあるのだから。ま、迷子の老女を救ったことは、未来の俺たちにそう影響もないだろうが……。

少女が、漸に気づいたようで屈託《くったく》のない笑顔を見せた。

「あら、漸じゃない。あなたのこと、探したのよ？　それに白雪と黒茨も！　あれ？　紅兄さんは？」

漸の一言をまるで気にしていない様子の少女。どうやら、漸の姉のようだ。

「姉さま」

「お姉ちゃんにゃ♪」

猫娘《ねこむすめ》二人は、少女に懐《なつ》いているようで合流するなり抱《だ》きついていた。

少女の対応に頭を抱える漸。

「……ったく、姉さんは……。紅兄さんは別行動に移ったよ」

漸が栗毛の少年に言う。

「真《シン》、おまえがついていたなら……って、無理か」

栗毛の少年――真と呼ばれた少年は、肩《かた》をすくめるだけだった。

「……無理に決まってるよ、アイリ姉さんだぞ」

真と呼ばれた少年と、アイリと呼ばれた少女が漸のうしろにいた俺に気づいた。漸が軽く俺のことを説明すると、わかってくれたようであらためてあいさつをくれた。

少女が自己紹介《しょうかい》をしてくれた。

「はじめまして、アザゼル初代総督《そうとく》。私は兵藤愛理《ひょうどうアイリ》といいます。母は兵藤アーシア……えーと、この時代ではアーシア・アルジェントでしたね。父、兵藤一誠《いっせい》の長女です」

アーシアの娘か！　ああ、だろうと思っていたよ。顔立ちから瞳《ひとみ》の色まで母親にそっくりだ。髪《かみ》の毛の長さまで完璧《かんぺき》なほどにな。ただ、アーシアの娘とは思えないほどに元気はつらつだが……。

続いて栗毛の少年――真があいさつをした。胸には十字架《じゅうじか》がかけられている。

「同じく赤龍帝《せきりゅうてい》の兵藤一誠と紫藤《しどう》イリナの息子――三男の紫藤真《シン》といいます」

こっちはイリナの息子か。髪の色はまんまだし、面影《おもかげ》もある。あの娘《こ》が男なら、こういう感じなのだろう。

なるほど、漸が合流予定だったのは、アーシアの娘とイリナの息子か。漸が揃《そろ》うと――偶然《ぐうぜん》か、必然か、アーシア、ゼノヴィア、イリナという仲の良い親たちと同様の三人の組み合わせだった。

そういえばこいつらは全員、この時代でも着ていておかしくない服装だ。もちろん、ただの服ではなく、防御《ぼうぎょ》面に特化させた特別な服ではあるだろうが……。身にまとうものからも歴史に影響《えいきょう》を与えたくなくて、未来の親たちが用意したのだと思う。

さて、これで俺が会ったイッセーの子供たちは、リアス、アーシア、朱乃《あけの》、小猫《こねこ》、ゼノヴィア、イリナ、黒歌《くろか》との子だ。七人！　さすがに整理したくなったので、俺が問う。

「ちょっと、整理させてくれ。おまえたちの年齢《ねんれい》というか、生まれた順番についてだ。俺が会ったのは、紅、漸、イクス、白雪、黒茨と、アイリと真ということになるが……」

その辺、理解しておいたほうがスムーズに話せるだろうからな。

漸が答えてくれる。

「長男は紅兄さんです。次に生まれたのがアイリ姉さん。同年生まれです。その次が、俺、真、あともう一人いて、その並びが同い年。さらに下にイクスともう一人がいて、イクスのもっと下が白雪と黒茨です」

漸の言葉から、イッセーの子供がさらにいることが発覚する！　おいおいおい、もしかして、俺の想像よりもたくさんいるのか⁉

「……待て待て、その話だと、イッセーのガキんちょは相当いるように思えるが……」

俺が訊《き》くと、漸はうなずく。

「ええ、非戦闘員《ひせんとういん》……というか、幼い兄弟も合わせると結構な数です。この時代に転移してきているのは、この年齢で戦闘できるメンバーですから」

「この時代に来ている兄弟は俺ら含《ふく》めて十人のはずです」

と、真が続いて答えてくれた。

……そうか、イッセーたち、がんばったようだな。悪魔《あくま》は出生率が低いのだが、その辺、悪魔世界に大きく貢献《こうけん》していそうだ。未来のイッセーよ、存分に子作りして、親になったようだな。

どうだ？　複数の女を嫁《よめ》にしつつ、子供の面倒《めんどう》も見るのは大変だろう？　絶対に頭を悩《なや》ましているに違《ちが》いない。ふふふ、それを想像するだけで美味《うま》い酒が飲めそうだぜ。

驚《おどろ》きながらも感心していた俺だったが、ふいに漸の耳元に小型の通信用魔方陣《まほうじん》が展開した。他の兄弟からの連絡だろう。

「ん？　ああ、おまえか。……何⁉」

その報告に驚く漸。同時に漸の手元に小型の魔方陣が生じて、地図らしきものを投影させていた。

「いや、ちょっ、待て、イクス！　勝手な行動は慎《つつし》めッ！　ここは俺たちがいた時代じゃないんだぞ⁉　お、おいっ！　イクスッ！」

どうやら、イクス――リアスの息子からの連絡だったようだが、漸は「あいつ！」と弟からの連絡に怒《いか》り心頭の様子だった。

アイリが漸に訊く。

「どうしたの？　イクスから？」

うなずく漸。

「――イクスが、『UL《ウル》』と遭遇《そうぐう》した。相手に『四将《インヴェイド・ファナティック》』の手の者もいるらしいんだけど、あいつ、先に一人でやるって……ッ！　場所だけ送ってきやがったッ！　ったくよ！」

毒づく漸だったが、アイリはカラカラと笑うだけだ。

「ま、あの子らしいわね。いいわ、私が直接連絡する」

アイリはそう言うなり、耳元に連絡用の魔方陣を展開させた。すぐにイクスと繋《つな》がったようだ。

「イクス？　私よ、アイリ。私たちもそこに行くから、少しだけ待ちなさい。一人でやるのは控えるように」

そのすぐあとにアイリは無言でプレッシャーを全身から解き放つ。全身がぞわっとするものを出しやがったぞ、この娘！

アイリが、アーシアそっくりの笑みを浮《う》かべたまま、迫力《はくりょく》ある一声で魔方陣越《ご》しの弟に言った。

「──私の言うことが聞けないの？」

それを見て白雪、黒茨の二人は怖《こわ》そうに抱き合っていた。

「怖い、アイリ姉さま……」

「うにゃ……アイリお姉ちゃんを怒《おこ》らせたらダメダメよ……」

見れば漸と真も青ざめていた。

……おおっ、あのやさしいアーシアの娘がこんなにも剛胆《ごうたん》な子になっているとは……。

未来ってのは何が起こるかわかったもんじゃないな。

一拍《いっぱく》おいて、アイリが途端《とたん》に満面の笑みとなる。

「そう、よかったわ。いい子ね、イクス。じゃあ、私たちが行くまで待っていなさい」

そのやり取りで通信は終わる。迫力でイクスをねじ伏《ふ》せたのだろう。

アイリが漸と真に言った。

「漸、真、付いてきなさい。イクスのもとに行って、『UL《ウル》』を吹《ふ》っ飛ばすわよ」

これに男兄弟二人が応じる。

「「はい」」

アイリは白雪と黒茨の頭を撫《な》でる。

「白雪と黒茨はここで一旦《いったん》待機。来るときは紅兄さんや他《ほか》の兄弟と合流してから来なさい」

うなずく猫娘の二人。

「はい」

「了解《りょうかい》にゃ」

テキパキと指示するアイリの姿に年長者の風格を感じる。というよりも、アーシアの娘が、母親とそっくりの顔立ちをしながらもこんなにハキハキした少女になるとは……。

この時代にイッセーの子供たちが来ていると知ってから、俺が想像していたアーシアの子供像は物静かな性格だ。まさか、真逆とはな。

てなことをアイリの顔を見ながら思っていたが、俺の視線に気づいたらしく、少女は訝《いぶか》しげな表情を浮かべながら手で自身の顔を触《さわ》っていた。

「……なんですか？　私の顔に何かついてます？」

「いや、おまえさん、アーシアの娘にしては元気だなって」

俺がそう言うと、きょとんとしたあと、豪快《ごうかい》に笑った。

「あははは、よく言われます。うちのお母さん、あんな感じでのほほんと天然のヒトですからね。だからでしょうか」

アーシアの娘は勇ましい緑の瞳を輝《かがや》かせて言った。それは――父親のイッセーとまったく同じ目つきだった。

「自然と私は『お母さんを守らなきゃ！』って、つい前に出ちゃってます」

兵藤一誠の娘――。合点がいくというものだ。実にあいつの子供らしいことを堂々と言ってくれるじゃないか。

しかし、兄弟は思うところがあるようで困ったように息を吐《つ》いていた。

「……つい、で毎回前に出られても困るよ、姉さん」

「若い頃《ころ》の父さんそっくりだって話だけど、そこまで似なくてもね……」

漸と真が姉にそう忠言を漏《も》らしていた。

とうの姉アイリは、元気な笑みを見せて答える。

「何言ってるの？　前線は私のステージよ？　派手に踊《おど》らなければ女じゃないわ」

そう言うなり、アイリは俺に言った。

「初代総督、さあ、イクスが送ってくれた座標のところへ行きましょうか」

――前線は私のステージ。

アイリの吐いたこの台詞《せりふ》の意味を俺はこのあとすぐに知ることとなった――。


―D×D―


俺がイッセーの子供たちと転移した先は――隣《となり》の県だった。とある山奥の採石場跡地《あとち》だ。

……場所は別だが、以前、イッセーたちがロキと戦った場所に似ているな。ここにイクスが発見したという件《くだん》の『UL《ウル》』がいるという。日中だというのに、その採石場に転移した瞬間《しゆんかん》に異様な波動と空気を感じられた。ここはすでに小規模の異空間と化している。

特撮《とくさつ》の撮影によく出てきそうな岩肌《いわはだ》の採石場全域を見渡《みわた》せる物陰《ものかげ》に紅髪の少年は体勢を低くして待機していた。

俺たちはイクスに歩み寄り、アイリがイクスに問う。

「どう、首尾《しゅび》は？」

「……いま、五つめが転移してきているところだよ」

そう言うなり、前方を指さすイクス。

地面に大きな魔方陣らしきものが輝いており、その上空にも同じものが浮かび上がっていた。

上空の魔方陣の周囲には雑兵《ぞうひょう》の『ＵＬ《ウル》』がガードするように待ち構えている。

魔方陣から、黒光りしている物体が半分だけ姿を現していた。いままさに転移をしてきているのだろう。すでに下の魔方陣には、転移を済ませたであろう同じような黒い物体が四つ点在していた。それはすべて極太の円柱に思える形をしている。

あれも『ＵＬ《ウル》』なのか。人やドラゴンの形どころか、ただの円柱ではないか。……まあ、もともと異世界の生命体だ。俺たちの尺度で測っても仕方のないことだろう。

興味深く観察していた俺に漸が言う。

「あれは――『羅睺七曜《らごうしちよう》』レッズォ・ロアドの『四将《インヴエイド・ファナティック》』、その一角『ベゥバ・レコルグ』の一部ともいえる『ＵＬ《ウル》』です」

「一部？　どういうことだ？」

問う俺に漸と真が続けて答えてくれる。

『UL《ウル》』には分離《ぶんり》、合体の特性を持った個体も存在します。『べゥバ・レコルグ』はその特性を持った幹部です。体をいくつにも分けて、ひとつひとつ転移させることが可能なんです」

「もとが巨大《きょだい》ですからね。ああやって小出しでしか時間の転移ができない。大きければ大きいほど、転移に要するエネルギーも膨《ふく》らみますから」

分離、合体——。機械生命体らしいというか、まさにロボットだな。つまり、あれは巨大な『UL《ウル》』が分離したもので、体の一部をひとつずつこの時代に送っているそうだ。では、すべてが揃《そろ》えば合体してもとのサイズに戻《もど》るということか。

イクスが息を吐く。

「早めに捕捉《ほそく》できて幸運だった。『べゥバ・レコルグ』の能力は戦略兵器といっても過言じゃない。あれがすべて転移してこっちで合体を果たしたら、どうなっていたか……」

戦略兵器はマズいな。そんなものがこちらに送られて大暴れした日には、大事件となるのは明白だ。俺の言い訳も通じなくなり、各勢力間で国際問題になるだろう。ここで一気に仕留めるか、追い返すのが一番だ。

イッセーの子供たちもそれを理解しており、すでに臨戦態勢だった。それぞれの得物を取りだしていた。——と、アイリが打撃《だげき》用のフィンガーグローブを取りだして、手に着け始めたではないかっ！

俺が驚いていることなど気にも留めず、アイリは勇ましく宣言する。

「――行きましょうか。イクス、あなたも戦いなさい」

言うなり、彼女は一歩前に出て、そのまま『UL《ウル》』たちのほうへ向かいだしたっ！

「おい、あの娘《むすめ》、さっき、前線が自分のステージと言っていたが……本当に戦うのか？　アーシアの子供なんだよな？」

戦闘《せんとう》する気まんまんのアイリの姿に俺はつい漸にそう訊《き》いてしまう。

漸は、ニヤリと笑みを浮かべた。

「アイリ姉さんは、うちの兄弟でイクスと並んで前衛のエースですよ」

真もこう続く。

「何せ、赤龍帝の兵藤一誠の子供たちで、イクスとアイリ姉さんは、近接戦闘で最強ですから。戦闘スタイルで父の影響《えいきょう》が一番強いのはアイリ姉さんです」

――っ！　俺は驚《おどろ》きで言葉もなかった。……なんてことだ。あのアーシアの、しかも娘が、前線で戦う近接タイプだとは！

などと俺が驚愕《きょうがく》している間にも、アイリはスッと音も無く姿を消すと、次の瞬間には魔方陣の周りにいた兵隊の『UL《ウル》』複数体を拳打《けんだ》と蹴《け》りで一気に砕《くだ》いていた！　見事なまでの体捌《たいさば》きがそこにはあった。動きは洗練されており、格闘技を幼い頃から習っている者のそれである。舞《ま》うように動き、その勢いを乗せて蹴りを放ち、腰《こし》の回転力から生み出された拳《こぶし》も当てていく。インパクトの瞬間にオーラを瞬時に高めてぶち込んでいっている。

その細腕《ほそうで》のどこにこれだけのパワーがあるというのか。イッセーの娘ということで、あいつのパワーバカなところは完全に似てしまったようだ。

「姉一人に任せてばかりなのもね」

イクスが紅色の軌跡《きせき》を発生させながら、高速で『UL《ウル》』を斬《き》り倒《たお》し始める。

漸と真は、到着《とうちゃく》早々に戦闘を開始させた姉と弟の姿に呆《あき》れ顔だった。

「……こういうところはあの二人、似ているもんな。有言実行というか、敵を見たらすぐに行動開始というか」

「ま、俺たちが姉さんやイクスのフォローをするなんていまに始まったことでもないだろう？　さ、行こうか」

漸はデュランダルⅣ《フォー》を構える。真は純白の天使の片翼《かたよく》と、ドラゴンの片翼を生やして、両手に得物として日本刀を持った。真は刀での二刀流か？　ただの日本刀ではなさそうだ。神聖な波動を二振《ふたふ》りの刀が放ち続けている。

イクスとアイリの戦線に漸と真が加わり、魔方陣《まほうじん》の周囲に複数いた兵隊『UL《ウル》』を蹴散らしていく。奴《やつ》らがビームを放とうとも、光弾《こうだん》を撃《う》とうとも、イッセーの子供たちは意に介《かい》さずに勇敢《ゆうかん》に一体、また一体と打ち倒していった。

……俺の出番がないほどだ。いちおう、光の槍《やり》は手に出現させたのだが……。

『Boost《ブースト》!!』『Explosion《エクスプロージョン》!!』

覚えのある音声が響《ひび》き渡《わた》る。イクスが装着している籠手《こて》――人工神滅具《ロンギヌス》であり、赤龍帝の籠手《ブーステッド・ギア》を模したものから発せられたものだった。

籠手から何かが撃ち込まれる音が聞こえ、薬莢《やっきょう》が飛び出していく。刹那《せつな》、籠手から莫大《ばくだい》な紅のオーラが解き放たれて、イクスと紅剣《こうけん》を包み込んでいった。イクス自身のオーラが一層高まって、動きがさらに俊敏《しゅんびん》となった。その状態でさらに、いや、豪快に『UL《ウル》』を容赦《ようしゃ》なく斬り滅《ほろ》ぼしていった。漸の持つデュランダルⅣと同じように威力《いりょく》を増大させる弾丸が装塡《そうてん》されているのだろうな。

発動の条件は多少違《ちが》うようだが、基本的に本物の赤龍帝の籠手《ブーステッド・ギア》と能力的には同じか。力を倍にして、それを発動させて身体能力を向上させる。

俺もデカい光の槍を『UL《ウル》』に放って破壊《はかい》していく。いちおう、奴らに有効な手段というか、対策用の術式を姫島《ひめじま》紅から教えてもらったものだから、雑魚《ざこ》の『UL《ウル》』程度ならば光の槍を放《ほう》るだけで倒すことはできる。

奴らの表面を覆《おお》っている目には見えない特異なバリアを解く術式さえ知れば、攻撃《こうげき》手段にそれを混ぜ込んで打倒《だとう》できるのだ。ま、ゴリ押しで倒せるっちゃ倒せるんだが、それだと効率が悪くてな。

未来の術式ゆえ、直接俺以外の者に教えるのはマズいだろうから、バレないよう現代風の式に落とし込んでから教え子たちに伝えている。……式を直すってのが、これがまた相当面倒《めんどう》くさかったわけだが……まあ、いまそのことはいいだろう。

兵隊の『UL《ウル》』を大部分倒したところで——前方の黒光りする円柱が輝き、鳴動し始める。すると、カシャカシャと円柱の至るところがスライドしていき、何かに変形をし出したのだ。円柱が姿を変えて、俺たちの前に立ちふさがる。機械の人型であったり、四本足の獣《けもの》であったり、宙を飛ぶ巨鳥《きょちょう》のようなものにまで円柱は変形したのだ。五つの円柱は、ひとつとして同じ格好に変形はしなかった。

そして、変形した円柱『UL《ウル》』のその身にまとう雰囲気《ふんいき》は、明らかに兵隊『UL《ウル》』を超《こ》えており、格段に手強《てごわ》い相手だと認識させてくれる。

——と、思慮《しりょ》していたら、前方の変形した円柱『UL《ウル》』の体がさらに変化していき、人型の両腕《りょううで》が砲身《ほうしん》と化して砲口をこちらに向ける！　獣型は背中からビッシリと突起物《とっきもの》が生えて、大量のミサイルを積んだ格好となっていた！　様々な形に変形した円柱『UL《ウル》』五体すべてが体に兵器を形作ったのだ！

俺たちに向けて、砲撃が、ミサイル攻撃が、襲《おそ》いかかってくる！　前方のすべてが敵の攻撃で覆い尽《つ》くされ、兵隊『UL《ウル》』ごと俺たちを吹《ふ》き飛ばそうとしてきた。敵も味方もないってか！

俺は翼《つばさ》を広げて、できるだけ距離《きょり》を取ろうと一時的に待避《たいひ》する。全身を防御型《ぼうぎょ》の魔方陣で覆い、雨のように降り注ぐ砲撃、ミサイル爆撃《ばくげき》からダメージを最小に留《とど》めようと努めた。魔方陣に一発当たるだけでズシンと重い衝撃《しょうげき》が体にまで伝わってきて、魔方陣が容易に崩《くず》れかける。こんなもの、そう何度も食らってもいられんぞ！

採石場跡地は、超広範囲《ちょうこうはんい》の連続爆撃によって至るところで爆発と爆煙《ばくえん》を巻き上げていたっ！　明らかに土地の形が変わる勢いだっ！　いや、進行形で形が変わっていっている！　岩肌が大きく抉《えぐ》れてクレーターが次々と生まれてやがる！

おいおいおい、この間の森のなかでの戦いといい、後始末をする俺の立場ってのも考えてくれ！　って、さすがに今回は完全修復できんぞ！　ったく、相手は完全転移していないため、本調子ではなさそうなのに現状でこの被害《ひがい》っ！　戦略兵器らしいからな。完全体になったらどれだけの実害が出るか、想像もしたくないぜ。

とうのイッセーの子供たちは——果敢《かかん》に防御魔方陣を展開しつつ、手に持つ得物でミサイル、砲撃を一発一発的確に打ち落としていく。この手の攻撃に慣れっこという様子だ。

こいつらは、未来の世界でよほど『UL《ウル》』と戦っているようだ。下手に防御して縮こまるよりも迎撃《げいげき》したほうがダメージが少ないと知っているのだ。

豪雨《ごうう》のような爆撃が止《や》んだあとで、イクスが円柱の『UL《ウル》』こと『四将《インヴェイド・ファナティック》』の『ベウバ・レコルグ』の一部に紅剣を構える。籠手の力を発動させようとしていた。

それを見てアイリが注意をする。

「イクス、その『赤龍王太子の籠手《ブーステッド・ギア・ディアボロス》』を至らせるのはやめなさい。――まだ、不安定なのでしょう？」

「けど！」

アイリが口にした『赤龍王太子の籠手《ブーステッド・ギア・ディアボロス》』とは、イクスの籠手のことだろう。至れるようだが……不安定でもあるようだ。

アイリが勇ましく一歩前に出る。

「――ここは私が行くわ」

すると、アイリの全身から黄金のオーラが発生して、金色の髪《かみ》が揺《ゆ》らめいた。

少女は力ある呪文《じゅもん》を唱え出す。

「――我が声に応《こた》えよ、黄金の鱗《うろこ》を持ちし、偉大《いだい》なる汝《なんじ》よ。共に眼前の敵を殴殺《おうさつ》せんがために——御身《おんみ》を我が前に——っ！」

アイリの顔、手、足に魔方陣——龍門《ドラゴン・ゲート》の紋様《もんよう》が浮《う》かび上がった！　自身を召喚《しょうかん》する相手の依《よ》り代《しろ》にしているのかっ！　そして、アイリの体に浮かぶ魔方陣から発せられる紋様と金色のオーラは俺も見たことのあるものだった！

魔方陣の輝《かがや》きと共にアイリの体から多量の光が解き放たれる。アイリの横に光が留《とど》まり、形を成した。そこに現れたのは——黄金のオーラを持つ巨大なドラゴンのシルエットだった。——ファーブニルだ。

アイリは自身より出現した黄金の輝きに告げた。

「ファブちゃん、こっちに来て早々、朗報よ。——お母さんに呪《のろ》いをかけた連中とやり合えるわ」

光と化しているファーブニルが、アイリを覆うように被《かぶ》さっていく。

——その姿はアイリが、まるで羽衣《はごろも》を羽織ったかのようだった。

「私の人工神滅具《ロンギヌス》——『黄金龍君の羽衣《ギガンテイス・メイデン・ローブ》』」

——人工神滅具《ロンギヌス》ッ！　アイリも持っているのか！　しかもこれは……ファーブニルを核《かく》にしたものだ。俺がファーブニルの力を借りて使っていたものの発展型だろう。

羽衣から発せられているオーラがドラゴンのシルエットを浮かび上がらせる。そのシルエットが発声した。

『俺様、アイリたんに力を貸すッ！』

アイリが羽衣をまといながら、その場で舞うように回転すると、オーラを一気に膨大《ぼうだい》に高めだした。そして、シルエットのファーブニルと共に叫《さけ》ぶっ！

「『鬼手化《バランス・アジャスト》ッッ！』」

刹那、アイリが全身にまとう黄金のオーラが膨《ふく》れあがって、爆発的に高まった！　オーラの輝きはしだいに形を成していき、アイリの全身を包み込んでいった。

黄金の光が弾《はじ》けると、そこには――黄金の全身鎧《プレート・アーマー》を着込んだ少女の姿があるではないかっ！　人工神滅具《ロンギヌス》による疑似禁手《バランス・ブレイカー》か⁉　いや、俺が発現させたときよりも力が安定しているように感じる！

アイリが黄金の鎧《よろい》を着込んで、黒光りする円柱『UL《ウル》』に構えた。

「――鬼手《カウンター・バランス》、『黄金龍君の鎧《ギガンティス・ブラッド・スケイルメイル》』よ」

――鬼手《カウンター・バランス》。鬼手《きしゅ》でカウンター・バランスときたか。

この現象に驚いていた俺に漸が説明をしてくれる。

「俺たちの時代では、人工神器《セイクリッド・ギア》、人工神滅具《ロンギヌス》は本物のように問題なく禁手《バランス・ブレイカー》状態――鬼手《カウンター・バランス》になることができます。禁手《バランス・ブレイカー》は、均衡《きんこう》を崩すだけの力の解放ですが、鬼手《カウンター・バランス》はその逆です。もともと本物よりも安定しにくい人工神器《セイクリッド・ギア》を持ち主の力で強制的に安定化させることで至ることができます」

なるほど、では俺が現時点で抱《いだ》いている人工神器《セイクリッド・ギア》の禁手《バランス・ブレイカー》理論は未来で実を結ぶってことでいいようだな。

ま、いずれ可能になるだろうとは思っていたが、こうやって先出しで答えを見せられると……うれしいようで、俺が直接叶《かな》えたかったという悔《くや》しさもある。

本物の神器《セイクリッド・ギア》のパワーアップが禁手《バランス・ブレイカー》で、人工の神器《セイクリッド・ギア》のパワーアップが鬼手《カウンター・バランス》とはな。

……あとでいろいろと独自に研究させてもらおうか。

鎧を着込んだアイリは、俺たちに言う。

「漸、真、イクス、あと、初代総督《そうとく》、フォローを頼《たの》みます」

漸と真が「「了解《りようかい》」」と応じるなり、翼を広げて、前方に飛び出していく。

漸が言う。

「イクス！　おまえは初代総督と一緒《いっしょ》にやれ！」

「俺と漸でアイリ姉さんのフォローをするからな！」

真も言うなり、二振りの日本刀を握《にぎ》り直して、円柱『UL《ウル》』に突《つ》っ込んでいく！

獣型の『UL《ウル》』と高速戦闘《せんとう》をし始める漸。敵が空中高くまで跳躍《ちょうやく》してきて、宙に飛ぶ漸にまで襲いかかってくるが、それを奴は軽《かろ》やかに避《よ》ける。――が、獣型の腰《こし》からジェットエンジンらしきものが出現して、火を噴《ふ》きだす。エンジンを用いて空中で体勢を変えて、攻撃を避けた漸に再攻撃を仕掛《しか》けてきたのだ。

しかし、それすらも避けて、漸がデュランダルⅣで斬《き》りかかった！

「消え失《う》せろッ！」

一方、真は、人型ともう一体の獣型の円柱『UL《ウル》』と戦っていた。相手の砲撃を躱《かわ》し続けていたが、獣型がその場で変形をし出して巨大な剣と化した！　それを人型が手にして、真に振《ふ》り下ろしてきた！　変形による連係攻撃だ！

――だが、それも真は二刀の得物で受け止めて、押し返していくっ！

人型へ十文字で切りつけていった！

「まとめて『UL《ウル》』を始末するだけ！　アーメンってね！」

十字で切りつけるなんざ、イリナの息子《むすこ》らしい戦い方と台詞《せりふ》だな。

漸と真は時折合流してお互《たが》いの攻撃をフォローしていた。敵にアイリの邪魔《じゃま》をさせないように動いているのだろう。

アイリはというと――黄金の光の軌跡《きせき》を生み出しながら、目では捉《とら》えきれない神速で動き回り、巨鳥型の円柱『UL《ウル》』を一方的に攻撃しているようで、敵の体が視認できないほどの高速の打撃で次々と削《けず》っていっている！

ついには巨鳥の腹部にアイリの拳《こぶし》が突き刺《さ》さった！　アイリは拳を引き抜《ぬ》くとその場から待避する。巨鳥型の『UL《ウル》』は致命的《ちめいてき》なダメージを受けて、全身がショートしたように火花が散り、煙《けむり》を上げて――爆散したっ！

　鬼手《カウンター・バランス》になった途端《とたん》、アイリが一体片付けやがった！　漸と真はアイリが単独で戦えるようにしていたのだ。一体一体確実に屠《ほふ》り去るために――。

　上の兄弟三人が活躍しているなかで、イクスが苦笑する。

「まったく、あの三人は戦闘となったら、いつもこうだ」

「あいつら、いつも三人で戦っているのか？」

　俺の問いにイクスはうなずく。

「ええ、アーシア母さん、ゼノヴィア母さん、イリナ母さんが親友同士だったためか、あの三人はむかしから三人で行動してました。だから――フォーメーションは完璧《かんぺき》なんです」

　イクスが言うように漸、真、アイリの三人の戦いは、一切ぶつかることなく、スムーズにお互いの攻撃をフォローしながら、的確に敵を消耗《しょうもう》させていた。

「デュランダルⅣに断てぬものはないさ、多分な」

デュランダルⅣの絶大な攻撃力《こうげき》でついに獣《けもの》型の円柱『UL《ウル》』を真っ二つに両断する漸。その横では、大剣と化した『UL《ウル》』を持った人型を、同時に十文字に斬り払《はら》った真の姿があった。真は首にかける十字架《じゅうじか》にキスしながら言った。

「——聖霊《せいれい》の加護を受けし名刀にして霊刀、加州清光《かしゅうきよみつ》と大和守安定《やまとのかみやすさだ》の切れ味はどうだったかな？」

残る一体の円柱『UL《ウル》』はさらに体を変形させて、半獣《はんじゅう》半人となっていた。上半身が人型で、下半身は四本足の獣、背中には翼も生えていた。

アイリは、そいつに歩み寄る。

「……お母さんは」

アイリは切々と語り出す——。

「お母さんは、花を育てるのが好きで、縫《ぬ》い物も得意だった。お料理も得意で、兵藤家の味を完全に引き継《つ》いで、お父さんもお祖父《じい》ちゃんもお祖母《ばあ》ちゃんも喜んでた。いつも笑顔で、怒《おこ》ることなんてなくて、だからこそ無警戒《むけいかい》で私やお父さんやファブちゃんが守ってあげなきゃって……」

アイリの拳に膨大な黄金のオーラが集まり出す。少女は、涙声《なみだごえ》で訴《うった》えた。

「お母さんをいじめる奴《やつ》は、絶対に許さないッッ！」

これに漸も真もイクスも続いた。三人は残る一体に剣の切っ先を向けた。

「その通りだ。アーシア母さんは絶対に救うッ！」

「当然っ！　アーシアママの料理が二度と食べられないなんて想像もしたくない！」

「ロキだろうと、『羅睺七曜《らごうしちよう》』だろうと、俺たちの大事な家族を傷つける奴は――」

三人の弟たちが、得物のオーラを高めて一気に振りかざし、姉のアイリは――。

「赤龍帝一家を舐《な》めるな、このバカァァァァアッッ！」

極大のオーラの一撃を拳に乗せて、『UL《ウル》』に放っていく。

イッセーの子供たち四名による同時波状攻撃をまともに浴びて、『四将《インヴェイド・ファナティック》』の一角、『ベゥバ・レコルグ』の一部とされる『UL《ウル》』はオーラの光のなかに消えていった――。


戦闘を終えた俺たちは、一息つきながら変わり果てた採石場跡地《あとち》を一望していた。

鎧を解いたアイリが「ハハハ」とイタズラな笑みを浮かべていた。舌をペロっと出す。

「やりすぎちゃった☆」

その一言に男兄弟三人は、「「「そうだね……」」」と嘆《なげ》くように息を吐《は》くばかりだった。

どうやら、姉のやんちゃぶりに苦労しているようだ。

『UL《ウル》』が展開していた上空と地面の巨大転移型魔方陣《まほうじん》は、すでにイッセーの子供たちと共に消滅《しょうめつ》させた。これで『べゥバ・レコルグ』の転移は防ぐことが可能となり、仮にもう一度転移しようにも自身の再生やら魔方陣の再構築やらで膨大な時間が必要になるそうだ。実質、『べゥバ・レコルグ』を退けたと言えるだろう。

——と、イクスたちがここに近寄る気配に気づいたようだった。そう、リアスたちのオーラを近くに感じるのだ。目の前まで近づいてきている証拠《しょうこ》だ。気配を察知できなかったのは、『UL《ウル》』の影響《えいきょう》か？　先ほどの奴らの魔方陣からはよくわからん力が垂れ流されていたようだしな。

イクスたちは魔力や魔法で衣装をチェンジさせて、コートを着込んだ。コートのフードを即座《そくざ》に深く被《かぶ》り、自身のオーラも遮断《しゃだん》させた。顔とオーラを把握《はあく》されてはマズいからだ。『UL《ウル》』の影響で転移が働かなかったのか、空中を飛んできたオカ研の部員たち。俺たちを視界に捉えると、傍《そば》に飛来してくる。

到着《とうちゃく》するなり、変わり果てた採石場跡地を見て、リアスが驚《おどろ》いていた。

「……アザゼル、これはどういうことなの？」

「あー、これはだな……」

頬《ほお》をかき、説明に困る俺だった。まあ、『UL《ウル》』の襲撃《しゅうげき》は間違《まちが》いない。正体不明の敵性生物と大規模戦闘をしたとしか答えられないが……。

リアスの視線が――フードを被るイクスたちに及《およ》んだ。

「……あなたたちはいったい――」

怪訝《けげん》に見ているオカ研メンバー。

フードを被ったアイリが、じっとイッセー、リアス、そしてアーシアを見たあとで俺の横に来て、耳打ちしてくる。

「――――」

――っ！　……なるほど。俺はアイリの囁《ささや》きにニヤリと微笑《ほほえ》み、ひとつうなずいた。

アイリは演技をするように俺に深く頭を下げた。

「アザゼル殿《どの》、私たちはこれで。さ、皆《みんな》、行くわよ」

『了解』

イクス、漸、真もアイリに付き従うように声を出す。

すると、彼らの足下《あしもと》に転移型の魔方陣が展開して、四人をジャンプの光が包んでいった。

光が弾《はじ》けると――彼らはこの場を転移していなくなっていた。

イッセーが転移したアイリたち――自分の未来の子供たちを訝《いぶか》しげに見ていたようで、

俺に問う。

「……行っちまった。先生、あいつらは先生の協力者ですか？」

「ん？　ああ、まあな。今回の一件に協力してもらってる知り合いからのエージェントだ」

おまえの子供だよ、なんて口が裂《さ》けてもいまは言えんわな。

ふと、アーシアが一歩前に出て、首を傾《かし》げる。

「フードを深く被っていらっしゃったので、お顔はハッキリわかりませんでしたが……私のことをじっと見ていたような……」

「アーシアはかわいいからな。見惚《みと》れてしまったとかかな？　なんてな」

イッセーがそう言った。

アーシアは手を組み、やさしげな表情を浮《う》かべた。

「けれど、あの方々から、どこか他人ではないような雰囲気《ふんいき》を感じました……」

――っ。……生まれた時代が違うとはいえ、不思議と通じるものがあるのかもしれないな。何せ、親子なのだから。

「実は私もだ」

「私も私も」

アーシアの言葉にゼノヴィアとイリナが続き、

「そういえば私もなんとなく視線を感じたかもしれないわね……」

リアスも何かを感じ取ったようだった。

オカ研メンバーたちが不思議な体験をしているなかで、俺は先ほどアイリが耳打ちしてきたことを頭の中で思い返していた。

アイリは俺にだけ聞こえる声でこう囁いたのだ。

――私の名前は、アーシア、イッセー、リアスの頭文字《かしらもじ》から取ったんだって、お父さんとお母さんが言ってました。そして、『愛』と『理』を持ってほしいと込めたのだと。

俺は、あいつららしい名付け方だなと強く感心したし、あの娘《こ》になんともピッタリな名前ではないかと、そう感じてならない。

この場をイッセーたちと去ろうとしたときだった。プライベート回線に伝言メッセージが記録されているのに気づいた。俺にだけ聞こえるよう再生すると――。

『アザゼル先生、お会いしたいのですが、合流できないでしょうか。私は、三十年後の世界でイクスたちの上官をしております――ギャスパー・ヴラディです』

ようやく、予想していたそいつから連絡《れんらく》が届いたのだった――。

第4話　真紅《しんく》の意思

アイリ、漸《ゼン》、真《シン》による新世代の教会トリオとの共闘《きょうとう》を終えた俺は、二日後の正午過ぎ、駒王町《くおうちょう》の繁華街《はんかがい》にある喫茶店《きっさてん》で時間を潰《つぶ》していた。

……結局、採石場跡地での一戦が大規模すぎて事情を隠《かく》しきれなくなった俺は、信頼《しんらい》できるＶＩＰ——シェムハザ、サーゼクス、ミカエル、オーディン、ゼウスにのみ真実を告げた。

皆《みな》一様に驚いていたが、すぐに納得《なっとく》して俺の声に耳を傾《かたむ》けてくれていた。まあ、各勢力、様々な神話体系には、時を司《つかさど》る神も存在するほどだからな。

だが、さすがに未来から異世界の邪神《じゃしん》の手下が攻め込んできているとは露《つゆ》ほどにも思わなかったようだ。

——が、事情を知ればどのＶＩＰも得心することはあるようで、全員で通信にて話し合い、このことを公《おおやけ》にせず、内々に処理する方向で話が固まった。

ま、それの中核《ちゅうかく》を担《にな》うのが……事件の渦中《かちゅう》にいる俺なんだが……。関わった以上、最後まで面倒《めんどう》は見るさ。

事件の概要《がいよう》以外のことはＶＩＰたちに話していない。未来でアーシアがロキの呪《のろ》いを受けたこと、それを解くためにイッセーの子供たちが過去に来ていること、その子供たちから聞いた未来の技術や世界情勢、それらは一切口外していない。これこそが一番話しちゃいけないことだからな。歴史の大きな改変が起きちまうであろう可能性は確実に避《さ》けねばならない。

それに伴《ともな》って、あの採石場跡地に姿を見せたイッセー、リアスたちには、今回のことを――。

『次元の狭間《はざま》に封《ふう》じられていた古代兵器群（古《いにしえ》の神製作）が、突如《とつじょ》目覚めてこちら側に攻め込んできている』

――と、ざっくり説明した。要するに駒王町で暴れている謎《なぞ》の敵はヴァーリチームで厄《やっ》介《かい》になっている古代のゴーレム――ゴグマゴグと似たようなものだと伝えたのである。あれも次元の狭間に漂《ただよ》っていたのをヴァーリたちが発見して起動したわけだが……。

奴らも腑《ふ》に落ちないところもあったようだが、俺の説明を信じてくれた。この手のことを聞きかじっているロスヴァイセは、怪訝そうにしていたが……さすがに現状では『未来からの使者』にまで考えが至っていないようだ。

今回のことは、サーゼクスのほうからもそれらしい話でリアスの耳に届いた。いちおうの納得をしてもらい、今後も警戒《けいかい》を怠《おこた》らず相互《そうご》連絡を取り合いながら事に当たることとなった。

……さて、俺の責任は重大だぞ。奴《やつ》らの正体にリアスたちだけじゃなく、他の勢力が気づいてしまう前に事件を解決しなければならない。しかも、俺と協力関係にあるイッセーの子供たちのことは、俺以外に知られるわけにはいかない。その状況《じょうきょう》下で、こっちに来ている『UL《ウル》』どもを駆逐《くちく》し、未来から来ているロキを捕《と》らえなければならんのだ。難度が特上の任務だろうな……。

……まあ、不幸中の幸いなのが、こっちに来ているイッセーの子供たちが、どれも強者であることだ。あいつらの手を借りれば無理なミッションではないだろう。問題は、奴《やっこ》さんたちが、こちらの時代に対して遠慮《えんりょ》なしの態度を見せていることだ。下手につっつけば公に出てしまい、各神話体系だけじゃなく、人間界にも大きな影響を与《あた》えるだろう。んなことになれば、歴史は大きく塗《ぬ》り変わって……。

……あまり、悪いイメージを膨《ふく》らませすぎてもよくはないな。断固として『UL《ウル》』の目的を阻止《そし》するという決意があれば十分だ。

そんなことを思慮《しりょ》しながらも俺はお気に入りの抹茶《まっちゃ》ラテを口にしていた。予定ではこのあと、未来から来ているというギャスパーと会うことになっているのだが……奴よりも先に予想外のお客さんが俺に接触《せっしょく》してきたため、この喫茶店に入ったのだった。

俺は対面の席に座る少年に視線を向ける。紅髪《べにがみ》の少年――イクス・グレモリーがじっと俺を見つめていた。

先ほど、イクス個人から連絡用魔方陣が飛んできて、『ちょっとだけ、会えませんか？』と言ってきたのだ。少年のその行為《こうい》と、少年自身にも興味があった俺はすぐに応じた。

そして、いざこの喫茶店に一緒《いっしょ》に入ったものの……イクスは口を閉ざしたままで、会話は始まる気配もなかったのである。

「それで、俺に訊《き》きたいことはなんだ？」

「……え、ええと、あのですね……」

遠慮がちに顔を伏《ふ》せるイクス。そのまま無言となってしまう。

戦いのときは両親に似て勇ましい少年だと思ったが、こうして面と向かって話すと……イッセーとリアスの息子《むすこ》らしくもなくシャイなところも見て取れた。

まあ、このままでは埒《らち》が明かないので俺のほうからさらに問うた。

「わざわざ俺の前に現れたんだ。何か訊きたいことがあるんじゃないのか？」

「…………」

何か、顔色と態度から訊きたいことはあるようだが……なかなか要領を得ないな。俺のほうから会話を切り出してみるか。

「じゃあ、俺が逆に訊こう。未来のリアスは何をやっている？　当主のままか？」

そう訊くと、先ほどとは打って変わってイクスは快活に話し始める。

「いえ、うちの母はすでに当主の座を俺のいとこ——ミリキャス従兄《にい》さまに譲《ゆず》ってます。母は、現在多岐《たき》に渡《わた》って事業を広げて、各種産業に取り組んでます。レーティングゲームのプレイヤーもしていますよ。……まあ、いまは異世界からの侵略《しんりゃく》やらで戦争中なんでレーティングゲームは中止になっていますが……」

伏し目がちにしながら、イクスはこうも付け加えた。

「……い、いちおう、父もゲームのプレイヤーをやってます。ただ、多忙《たぼう》だから、なかなか試合をこなせずじまいですけど……」

リアスのことを訊くとすらりと言葉が出るが、イッセーのことは言いにくいってふうだな。というより、訊いてもいないのに父親の話を付け加えてきたあたり、訊きたいこととはそういうことなのだろう。

俺はイタズラ心に駆《か》られて、ついこう問う。

「ところでおまえは——女の乳は好きか？」

イクスは紅茶を飲みながら、俺の質問を聞いて——固まってしまった。一拍《いっぱく》おいたのちに口にしていた紅茶を噴《ふ》き出しながら咳《せ》き込む。

「……………ぶほっ！」

ゲホゲホとしながら、おしぼりで口を拭《ぬぐ》っていた。息を整えてから、顔を紅潮させて異を唱える。

「な、な、な、な、なななななな、何を言い出すんですか⁉」

あらら、イッセーの子供とは思えないほどに純真な反応だな！　そっちのネタはダメか？

イクスはそんな様相を見せながらもコホンと咳払《せきばら》いをひとつして落ち着きを取り戻《もど》したあとにこう続ける。

「……女性の胸のことですか……。そうですね、うちの母親たちが皆《みんな》、その……お、大きいから……女性の胸はそういうものだと幼少時に思い込んでいて……胸の小さい女性のことを最初は女性と認識できなかった時期ってのはありました。小さい頃《ころ》は、ソーナおば上にも大変失礼なことをしてしまいましたよ」

父親が女の乳を求めすぎると、子にこんな影響《えいきょう》が出るんだな……。いや、あいつらの教育にちょっと問題があったのかもしれん。ソーナもとんだ酷《ひど》い目に遭《あ》ったようだな。

イクスはおしぼりを握《にぎ》りしめながら、ぷんすかと怒《いか》りをぶちまける。

「む、胸の大きい女のヒトばかり奥さんにした父親がエロすぎるんです！　だから、子供の俺がそんなことに……っ！　『おっぱいドラゴンの歌』を子守歌代わりに聞かされた息子の身にもなってほしいですっ！」

「すまん、その歌作ったの俺らだわ」

間髪《かんはつ》を容《い》れず謝る俺。その歌に関しては……俺やサーゼクスの悪ノリが原因だ。まさか、三十年後、次世代の者たちにいらぬ迷惑《めいわく》をかけているとはな。

イクスは俺が謝ったことに手を前に出して慌《あわ》てる。

「あ、いや、そういう意味ではなくて……いえ、そういう意味なのかもしれませんけど……」

イッセーの子供たちのなかでも猪突猛進《ちょとつもうしん》的な側面を持つ少年だが、一方で年長者に対しての礼節はきちんと持ち合わせている、か。

なるほど、数分の間の会話で、ある程度こいつのことがわかったぜ。この時代で喩《たと》えるなら、プライベート時に酷く軽い面を見せる魔王《まおう》たちに対する家族の対応だ。サーゼクスやセラフォルーがプライベートであんな姿を見せるせいか、妹であるリアスもソーナも真面目《まじめ》な性格になった。それと同じで、バラエティに富んだ母親たちと、スケベすぎる父親という家族を持った反動でイクスは真面目すぎる少年となってしまったわけだ。

思い返してみると、他のイッセーの子供たちも真面目なのばかりだな。育ての親が多いだろうから、トータル的な影響でそういうふうに成長してしまったのだろうか。

俺はふと気になったことをさらに訊《たず》ねる。

「木場《きば》や……ヴァーリは元気か？」

「はい、師範《しはん》……祐斗《ゆうと》さんは後進の指導に当たってます。ヴァーリ先生は古の神々や初代四大魔王が作りだした遺物、遺跡《いせき》を研究している傍《かたわ》らでラーメン道をひたすら追い求めています。俺も弟子《でし》入りしたときは最初の半年は皿洗いから教え込まれました。戦いもラーメン作りも基本は同じだと」

木場はともかく、ヴァーリは……予想が半分当たって、もう半分は興味深い答えだったな……。そうか、あいつ、研究なんてことをし始めたか……。ラーメンに関しては……もう何も言うまい。

「いまは戦争中なので、お二人とも前線で戦っておられますけど……」

未来のあいつらは重要な戦力として動いているだろうな。

そこから会話が繋《つな》がり、当たり障《さわ》りのない小話を続けていった。ある程度、語らいが温まったところでイクスが意を決した表情となり——、

「あ、あの、父親のことですが……。あのヒトは家族のことを大事に――」

そう切り出したところで、俺たちの前に立つ者がいた。

「アザゼル初代総督《そうとく》、上官の命でお迎《むか》えに参りました」

――姫島紅《ひめじまくれない》だった。

兄の姿を見て、イクスは言いかけた言葉を呑《の》み込んでしまう。親父のこと――イッセーのことを俺に会ってまで訊きたかったのだろうが……。

兄の紅はイクスを見て、驚《おどろ》いた表情を浮《う》かべるが、すぐに察してニッコリと微笑《ほほえ》んでいた。

「イクス、ちょうどいい。おまえも来るといいだろう。僕たちの上司がお呼びだ」

俺、イクス、紅は場所を移すために喫茶店《きっさてん》をあとにする。


俺が紅に連れていかれたのは、駒王町の地下に広がる無数の空間――そのひとつだった。

そこは紅や漸と初めて出会った場所でもあった。

紅はまだ用事があると、俺たちをここに案内したあとに去っていった。長男はやることが多そうだな……。

その空間に入った瞬間《しゅんかん》に言い知れない重圧と並々ならぬオーラを感じ取った。俺の視線の先には、縦ロールを四つ作った金髪《きんぱつ》の少女と、ヴァルキリーの鎧《よろい》を着た銀髪の少女の二名がいた。解析《かいせき》用の魔方陣《まほうじん》を展開しており、俺に視線を向けながらも自分の作業に集中しているようで解析を続けている。いま感じたプレッシャーはこの二名ではない。

すると、壁《かべ》からぬるりと人影《ひとかげ》が出現する。壁を通り抜《ぬ》けてきたのであろう。見れば、黒いローブを身に纏《まと》った上背のある金髪の男が目の前に立つ。非常に体格の良《い》い容姿であり、精悍《せいかん》な顔つきだ。赤い双眸《そうぼう》が俺を捉《とら》えている。静かでありながら、強烈《きょうれつ》なオーラを放っているが、その波動には覚えがあった。

男の勇ましい表情が破顔して、俺にあいさつをしてくる。

「ごきげんよう、先生」

その笑みにはどこか面影《おもかげ》があった。

「そうか、おまえが……ギャスパーか」

俺の言葉に黒いローブの男――ギャスパーがうなずいた。

「はい。大分、変わってしまったかもしれませんが、私はギャスパー・ヴラディです」

これは……声を上げて驚きたいぐらいだ。まさか、華奢《きゃしゃ》なあいつが、こんな風貌《ふうぼう》になっちまうとはな……。女装男子の面影がまるで残っちゃいないほど雄々《おお》しい。髪の毛もオールバックにしていて、弱々しい雰囲気《ふんいき》を持った少年時代があったとは思えないほどだ。

「今回の事件のケツ持ちってところか？」

握手《あくしゅ》を交《か》わしながら俺が言う。

「ええ、時間転移ということで時を操る私の担当になりました。まあ、イッセー先輩《せんぱい》の子供たちのことはこの子らが生まれたときからよく知っていますし、それに私の言うことなら皆素直《すなお》に聞いてくれます」

そう言うギャスパーだが、俺の背後でイクスがぼそりと「……だって、怖《こわ》いし」などと漏《も》らしていたが……俺の心の内にしまっておこう。

あいさつは程々に俺は未来のギャスパーより、この状況《じょうきょう》を整理した情報と、今回こちらに来ている敵——異世界の『UL《ウル》』のデータを聞かされる。

未来のロキと共にこの過去に来ているのは『羅睺七曜《らごうしちよう》』レッズォ・ロアドの『四《インヴエイド・》将《ファナティック》』のうち、二体である。本来、『四《インヴエイド・ファナティック》将』すべてが兵士の軍勢を引き連れて、ロキと共に転移してくるはずだったのだが、このギャスパーや未来の戦士たちの妨害《ぼうがい》活動で敵戦力の大半が時間転移に失敗したようだ。

しかし、敵は諦《あきら》めていないようで、先日の円柱型『UL《ウル》』こと『四《インヴエイド・ファナティック》将』の一角『ベゥバ・レコルグ』のように強引に転移しようとしてきている。ギャスパーやイッセーの子供たちはそれも未然に防ごうと、この過去の世界で奮戦してくれていた。そのおかげでこちらの世界ではまだ大きな影響は出ていない。まったくもって頭が下がる思いだ。

俺がギャスパーに訊《き》く。

「奴《やつ》らの目的はここからさらに時を遡《さかのぼ》って、この世界の歴史を——各神話体系の歴史を改変するためだな？　プラスしてイッセーたちが異世界の神と接触《せっしょく》した経緯《けいい》も消す、と」

ギャスパーはうなずく。

「私たちがいた世界の時間軸《じく》やこちらの世界の時間軸には大きな変化は起きないでしょうが、この時代からさらに遡った時代、そこから世界線が複数に分岐《ぶんき》していっているのもまた事実です。奴らにとって都合のいい歴史を作り出したかった。それと、未来の仇敵《きゅうてき》となる我々の存在も無かったことにしたいのもあるでしょう。いま現在も未来の仲間たちや魔王アジュカ・ベルゼブブさまが、分岐した世界線を観測して、収束させるために尽力《じんりょく》されています。私たちは過去で暴れる『UL《ウル》』を殲滅《せんめつ》するために未来より派遣《はけん》された先遣隊のひとつというわけです」

紅たちから受けた説明の通りだな。ギャスパーが真に迫《せま》った表情となって続ける。

「……問題は、『羅睺七曜《らごうしちよう》』の一柱、レッズォ・ロアドもこちらに転移しようとしている点でしょうか。さすがに七曜クラスがこの世界に来てしまったら、各神話体系にも大きな影響を与《あた》えるでしょう。それは避《さ》けねばなりません」

七曜ってのは、話を聞く限りだと、各神話体系の主神クラスの力量だと聞いた。そんなのが過去で暴れ出したら……ただでは済まないだろうよ。そうなったら、サーゼクスたちとも要相談だろうな。

ギャスパーは神妙《しんみよう》な面持《おもも》ちで言う。

「……あの方が間に合えば、あるいは……」

対応策はあるようだな。どいつのことかわからんが、相対できる戦力ならば心強い。

俺とギャスパーが話しているなか、解析を終えた金髪の少女と銀髪の少女が話しかけてくる。

金髪の少女が言う。

「ヴラディのおじさま、現状での『UL《ウル》』の転移ポイントをほぼすべて捉えました」

銀髪の少女も続けて報告する。

「同時にこの時代に転移してきた私たちの兄弟全員の現在位置は特定できてます」

ギャスパーはひとつうなずく。

「さすがだな、ロベルティナ、ヘルムヴィーゲ。ああ、先生。こっちは私の部下で、イッセー先輩の娘《むすめ》たちです」

ギャスパーの紹介《しょうかい》を受けて金髪の少女がスカートの裾《すそ》を両手で軽く持ち上げながら、あいさつをくれる。

「ごきげんよう、初代総督さま。わたくし、ロベルティナ・ヒョウドウといいます」

「ヒョウドウ？　だが、おまえさんのオーラは……フェニックスだな」

そう、この娘から漂《ただよ》うオーラはフェニックスの火の力だ。……むろん、イッセーの娘らしく、ドラゴンのオーラも内在している。

「おっしゃる通りです。わたくしは、父である兵藤一誠《ひょうどういっせい》と母であるレイヴェル・ヒョウドウの間に生まれた娘です。母はフェニックス家を出た者ですから、フェニックスを名乗るわけにはいきません。そのため、お父さまが冥界《めいかい》で使われている苗字《ラストネーム》のひとつをいただいたのです。ちなみにイクスくんとは同い年です」

嫁《よめ》に出した以上、レイヴェルはフェニックスを名乗れない。――が、グレモリーも名乗れない。そこで「ヒョウドウ」か。……そういや、兵隊の『UL《ウル》』が「ヒョウドウ」の名前を出していたものな。

レイヴェルの縦ロールがふたつで、娘が四つってのがなかなかに面白いものだ。

「……未来のイッセーは、いろいろな名前を持ってそうだな」

俺がそう漏らすと、レイヴェルの娘――ロベルティナがクスリと小さく笑う。

「たまに現在の自分の呼ばれ方がわからなくなると口にしてます」

二つ名も含《ふく》めて相当増えてそうだな。

今度はヴァルキリーの鎧（赤龍帝の鎧《ブーステッド・ギア・スケイルメイル》の趣向《しゅこう》も取り入れた形）を着た銀髪の娘が丁寧《ていねい》にあいさつをくれる。

「私はヘルムヴィーゲ。赤龍帝《せきりゅうてい》の父と元ヴァルキリーの母の間に生まれました。漸くんと真くんと同年生まれです」

「ああ、ひと目でわかったぜ。ロスヴァイセの娘だな。母親にそっくりだ。名前は……ロスヴァイセのむかしの同僚《どうりょう》からか？」

「はい、うちの母は、お世話になった故郷の知人や友人の方の名前を子供につけています」

長い銀髪を一本の三つ編みにしているが、顔立ちはロスヴァイセそっくりだ。というよりもイッセーの子供たちは、俺が出会った限りでどれも顔立ちは母親似だ。

ロスヴァイセの娘――ヘルムヴィーゲが言う。

「戦闘《せんとう》の出来る兄弟として、魔法の使い手もいるんですが……そちらは元の時代、未来のほうで今回の時間転移を調整してくれています」

それに続いてロベルティナが不満げなことを口に出す。

「あの子、聖王剣《せいおうけん》コールブランドに選ばれたというのに剣士ではなく、魔法使いの道を選んでしまうんですもの。非常に勿体《もったい》ないわ。才能を無駄《むだ》にするなんて！」

ヘルムヴィーゲが肩《かた》をすくめる。

「まあ、あの子にはあの子の生き方があります。それに魔法の才能もあの由緒《ゆいしょ》正しい家の血を引いているから、優秀《ゆうしゅう》です。コールブランドからの選択《せんたく》には逆らえないでしょうから、将来は魔法剣士にでもなるのではないでしょうか」

思うところがあったので俺が訊く。

「もしや、ルフェイの子か？」

ヘルムヴィーゲがうなずく。

「そうです。モルドレッド・ヒョウドウ。ルフェイお母さんの子です。ルフェイお母さんはうちの母や黒歌《くろか》お母さんと並んで、一家では魔法の使い手です」

……イッセーの奴、ルフェイも落としたのか。

そりゃ、黒歌とルフェイに子供が出来れば、ヴァーリもイッセーの子供たちの面倒《めんどう》を見るようになるってもんだ。

ロベルティナがぷんすか怒《おこ》っていた。

「あの子、イクスくんよりも自由気ままですものね。もう、お父さまやお母さま方の評判を落としてはいけません！　イクスくんもいいですね？」

イクスに指を突《つ》きつけるロベルティナ。

「……ルーティは一言うるさいって」

ロベルティナのことを愛称《あいしょう》で呼びながら、そう口にするイクスは「また始まった」と言わんばかりにうんざりげだ。

レイヴェルの娘ロベルティナは親たちに敬意を抱《いだ》いているようだ。というよりも、人一倍クソ真面目《まじめ》な性格は母親譲《ゆず》りだな、こりゃ。

イクスの頭を豪快《ごうかい》になでるギャスパー。

「注意をくれる兄弟がいるというのは、いいことだぞ。イクス、おまえはロベルティナが言うようにもう少し落ち着いて行動しろ。うかつな行動は、両親の名よりも、おまえ自身の評判を落とす。わかるな？」

「……はい」

イクスはうつむきながらも応じた。

おおっ、大人な意見を言うギャスパーに成長を感じてしまった。

眼前で展開した未来の情景に関心を寄せていたときだった。ロスヴァイセの娘ヘルムヴィーゲの足下《あしもと》に魔方陣が突如《とつじょ》展開する。自動で出現したようだ。魔方陣の紋様《もんよう》——魔術文字がめまぐるしく動き出す。それが不穏《ふおん》を感じさせてくれた。

ヘルムヴィーゲが険しい表情となってギャスパーに報告する。

「ヴラディさん、大変です。――京都方面《きょうとほうめん》で『UL《ウル》』の反応を捉《とら》えました」

そして、奴ら《UL》との戦いは再開される――。

―D×D―

俺、ギャスパー、イクス、ロベルティナ、ヘルムヴィーゲが魔方陣《まほうじん》で転移した先は、京都と滋賀《しが》県の県境にある山の奥だった。『UL《ウル》』の反応があった場所に一気にジャンプしてきたのだ。

この場にいないイッセーの子供たちは、他《ほか》で暴れている『UL《ウル》』の掃討《そうとう》に出払《ではら》っていた。

木々が生《お》い茂《しげ》る山中を進みながら、イクスがぼそりと言う。

「……あいつらの狙《ねら》いは、京都の妖怪《ようかい》たちと――」

俺が続く。

「この時代にいる異能力者の一族だろうな。ったく、無茶苦茶なもんだぜ。未来では、例の五家に連なる者か、妖怪から強者でも出ているのか？」

ギャスパーが口を開く。

「どちらもそうですが……それにプラスして、赤龍帝の縁者《えんじゃ》となる者を今のうちに潰《つぶ》しておきたいと思ったのかもしれません」

なるほど、確かにそうなのだろうな。俺たちが向かっている先、この山奥には、妖怪たちが住む領域——裏京都に通じる門のひとつがあったはずだ。

案の定、山の奥に古めかしい鳥居が姿を見せる。裏京都に通じる門だ。その周辺には不気味な雰囲気《ふんいき》を漂わせる集団がいる。銀色の体をした兵隊『UL《ウル》』の群れだ。その中央には一際強烈《ひときわきょうれつ》なプレッシャーを放つ巨大《きょだい》な影《かげ》——機械のドラゴンことガルヴァルダンの姿があった！

先日、ゼノヴィアの息子《むすこ》——漸に壊《こわ》されたはずの左腕部《さわんぶ》に激しい蒸気が生じていた。晴れた先にあったのは、左腕《ひだりうで》の代わりと言わんばかりの極太《ごくぶと》のドリルだ。凶悪《きょうあく》なドリル刃《ば》から禍々《まがまが》しいものを感じてならない。背中にも新たな兵装らしきバックパックを装着している。

奴らが門をくぐる前で良かったぜ。こんな得体も知れない凶暴な連中が裏京都で暴れ出したら、どれだけの被害《ひがい》が出るかわかったもんじゃない。

ギャスパーが並々ならぬオーラをまといながら、雄々《おお》しく『UL《ウル》』のもとに出ていく。底知れぬオーラの質から察するに、成長したギャスパーの潜在《せんざい》能力はとうに俺を超《こ》えており、こちら側の最大戦力として明らかだった。

ギャスパーの登場を察知して、『UL《ウル》』どもが一斉《いっせい》にこちらに顔を向ける。敵の幹部――ガルヴァルダンはギャスパーを見かけるなり、目を怪《あや》しく輝《かがや》かせる。

【へっ、こりゃまたどエラいのが来たな。ギャスパー・バロールかよ】

ギャスパーは腕を組み、威圧《いあつ》的なオーラを放ちながらガルヴァルダンを睨《にら》む。その姿におどおどとしていた少年の頃《ころ》の面影《おもかげ》はまるで見当たらない。よくぞ、ここまでたくましくなったものだ。ちょいと感動しちまったぞ。

ギャスパーがガルヴァルダンに問う。

「――ガルヴァルダン。レッズォ・ロアドの四将《インヴェイド・ファナティック》よ。なぜ、このような場所にいる？　京都に住まう者たちに危害を加える気だったか？」

【まあ、それもあるが、こいつを取りに来たってのが正直な話だな】

言いながら、ガルヴァルダンは新たな左腕――ドリルを前に突き出す。ギュイイイィイインと危険な音を立てながら、ドリルは高速回転する。

【まだあっち側にいる四将《インヴェイド・ファナティック》――アッドーザから、代わりの腕と追加の武器だけでもと先に送ってもらっただけだ。あの野郎《やろう》、俺の予備パーツを寄越《よこ》さずに自分の得物を先に送ってきやがったが……まあ、こいつでもいいさ。ただ、こちらの時間軸《じく》に強固な防《ぼう》壁《へき》が生まれたせいか、こいつを転送するにも一苦労だったようだが……そうか、てめえらの妨害《ぼうがい》ってことだろうな。おかげで転送ポイントがズレにズレてこんなところにまで来ちまったぜ】

あのドリルは、レッズォ・ロアドに仕える最後の四将《インヴェイド・ファナティック》が未来から寄越した補強パーツということか。そして、未来の戦士たちの活躍《かつやく》により、最後の四将《インヴェイド・ファナティック》は追加の武器を転送するだけで精一杯《せいいっぱい》のようだ。

それと、話から察すると京都に赴《おもむ》いたのは、予備の腕の転送するポイントがズレたせいか。そのついでにこの時代の裏京都を襲《おそ》う腹づもりだったのだろう。

ガルヴァルダンの腰《こし》にあるロケットエンジンが勢いよく火を噴《ふ》き出した！　飛び出してくる気かっ！　俺は素早《すばや》くこの一帯を結界で覆《おお》った。被害は最小限にしたいんでな。

【まあいいッ！　さっそくで悪いが、こいつの試運転と行くぜェエエエッッ！　転移直後の前回に比べたら調子も戻《もど》ってきたからな。あっちでの借りを返してくれるッ！】

ガルヴァルダンは、ドリルを高速回転させながら、一直線にこちらへ突貫《とっかん》してくる！　奴《やつ》の攻撃《こうげき》は鋭《するど》い槍《やり》の一突きのごとく正面から真《ま》っ直《す》ぐに進撃してくる。その余波で周囲の木々が薙《な》ぎ倒《たお》され、土が大きく抉《えぐ》れるほどだ。

「望むところだ、悪鬼《あっき》めっ！」

イクスは紅《くれない》の剣を取り出して、真っ向から勝負を受けていく！　滅《ほろ》びの魔力を纏《まと》ったガラティンⅢ《スリー》改でガルヴァルダンの猛撃《もうげき》を正面から受け止めるが、新たな左腕の勢いは激しく、イクスを後方に吹《ふ》っ飛ばしていった！

その脇《わき》では、レイヴェルの娘《むすめ》ロベルティナが、兵隊『UL《ウル》』の群れが一斉に放った光弾《こうだん》に撃《う》ち抜《ぬ》かれていくが――フェニックスの特性により吹き飛ばされた部分から再生の炎《ほのお》が巻き起こって何事もなかったように元の姿に戻っていた。

「――無駄よ、わたくし、不死身ですから」

言うなり、ロベルティナは巨大な炎の翼《つばさ》を背に生やして、兵隊『UL《ウル》』の一団を一気に燃やし尽《つ》くしていった！

「雑魚《ざこ》はまとめて私がお相手しましょうか」

同様にロスヴァイセの娘ヘルムヴィーゲが、前方に無数の魔方陣を展開させて、そこより数え切れないほどの槍を出現させる。各属性の魔法を帯びた槍は魔方陣より射出されて、複数の『UL《ウル》』を貫《つらぬ》いていく。貫かれた瞬間《しゅんかん》に燃え上がったり、凍《こお》り付いたりと付与《ふよ》された魔法の効果が現れていった。どっちの娘も十分に強いじゃないか！

俺も光の槍を放って、『UL《ウル》』を難なく屠《ほふ》っていく。兵隊のほうはどうにかなるだろう。問題は――。俺はガルヴァルダンのほうに視線を送る。

体勢を立て直したイクスの斬撃《ざんげき》とガルヴァルダンのドリルが激しく打ち合っていた。

【へっ！　おまえの『滅び』の力は想定済みよッ！　このぐらいの障壁《しょうへき》プログラムなら、すでに用意はしてあるッ！】

奴が言うようにガルヴァルダンは滅びの魔力を纏《まと》うイクスの剣を容易《たやす》くいなしていた。イクスはそれでも構わず鋭い高速の攻撃を繰《く》り返していく。だが、調子を取り戻している様子のガルヴァルダンの攻撃は以前よりも鋭く、イクスは致命傷《ちめいしょう》になる攻撃はすべて避《よ》けているものの、体にはダメージが蓄積《ちくせき》されていった。

一旦距離《いったんきょり》を置いたところで、ガルヴァルダンが体勢を前屈《まえかが》みに低くする。バックパックにあった兵装が開く。中には数え切れないほどのミサイルが搭載《とうさい》されていたっ！　あの量はマズいッ！　この山が丸ごと吹き飛ぶっ！

【吹っ飛べやァァァァァァァァアアアッッ！】

ガルヴァルダンのミサイルが射出されて、俺たち目掛《めが》けて向かってきたときだった。

…………。

唐突《とうとつ》に、すべてが静寂《せいじゃく》になった。戦いの音も、ミサイルが飛来する音もかき消えて、ここだけ時間が停《と》まったかのように――。

射出されたミサイルがすべて空中で停止している。ガルヴァルダンも、兵隊『UL《ウル》』の群れも停まっていた。この現象には覚えがある！

ギャスパーが赤い双眸《そうぼう》を輝かせて、一歩前に出ていた。

「私とアザゼル先生、イクスたち以外の時間を停止させました」

ギャスパーが言うように停止した世界のなかで動いているのは俺たちだけだ。『UL《ウル》』や山の木々もすべて停止状態となっていた。

世界を停止させるだけではなく、停止させた世界で動けるようにまでなっていたか……。

「私の許しをなしにこの停止した世界で動ける者がいるとしたら、神格や超越者《ちょうえつ》、新世代の魔王クラス……そして、二天龍《にてんりゅう》ぐらいだ」

ギャスパーがそう言う。

こんなことができるなら、未来でこいつは最強の一角じゃなかろうか？

ロベルティナがふと漏《も》らす。

「──『時と空間の覇者《アイオーン・タイクーン》』、ヴラディのおじさまは超越者としてそう呼ばれています」

「超越者？　ギャスパーがか？」

俺がロベルティナに問う。

「はい、三十年後の悪魔の世界では、正規認定されている超越者が六名になっています。ミリキャスお従兄《にい》さま、アジュカ・ベルゼブブさま、そしてヴラディのおじさまもその一角に数えられています」

「……時間を支配できるなら、その領域に入り込んでもおかしくはないな。……しかし、正規認定か。未来には認定されていないのもいるってことか？

「――この程度か？　イクスよ」

言うなり、ギャスパーは足下《あしもと》より影――闇《やみ》を展開、広げていく。闇は意思を持つように動き出して空中で停止されたままのミサイルを包み込み、すべて丸ごと消し去ってしまった。

ギャスパーがイクスに言う。

「イクス、私たちがくぐり抜けてきた戦場には、これとは比べものにならない悪鬼羅刹《あっきらせつ》が待ち構えていたのだぞ？」

ギャスパーが、停止したままのガルヴァルダンに指をさす。

「いいか、イクス。再び時が動き出したとき、おまえがガルヴァルダンを倒せ。父親に思うところがあるのはわかっている。だが、ただ闇雲に対抗心《たいこうしん》を抱《いだ》いて管を巻いても何も解決できない」

真っ正面から父親のことを言われたためか、イクスは激情に駆《か》られた言葉を吐《は》く。

「わかっています……わかっていますよッ！　けど、ヴラディさん！　いや、ギャスパーおじさんっ！　あのヒトは……アーシア母さんがロキの呪《のろ》いに倒れても、姿を現すことすらしなかったんですよ!?　自分の大切なヒトがあんな状態になったのに、顔すら見に来なかったッ！」

「だから、許すわけにはいかないか？」

「………………」

ギャスパーの問いにイクスは無言のまま答えない。

……イクスが俺に訊《き》きたかったこととは、俺から見た父親――イッセーの評価だったのかもしれない。思春期の少年らしい父親への愛憎《あいぞう》めいた葛藤《かっとう》があるのだと思う。

しかし、構わずにギャスパーはイクスに微笑《ほほえ》みを見せる。俺がいま抱いた想《おも》いを代弁するかのようにギャスパーはこう言った。

「わかっているはずだ、イクス。あのヒトは、おまえを含《ふく》む家族全員を愛している。顔を見せなかったのは、それだけの理由が他《ほか》にあったからだろう」

「……それでも俺はっ！」

「答えはいずれ自《おの》ずとわかる。いまはその気持ちを力に変えて、奴を止めてみせろ。もうすぐ、この時間停止を解く。――おまえが二天龍の力と意思を継《つ》ぐ器《うつわ》であるのなら、この戦いを制してみろ」

「――っ！」

ギャスパーにハッキリと突《つ》きつけられて、イクスのなかで何かが沸《わ》き上がったようだった。

そして、ギャスパーが指を鳴らすと、世界は再び動き出す。

【……これは】

ガルヴァルダンは射出したはずのミサイルがすべて消失している不可解さに一瞬驚《おどろ》いていたが、すぐにギャスパーの仕《し》業《わざ》だと察知してそちらに視線を送っていた。

ギャスパーがイクスに向けて言う。

「あらゆる強者に学んだおまえが、この程度の出来事を突破《とっぱ》できねば笑いものだぞ？」

ガルヴァルダンが目を危険な色に光らせる。

【この程度とは、言ってくれるじゃねぇか。超越者さまは言うことが違《ちが》うぜ】

ギャスパーの言葉に中《あ》てられたイクスは一歩前に出て、左腕《ひだりうで》に装着していた籠手《こて》を突きだした。

「はっ！」

イクスの気合い一閃《いっせん》、すぐに紅《あか》いオーラは膨《ふく》らんでいく。イクスが紅色の剣《けん》を構えた。

「わかっているさ。俺が何の血を引いて、誰《だれ》に力と技を教えられたのか。その意味ぐらいはわかっているッ！　俺は『真紅《しんく》』を継ぐイクス・グレモリーなんだからなッ！」

紅いオーラはさらに高まって、イクス自身を包み込んで――、

「――鬼手化《バランス・アジャスト》ッッ！」

『Scarlet《スカーレット》 Dragon《ドラゴン》 Counter《カウンター》 Balance《バランス》!!!!』

かけ声と音声と共に一気に弾《はじ》けた！

そこに出現したのは、両腕に真紅の籠手と脚甲《きゃっこう》、軽鎧《ライト・アーマー》を装着したイクスだった。二天龍やアイリの黄金の全身鎧《プレート・アーマー》とは違い、動きやすそうな軽鎧《ライト・アーマー》だ。その背には四枚の紅いドラゴンの羽が生えており、手には有機的な形に変わった真紅剣《スカーレット・ブレード》ガラティンが握《にぎ》られていた。父とも姉とも違う神器《セイクリッド・ギア》の変化――。

莫大《ばくだい》な滅びの魔力に覆《おお》われた剣を構えて、極大なドラゴンのオーラを身に纏いだしたイクスが高らかに吼《ほ》える。

「『赤龍王太子の籠手《ブーステッド・ギア・ディアボロス》』の鬼手《カウンター・バランス》、『紅龍の斬滅剣《スカーレット・ザ・エクスティンクト・ブレード》』ッ！　天龍の力と意思、そして聖魔剣士《せいまけんし》の技を乗せたこの力を受けてみろ、ガルヴァルダンッッ！」

『BoostBladeBoostBladeBoostBladeBoostBladeBoostBladeBoostBlade《ブーストブレードブーストブレードブーストブレードブーストブレードブーストブレードブーストブレード》!!!!』

籠手の宝玉から力ある音声が鳴り響《ひび》いた。同時に剣を覆う紅いオーラが増大している。

瞬時にイクスはその場から音もなく飛びだしていく！　次の瞬間には、ガルヴァルダン

の胸部に紅い閃光が走り、その部分だけ削《けず》り取られていた！

【くっ！】

ガルヴァルダンが、腕で薙《な》ぎ払《はら》おうにも、イクスに当てることは叶《かな》わず、その間にも紅い閃光と化したイクスが神速でガルヴァルダンの体を斬撃で削り取っていく！

目でも気配でも捉《とら》えきれないほどの速度だ。イクスは師であるヴァーリや木場の高速戦《せん》闘《とう》を取り入れて、軽装の鬼　手《カウンター・バランス》としたのだろうか。

そこに両親の破《は》壊《かい》力――ドラゴンのパワーと滅びの魔力を剣に乗せていく。ガルヴァルダンの攻撃《こうげき》はすでにイクスを捉えきれない。

なるほどな、ギャスパーが言う通りだ。あらゆる強者に学んだイクスだからこそ、次世代の者だからこそ許された力――。

俺たちの未来の象徴《しょうちょう》――それがイクス・グレモリーっ！

【しゃらくせエエエエッ！】

ガルヴァルダンが口から極太《ごくぶと》の光線を放つが、それすらもイクスは人工神滅具《ロンギヌス》と融合《ゆうごう》したガラティンⅢ改で丸ごと打ち消してしまうっ！

「グレモリー公爵《こうしゃく》家の名において、おまえは絶対に俺が倒《たお》すぞ、ガルヴァルダンッ！」

勇猛のなかに高貴な雰囲《ふんい》気《き》を漂《ただよ》わせるイクスの姿に、俺はとある者の面影《おもかげ》が見えてしまった——。

目では捉えきれない高速戦闘——イクスの剣が生み出す紅い閃光が森の奥で幾重《いくえ》にも走っていく。

『BoostBladeBoostBladeBoostBladeBoostBladeBoostBladeBoostBladeBoostBladeBoostBlade《ブーストブレードブーストブレードブーストブレードブーストブレードブーストブレードブーストブレードブーストブレードブーストブレード》!!!!』

ついにはイクスの斬撃が、ガルヴァルダンの左腕のドリルを両断し、さらに連撃《れんげき》で右腕、両脚《りょうあし》をも切断してしまった！　両腕と両脚を失い、巨体《きょたい》が地面に突っ伏《ぷ》す！

ギャスパーはそのチャンスを見逃《みのが》さずに二人の部下に告げる。

「いまだロベルティナ、ヘルムヴィーゲ！　ガルヴァルダンを元の世界に送り返す！　私に続けっ！」

「「はいっ！」」

ギャスパー、ロベルティナ、ヘルムヴィーゲが、同時に時間転移らしき魔方陣《まほうじん》を展開させた。ガルヴァルダンが丸ごと包まれるほどの規模の魔方陣だ。魔方陣は輝《かがや》きを強めていくが、ガルヴァルダンは抵抗《ていこう》しようとする。

【このまま、ただでやられるかよッ！】

腰《こし》のロケットを吹《ふ》かして逃《に》げだそうとするが——。

「——そうはさせないさ」

俺が放った特大の光の槍《やり》が二本、奴《やつ》の腰の両端《りょうたん》についていたロケットエンジンを破壊した。逃げる手段すらも失ったガルヴァルダンは、転移の光に包まれていき――。

【オオオオオオオッッ！　ちくしょうがぁぁぁぁあああっ！】

怨嗟《えんさ》の咆哮《ほうこう》を上げながら、魔方陣の輝きに消えていった――。

紅いオーラを纏い、勇ましく戦ったイクスを見てギャスパーが誇《ほこ》らしく言う。

「イッセー先輩《せんぱい》も、我が主《あるじ》リアスさまもおっしゃってました。――イクスは、サーゼクスさまにそっくりだ、と」

そう、その通りだ。俺が先ほどイクスから感じた面影は、まさにサーゼクスだったのだから――。


ガルヴァルダンとその配下の『UL《ウル》』の全滅《ぜんめつ》を確認した俺たち。……森の被害《ひがい》は結構なものだが、まあ、俺があとでどうにかしよう。

しかし、あのガルヴァルダンを未来に送り返せたのは大きい。奴らの増援《ぞうえん》も、未来の戦士たちが必死に妨害《ぼうがい》してくれているようだし、これで残る敵は、ロキとルマ・イドゥラぐらいだろうか。

だが、息つく間もなく、その報告は飛び込んでくる。

ロベルティナの耳元に展開していた通信用の小型魔方陣に、驚《おどろ》くべき情報が届いていた。

「ヴラディのおじさまッ！　初代総督《そうとく》さま！　漸お兄さまからの連絡《れんらく》が届きました！」

「……なんてこと！」

『四将《インヴェイド・ファナティック》』ルマ・イドゥラと悪神ロキが――この時代のリアスお母さまたちオカルト研究部を襲撃《しゅうげき》しているそうです！」

…………ッ！　こちらの戦力が分散しているなかで、そう来たか、ロキめっ！　妨害され続けた結果、ヤケになったか⁉

いや、このガルヴァルダンすら囮《おとり》にした行動だというのか⁉

――戦いは佳境《かきょう》へと向かっていく！

第5話　禁じられた共闘

俺と未来のギャスパー率いるイッセーの子供たちは、京都方面より帰還《きかん》して駒王《くおう》町周辺までたどり着いた。

レイヴェルの娘《むすめ》――ロベルティナのもとに届いた情報のすぐあとに、俺にもリアスたちから連絡が飛んできていた。

例の正体不明の敵と……ロキらしき者とも交戦中――と。

ただの『UL《ウル》』の兵隊ならいいが、イッセーの子供たちからの情報でも、敵の幹部と未来から来たロキの野郎《やろう》も襲撃しているというじゃないか。うちの若い連中と奴らの接触《せっしょく》をこれ以上は避《さ》けるべきだ。

……イクスたちの存在が無かったことになるのは、知っちまった俺としても回避《かいひ》したいところだ。

……未来の教え子ども、安心しろ。最悪の状況《じょうきょう》になっても、この子供たちだけは必ずおまえたちの時代に帰してやるからな。

ゼノヴィアの息子《むすこ》――漸《ゼン》からの連絡を受け、俺たちは駒王町郊外《こうがい》にある人気《ひとけ》のない廃墟《はいきょ》に転移してきた。イクスたちイッセーの子供は、親に正体がバレないよう専用のヘルメットを素早《すばや》く装着する。

見れば漸とイリナの息子――真《シン》の二人（こちらも親にバレないようヘルメットをしているが、持っている武器で誰か把握《はあく》できた）が、廃墟の敷地《しきち》内で兵隊『UL《ウル》』の群れと交戦中だった。俺たちはすぐさまその戦闘に介入《かいにゅう》して、雑魚《ざこ》を蹴散《けち》らしていく。

「状況は？」

光の槍を投げながら俺が漸に問う。

漸がデュランダルⅣ《フォー》で兵隊を複数同時に斬《き》り払ったあとに言った。

「現代のリアス母さんたちとルマ・イドゥラやロキが出会ったらマズいんで、紅《くれない》兄さんが人気のない場所へ強制転移させました。紅兄さんや白雪《しらゆき》、黒茨《くろばら》もそっちについてます！」

なるほど、リアスたちや他《ほか》のイッセーの子供たちが見えないのはそのせいか。すでに転移済みなんだな。

「襲撃後だったので、『UL《ウル》』の兵隊ごと転移せざるを得ませんでしたけどね」

と、漸は付け加えてきた。

まあ、それぐらいはあいつらがなんとかするだろう。兵隊なら問題はない。問題なのは敵の幹部クラスとロキだ。

「──で、肝心《かんじん》のルマ・イドゥラとロキは？」

俺が問うと、真が廃墟の敷地内、その奥を指さす。そこには黒く丸いオーラの塊《かたまり》が宙に浮《う》かんでいる。人が一人すっぽり覆いきれるほどの大きさだ。そのオーラの球体から、異様なプレッシャーが解き放たれていた。

「ルマ・イドゥラを一時的にあそこに封《ふう》じてます。こちらの時代に来るときにロセママが俺たちに持たせてくれた結界魔法のアイテムが役に立ちました！」

あの黒いオーラの塊は、未来のロスヴァイセが作りだした結界兵器か何かか。どうやら、開花させた才能は、未来でも大いに役立っているようだな、ロスヴァイセ先生よ。

ルマ・イドゥラはここにいる。……となると……。

俺がそう思慮《しりよ》していると、漸が言う。

「一点だけ大問題があります」

真も慌《あわ》てて続く。

「ああ、早く転移した父さんたちを追ったほうがいいっ！　あっちにはロキがいます！」

漸が説明をくれる。

「──親父と、うちの母、アーシア母さん、イリナ母さん、師範《しはん》……じゃなくて木場《きば》さんの五人は、交戦していたロキとの位置の関係で転移ポイントがズレてしまいました。親父たちは、ロキごと隣《となり》の県の海沿いにジャンプしているはずです」

イッセー、アーシア、ゼノヴィア、イリナ、木場の五人はリアス、朱乃《あけの》たち（紅、白雪、黒茨含《ふく》む）と共に転移しておらず、ロキと一緒《いっしょ》に別のところにジャンプしているのか。

真が焦《あせ》りながら言う。

「幸い、ロキ自体はロセママの結界で封じることができましたし、アイリ姉さんが付いてますが……ロキの奴が封じられる前にとんでもないものを投入してきてます。あれは姉さんたちでもマズいっ！」

漸が恐々《きょうきょう》とした表情でハッキリと述べる。

「——神喰狼《かみくいおおかみ》。……新たなフェンリルですっ！」

——っ!!　………そうきたか、ロキの野郎め……っ！

俺は、最悪の想定も込みで今回の一件に当たっている。最悪の想定——そのひとつに、未来のロキが、異世界の者たちと接触したことによる技術革新、研究の発展を危険視していた。

つまり、数々の魔物を生みだしてきた悪神ロキによる新たな怪物《かいぶつ》の誕生である。

……新たなフェンリルっ！　最悪なんてもんじゃない。あの怪物だけで俺たちがどれだけ苦労させられたと思っていやがる！　この世界に存在する超常《ちようじよう》の者たちのなかでも、フェンリルはトップ10内に入り込めるほど、凶悪《きようあく》な魔物だった。

二天龍《にてんりゆう》が協力し、俺たちが諸々《もろもろ》打開策を準備した上で、ようやく退けた相手だ。しかも覇龍《ジャガーノート・ドライブ》を使ったヴァーリでも倒《たお》せなかった。

そのフェンリルを新しく作りだした……。おそらく、いや、確実に異世界の技術を盛り込んだ代物《しろもの》に違《ちが》いない。……どんなバケモノになっているか、想像もしたくないぜ。

早くイッセーたちのもとに行ったほうがいいだろうな。アイリがいるとはいえ、それでも戦力はまったく足りない。

……俺は懐《ふところ》から取り出した通信機器に視線をやっていた。グリゴリ幹部——仲間からの連絡はまだこない、か。

いちおう、こういう状況下を想定して、俺も準備だけはしていたんだが……まだ連絡は届かない。そろそろ完成のはずなんだがな……待ってもいられないか。

俺は手早くこの場にいる『UL《ウル》』の兵隊を屠《ほふ》り去って、イッセーたちが転移したというポイントへジャンプしようと魔方陣を展開させようとする。

だが、そのとき、黒いオーラの結界に歪《ゆが》みが生じ始めた。結界の変化に気づくのも束《つか》の間、黒い球体の檻《おり》より、高速で何かが飛び出してくるっ！　内側から結界を突《つ》き破ってきた鋭利《えいり》な兵器群は、空中で意思を持つように自在に動作して、目にも留まらぬ速度でこちらに向かってきた！　遠隔《えんかく》操作型の攻撃《こうげき》かっ！

構える俺たちだったが、その兵器群はこちらに届く前に闇夜《やみよ》をうごめく巨大《きょだい》な影《かげ》の手によって、防がれた。影——いや、巨大な闇の手はギャスパーがまとう暗黒のオーラより伸《の》びていた。ギャスパーが防いだのだ。

弾《はじ》かれた遠隔操作の兵器は、もとの場所に戻《もど》るかのように黒いオーラの結界のほうに帰っていく。と、同時に黒い結界が「バジッ！」という破裂《はれつ》音と共に四散した。

中から現れたのは、人型でありながら、全体的に鋭角なフォルムを持ち、青色を基調とした光沢《こうたく》のある機械生命体——ルマ・イドゥラだった。先ほど射出されていた遠隔操作の兵器群が、ルマ・イドゥラの背後に戻っていく。どうやら、奴《やつ》の右側の背中についていた翼《つばさ》のようなものが分裂して射出されていたようだ。

『UL《ウル》』特有の目には捉《とら》えられない異様なプレッシャーが放たれている。明らかに相手は殺意を持って対峙《たいじ》してきていた。

ギャスパーが一歩前に出た。

「すみません、アザゼル先生。どうやら、私の相手は奴のようです」

ギャスパーが睨《にら》む先——ルマ・イドゥラのバイザー形の目が怪《あや》しく輝《かがや》く。

【――超越者《ちょうえつ》、『時と空間の覇者《アイオーン・タイクーン》』殿《どの》。私がお相手しよう】

その一言にギャスパーは不敵に笑む。

「レッズォ・ロアドが使役する『四　将《インヴエイド・ファナティック》』のなかでも最強とされるルマ・イドゥラよ。私の『時間』と『空間』を覆《くつがえ》せるかどうか、試してみるといい」

【ふっ、言ってくれるものだ、バロールよ】

ギャスパーがレイヴェルの娘――ロベルティナと、ロスヴァイセの娘――ヘルムヴィーゲに言う。

「おまえたちは私とこいつの戦闘《せんとう》でこの一帯が壊《こわ》れないよう結界を張り続けろ」

「うふふ、ヴラディのおじさまはいつだって無茶を言いますのね」

「あの結界アイテム、開発費用が高かったのに……あまり役に立たなかったと知ったら、うちのお母さん、卒倒《そっとう》しそうだわ」

ロベルティナは笑い、ヘルムヴィーゲは額に手をやりながら、ギャスパーの願いに応じる格好で構えた。

ギャスパーが俺に言う。

「あとは頼《たの》みます、アザゼル先生。あなたならきっと私たちやこの時代の先輩《せんぱい》たち、過去も未来も救ってくれると信じてます」

全幅《ぜんぷく》の信頼《しんらい》を寄せる声音だった。まったく、そんなふうに頼《たよ》られるとな……。

俺は肩《かた》をすくめながら、転移型の魔方陣《まほうじん》を展開させる。

「ったく、厄介事《やっかいごと》ばかり俺のもとに降りかかってよ。ま、いつも通り、どうにかするさ」

そう答えると、ギャスパーはニヤリと笑った。

ルマ・イドゥラの左側の背中に装着されたキャノンが、こちらに狙《ねら》いを定めつつあるなかで、俺はイクス、漸、真に言う。

「よし、俺たちもイッセーたちのもとに行くぞっ！」

剣士《けんし》組の子供たちと共に俺はイッセーのもとに飛んだ――。


―D×D―


俺たちがジャンプした先は――人気のまったくないと言っていいほど寂《さび》しい海岸沿いだった。ここで多少ドンパチしても住民がそう気づくこともないだろう。……多少で済めばの話だが、難しいだろうな。

着いて早々、この一帯を覆《おお》う結界を展開させる俺だったが、漸の叫《さけ》び声が聞こえてくる。

「――姉さんっ！」

砂浜《すなはま》のほうから淡《あわ》い緑色のオーラが発光しているのが視認できる。よく見ると、黄金の鎧《よろい》を着たアイリが、アーシアに回復を受けているところだった。

アイリとアーシアのもとに駆《か》け寄る俺たち。

弟たちを確認するなり、アイリが痛みを堪《こら》えながら言う。

「……遅《おそ》かったじゃないの……。……まったく、うちの弟たちは……いざってときにいないんだから……」

「姉さん、しゃべらないでっ！」

イクスも心配そうにそう発する。

アイリの傷の具合は……鎧に巨大な爪《つめ》による攻撃の痕《あと》が残っていた。新型フェンリルによる攻撃か。いくらファーブニルを核《かく》にして作った人工神滅具《ロンギヌス》だろうと、最強の魔物が相手では耐《た》えきれなかったのだろう。

俺は、先ほどより幾度《いくど》も閃光《せんこう》が輝く空中に視線を送る。そこでは、真紅《しんく》の鎧を着たイッセー、ゼノヴィア、イリナ、木場の四人が銀色の光沢を放つ巨大な魔物と死闘《しとう》を繰《く》り広げていた。

巨大な魔物——新型フェンリルの猛攻撃《もうこうげき》に苦戦しながらも、イッセーたちはなんとか距離《きょり》を取って防戦の格好となっていた。

あいつらも俺たちの登場を確認して、急いでこちらへ降りてくる。

イッセーが俺に駆け寄った。

「先生っ！　銀色のフェンリルと……ロキの奴が！　どうなっているんですか⁉」

「事情はあとで説明する。それより無事だったか、イッセー？」

イッセーが治療《ちりょう》を終えたばかりのアイリに顔を向ける。

「ええ、その鎧を着た女性戦士がいたので、最悪の状況《じょうきょう》だけはなんとか回避《かいひ》できてますけど……。……ただ、敵が敵なだけにさすがにこの戦力じゃ……」

宙を見上げるイッセー。そう、俺たちの眼前に浮かぶのは――夜空の月をバックにした銀色の巨大な狼。以前のような灰色の毛並みはなく、表面は硬質《こうしつ》そうで金属のように光沢を放っている。狼の格好をした金属の生命体――そう表現したほうが正しいのだろう。大きさは以前のタイプよりも若干《じゃっかん》大きくなっており、十メートルは超《こ》えている。

俺はそいつを見上げながら苦笑する。

「フェンリル……の形をした機械生命体か。まあ、メタルフェンリルとでも言えばいいのかね」

よーく見ると、沖合《おきあい》のほうに黒いオーラの球体が確認できた。未来のロスヴァイセが作った結界アイテムで封じられたロキだろうな。

未来のロキめ、存分に異世界の技術を取り入れて己《おのれ》の力にしたようだな。奴の趣味《しゅみ》の悪い研究に異世界のものが取り込まれるとこんなにもおぞましく、恐《おそ》ろしいものが誕生するってことか。

……ロキにしても、いつまであの球体に封《ふう》じられているか、わかったもんじゃない。ここでこいつらを止めないと、オーディンのジジイに一生小言を聞かされ続けるだろうな。

……シェムハザから届く予定の転送品を待ってもいられん。

こちらの戦力を確認する。俺、イッセー、ゼノヴィア、イリナ、木場、子供たちのほうは、イクス、アイリ、漸、真か。アーシアはバックアップ要員だな。

俺は小さな声で漸に問う。

「いちおう、紅かギャスパー辺りが念のために未来から記《き》憶《おく》を消去させる何かを持ってきてはいるんだろう？」

こいつらは、できるだけこの時代の親たちと出会わないようにしているが、それにも限界があるだろう。保険としての記憶改ざん装置のようなものは持ってきていて当然だ。この時代にだって、堕天使《だてんし》の技術でそういうのがあるんだからな。

俺の問いに漸は静かにうなずいた。

「そういうのは俺のほうにもあるから、その点は協力しようじゃねぇか。じゃあ、共同戦線といこうか」

それだけ確認し合うと、

「「「「了解《りょうかい》っ！」」」」

イッセーの子供たちは勇ましく応じて、フェンリルのほうへ飛び出していった。

空中でイクスたち四人と、メタルフェンリルによるドンパチが始まった。

未来で戦争に参加しているだけあって、イッセーの子供たちは強い。現状、総合的に親たちよりも強いと言えるだろう。だとしても相手は新型のフェンリルだ。用心にこしたことはないし、ロキのほうも不気味だ。

俺がイッセーたちに叫ぶ。

「イッセー、おまえたち！　俺に考えがある！　おまえらもここで勝とうとは思うなっ！　死なないよう動いてくれるだけでいい！」

「先生、なんか打開策あるんスね⁉」

叫ぶイッセーに俺はサムズアップした。

「ま、そういうこった。死ぬなよ、おまえらも！」

「「「「はいっ！」」」」

返事と共にイッセー、ゼノヴィア、イリナ、木場も空中に飛び出していく。アーシアもファーブニルを呼び寄せて、バックアップ態勢となった。俺も奴らに続いて宙を飛ぶ。

そこからは、ほぼ同い歳《どし》の親と子による時代を超えた共演となる！

「はあっ！」

「はっ！」

「とりゃ！」

イクス、漸、真が、剣による斬撃《ざんげき》でメタルフェンリルに一撃を入れていく。目立ったダメージは見えないが、フェンリルが一瞬《いっしゅん》よろけるだけの威力《いりょく》はある。

彼らの剣筋を見て木場が不思議そうな面持《おもも》ちとなっていた。

「僕の剣技とそっくりだ。彼らはいったい……」

まあ、当然だろうな。未来の木場に教わったんだからよ。

鋭《するど》いフェンリルの突進《とっしん》を食らいそうになったイッセーだったが、一緒《いっしょ》にその一発を正面から防いだのは——黄金の鎧を着るアイリだった。

「おと……じゃなかった、赤龍帝《せきりゅうてい》さん！　さっきは情けない姿をお見せしてすみませんでした！」

「へっ！　そう言うなって！　女の子が俺やサイラオーグさんみたいに鎧着て真っ正面から体術なんてさ、頼もしくてうれしいぐらいだっ！」

「……私が尊敬する大好きな人が、同じスタイルのファイターですから！」

「そんなふうに尊敬される存在になってみたいもんだな！」

そう言いながら、イッセーとアイリは同時に拳《こぶし》を放ち、フェンリルの鼻っ柱に強烈《きょうれつ》な一撃を与《あた》えていく。

……ああ、なれるさ、イッセー。いや、なってみせろよ。

今度はゼノヴィアと漸が同時に斬《き》りかかる！　エクス・デュランダルとデュランダルⅣの一斉《いっせい》攻撃だ。

「あ、あの、ゼノヴィア……さん！　勢いのまま攻撃しても要領を得ません！　隙《すき》を見て、一太刀《ひとたち》一太刀確実に入れていきましょう！」

「そういうのもいいが、こういうときは適材適所。その手の攻撃が得意な木場がいるんだ、私はパワーで押すほうでいく！」

「いえいえ！　こういうときこそ、剣技で隙を衝《つ》くべきであって！」

「木場のようなことを言うな！」

「ああ、この時代のこのヒトは……っ！」

まだ猪突猛進《ちょとつもうしん》の精神が生きるこの時代のゼノヴィアと、木場に剣を習った漸では会話も成り立たないだろうな。こりゃ、面白い一場面だぜ。

「彼とは話が合いそうです」

木場も漸の姿に感動していた。もう十数年待てば会えるさ。

そういう息の合わない親子もいれば――、

「はっ！」

「えいっ！」

「『アーメンッ！』」

交互《こうご》に斬り込み、同時に光力の一撃を放つ真、イリナ親子の姿もある！

ゼノヴィア親子もイリナ親子も貴重な場面を見せてくれて、死闘中だというのに微笑《ほほえ》ましくなるぜ。

俺も木場と共にフェンリルの隙を衝く格好で斬り込んでいく。

俺たちの攻撃は、メタルフェンリルに致命傷《ちめいしょう》を与えられないものの、防戦一方になることはなかった。

しかし、この様相に変化が訪《おとず》れようとしている。ロキを覆っていた黒いオーラに歪《ゆが》みが生じ始めていたのだ。おそらく、ロキの野郎《やろう》が中から結界の解呪《かいじゅ》を行っており、それが叶《かな》う寸前なのだろう。

どうにかしたいところだが、さすがにフェンリルを相手にしている以上、手を回す余裕《よゆう》がない。ついには結界の内側から、極大な魔術《まじゅつ》の一撃を撃《う》ち出した！

その一撃は、鋭く、高速で海岸にいる——アーシアを狙《ねら》っていた！

『危ないっ！』

全員の声が重なる！

先に飛び出したのは——イッセー、アイリ、そしてイクスの三人！

「アーシアアアアアアァァァァァァッ！」

誰《だれ》よりも神速で駆けつけたのは、イッセーだった。ここぞとばかりに火事場の馬鹿力《ばかちから》は発揮されており、ロキの魔術よりも先にアーシアの前に降り立った！

アーシアの盾《たて》になる格好でイッセーが、ロキの魔術の一撃を正面から受ける——が、その魔術は直前になって枝分かれして、幾重《いくえ》もの光の帯と化した！　ロキの奴《やつ》は攻撃魔法を変化できるように術式を練っていたのだろう。

ロキの魔術は、イッセーとファーブニルに当たるものもあれば、両者を通り過ぎて背後のアーシアに——。

だが、その魔術は、アーシアに当たる直前でかき消される。イクスが、イッセーとアーシアの間に入って、紅色の剣で斬り払《はら》ったからだ。

「サンキューっ！　アーシアを助けてくれて、ありが——」

アーシアを救ってくれた礼を言おうとするイッセーだったが、イクスがたまらずに叫《さけ》ぶ。

「……あなたはいつだってそうだった。民衆の英雄《えいゆう》であり続ける反面、隙だらけで……っ！　だからこそ、俺はあなたを――」

勢いよく叫んだものの、イクスは声のトーンを落とす。

「……否定したいのに……。それでも、あなたは命がけで戦おうとするんだろうな……」

正体のわからないイクスが言っていることを理解できないであろうイッセーは、頬《ほお》をかいた。

「……よくわかんねぇけど、俺がアーシアや皆《みんな》を守るのは当然だ」

イッセーは、イクスに真っ正面から言った。

「――仲間で、家族だからな。どんなときでも、どんなことが起ころうとも、俺は仲間を、家族を、全力で守るし、傷つけた奴は地の果てでも追いかけてぶん殴《なぐ》ってやるさっ！」

「――っ」

イッセーの――親父《おやじ》の一言に驚《おどろ》くイクスだったが、すぐに破顔した。

「…………まるで同じことを言うんだね。……そうか、あなたはこのときからずっと、それを守り続けて……。じゃあ、父さんもきっと――」

自分のなかで答えが見つかったかのように言おうとしたイクスだったが――。

「ふはははははっ！」

ロキの哄笑《こうしょう》が一帯に響《ひび》いた。

黒いオーラの結界を打ち破って、悪の神が再臨する。フェンリルも主《あるじ》のもとに寄ってい
った。

メタルフェンリルの頬をなでるロキ。

「いい結界だ。あのヴァルキリーが、神を捕《と》らえられるだけの魔法を得るとはな」

ロキがこちらに視線を向ける。

「ちょうど、ここに憎《にく》き存在がごろごろといてくれる。一掃《いっそう》するには頃合《ころあ》いだと言えよう」

言うなり、ロキの力が膨《ふく》らみ、神々《こうごう》しくも禍々《まがまが》しい特大のオーラを体から放ち始めた。

それに呼応するようにメタルフェンリルも銀色の光を全身から発する。

ロキは懐《ふところ》より、杖《つえ》を取り出した。杖の先端《せんたん》には銀色の宝玉が埋《う》め込まれている。奴は杖を天空高くかざして叫んだっ！

「見せてやろう！　我ら親子の進化した姿をッッ！」

莫大《ばくだい》な光量がこの一帯を包み込む！　俺たちもあまりのまばゆさに目を細め、顔の前に手を出して光を遮《さえぎ》ろうとした。

光が止《や》んだとき、眼前に出現したのは——銀色の輝《かがや》きを放ち続ける全身鎧《プレート・アーマー》だった。そ

の全身鎧《プレート・アーマー》は、狼《おおかみ》の意向が強く、胸部には狼の頭部を形作ったものが突き出ていた。

全身鎧《プレート・アーマー》を装着した者――ロキが声を発する。

『ふふふ、フェンリルUL《ウル》と融合《ゆうごう》せし、このロキにもはや敵などいない』

……野郎、神器《セイクリッド・ギア》の真似《まね》をして、鎧に変化させやがった！　他の神話をことごとくバカにしてきた割に有益とわかったものは取り込んでいきやがるんだなっ！　いや、案外、俺たちにこっぴどくやられたせいで、多少思考が柔軟《じゅうなん》になったのかもしれない。ある意味でそれも俺たちの罪かね……。

間髪《かんはつ》を容《い》れずにゼノヴィア、漸、イリナ、真、木場がロキに斬り込んでいくが――。

『ふん、雑魚《ざこ》めが』

魔法力のこもった右腕《みぎうで》を横に薙《な》いだだけで、宙に強大な魔法のうねりが生じて、五人を容易に吹《ふ》き飛ばすっ！　剣士《けんし》組が全員、海に落下していった！

特に力も込めず、軽く腕を薙いだだけでこれか。こりゃ、最悪の覚悟《かくご》も決めないとな。

ロキが再びこちらに視線を送る。

『赤龍帝の一派と堕天使《だてんし》の長《おさ》たる貴様はここで始末しようか』

眼光鋭く殺気を放つロキ。……殺意満々じゃねぇか。よっぽど、俺たちと子供たちに恨《うら》みがあるようだ。

……くそっ！　この世界の神と異世界の神が交わることの危険性は、想像はできたんだがな。まさか、神器《セイクリッド・ギア》の真似ごとまでし始めるなんてよっ！　余裕のなくなった悪神ほど怖《こわ》いものはないってか？

この状況《じょうきょう》にイクスも危険を感じてか、自身の籠手《こて》を輝かせる！

「――鬼手化《バランス・アジャスト》ッ！」

オーラを高めて鬼手《カウンター・バランス》をさせようとするが……籠手の宝玉の輝きは鈍《にぶ》く、イクスの想《おも》いに応《こた》えてはくれない。

「……………反応しない？　いや、もう一度だっ！　鬼手化《バランス・アジャスト》ッ！」

もう一度至らせようとオーラを高めようとするが……やはり、人工神滅具《ロンギヌス》は反応すらしなかった。

この現象にアイリが弟に言う。

「……無理してはダメよ？　もうすでに鬼手《カウンター・バランス》をしてしまったのでしょう？　間を置かずに連続して使えるようになるまではまだしばらくの修行《しゅぎょう》が必要だと、上の方々にも言われているはずよ？」

姉の注意にイクスはアーシアに視線を送ったあと、悔《くや》しそうに苦悶《くもん》の声を出す。

「……クソっ！　まだ鬼手《カウンター・バランス》を完全にモノにできてないってことか!?　肝心《かんじん》なときに俺

は……っ！　父さ……皆を助けるって決めたのに……っ！」

未来のアーシアを救うためには、ロキを捕《つか》まえるしかない。しかし、そのロキはいまフェンリルの鎧を着込み、最凶《さいきょう》の存在と化している。肝心なときに力を出し切れない自分に苛立《いらだ》っているのだろう。

ロキが高笑いする。

『ふはははははっ！　所詮《しょせん》は紛《まが》い物。父親ほどの驚異《きょうい》は感じられぬな！　この時代の赤龍帝も恐《おそ》るるに足らず！　全員まとめてここで塵《ちり》と化せっ！』

ロキが、右腕に極大の魔法力を高めていく。さらに圧縮を繰《く》り返して、濃密《のうみつ》で凶悪なオーラの塊《かたまり》を作りだした。海面が激しく波立つほどの激しいオーラだ。

さすがの俺もあのオーラの塊には、全身が震《ふる》え上がるほどに強烈なものを感じてならない。あんなものを放たれたら、この一帯──いや、地図が塗《ぬ》り替《か》えられるだろう。

生唾《なまつば》を飲み込むほどに緊張《きんちょう》する場面で、俺の通信機器が震えだした。手に取らなくても誰からのものかは容易に想像はつく。

何より、俺の手元に魔《ま》方陣《ほうじん》が展開して、あるものが転送されてきたしな。

──ようやく、来やがったか……っ！

俺は手元に送られてきた──一本の短剣を確認した。装飾《そうしょく》が施《ほどこ》され、柄頭《つかがしら》に宝玉が埋め込まれた短剣――。

俺は思わず笑いが出てしまう。

「……くく」

俺の反応にロキが怪訝《けげん》そうにしていた。

「なあ、ロキよ。俺が何も用意してなかったとでも思うか？」

俺は短剣をかがげて、呪文《じゅもん》を唱える。

「――我が召喚《しょうかん》に応じよ、地母神ガイアの息子《むすこ》にして、怪物《かいぶつ》の母エキドナの夫よ。偉大《いだい》なる怪物の王たる御身《おんみ》を我が前に晒《さら》せッッ！」

召喚の呪文と共に俺の横に巨大《きょだい》な専用魔方陣が出現して、そこからどデカい何かが現れだすっ！

全長三十メートルはあるであろう青色の肌《はだ》を持つ巨人――。背中に翼《つばさ》を生やし、上半身は人間のようであるが、下半身は蛇《へび》である。手には、どデカい矛《ほこ》を持っていた。

巨人が高笑いする。

『グワッハッハッ！　汝《なんじ》の招きに応じたぞ、堕天使の長よっ！』

豪快《ごうかい》な笑いと共にあり得ないほどの質量のオーラを辺りに撒《ま》き散らす巨人。

巨人の姿にさすがのロキも驚愕《きょうがく》したようで声を震わせる。

『……まさか、そんなわけが……ッッ！　──テュポーンだと⁉』

そう、この巨人はギリシャ神話に登場する伝説の怪物──テュポーンだった。ケルベロス、オルトロス、ヒュドラ、邪龍《じゃりゅう》ラードゥンの父とされる魔物の王──。

俺が手元で短剣をくるくると回しながら言う。

「ああ、そうだ。フェンリルと並んでこの世界でトップレベルの強者として名を連ねるバケモノの王、テュポーン。伝説のバケモノには伝説のバケモノだ」

俺は、ゼウスに今回の一件を話すついでにとある言付けも頼《たの》んだ。

それは、『テュポーンと契約《けいやく》を結ばせてほしい』ということだ。テュポーンはオリュンポスの神々でも大いに手を焼いたほどに危険な伝説の魔物だ。容易に話を振《ふ》れば、どんなことが起こるかわかったものではない。何せ、タイフーン──暴風の語源にもなった魔物だからな。

しかし、事が事のため、ゼウスはこれを承諾《しょうだく》してくれた。テュポーンのほうも、俺に無理難題な条件を出してきたが、それを呑《の》み込み、一度限りの契約を結んだ。

そして、契約を結んだ上で、俺は自分の技術に取り込んだのだ。

俺は短剣を構えて、教え子とその子供たちに言う。

「おまえら、よーく見ておけ。これが、人工神器《セイクリッド・ギア》の開発の祖《そ》たる俺が見せる、疑似禁手《バランス・ブレイカー》――鬼手《カウンター・バランス》だッ！」

俺の叫びに応じて、テュポーンも矛を力強く振り回した。

『よおおおぉぉぉぉしッッ！　大暴れといくかッッ！　他神話の神と戦えるなど、そうできたことではないからなッ！』

テュポーンの巨軀《きよく》が短剣の宝玉の輝きに呼応して、光り出すっ！　その光は俺の全身も包みだしたっ！

「――鬼手化《バランス・アジャスト》ッッ！」

力ある言葉のあとで、オーラが弾《はじ》ける！

俺の全身は青と黒を基調とした禍々しい鎧に包まれており、手には三叉《みつまた》の矛を有していた。堕天使の漆黒《しっこく》の翼が鎧の背部、腰部《ようぶ》、脚部《きゃくぶ》とあらゆるところから生えていく。

俺は矛の先をロキに向ける。

「『破壊獣の王鎧《ディザスター・タイフーン・ビースト・アナザー・アーマー》』――。好き勝手やってくれたな、ロキにULども。この俺に散々余計なものを見せたんだ。それだけで十分に悪手だったたと思い知ることだな。悪いが、俺はこの状況下で傍観《ぼうかん》者気取るほど、善い堕天使じゃねぇんだよ」

そうさ、先日、アイリが見せた鬼手《カウンター・バランス》の現象。さっそく、それも俺の技術に応用させてもらったぜ。こういうのは自分で行き着いてこそなんだがな、今回みたいな緊急《きんきゅう》事態が発生すると想定したら、俺のプライドなんて考慮《こうりょ》してもいられない。

こんなことで死ぬぐらいなら、大いに暴れさせてもらう方向で準備するさ。おかげで伝説の怪物を核《かく》にしても、一度ぐらいなら鬼手《カウンター・バランス》が使える人工神器《セイクリッド・ギア》を作り出せた。

『なめるな、堕天使風情《ふぜい》がッッ！』

ロキが手に作りだしていた圧縮した魔法の一撃《いちげき》をこちらに放つっ！

俺は逃《に》げずに正面から矛を構え、ロキの魔法の塊目掛《めが》けて──一気に振り下ろしたっ！

矛の一振りは、ロキの強烈《きょうれつ》な魔法の塊を両断するっ！　振り下ろしの余波は、眼下の海面にも届き、大きく海を両断していった。さらに海岸沿いにまで矛の勢いは及《およ》び、砂浜《すなはま》を深く抉《えぐ》り、近くの山をも削《けず》り取っていく。

軽く振り下ろした余波でこれだ。テュポーンの恐ろしさを体感できるな。ま、いまは俺の味方だ。存分に振るわせてもらおうか。

ロキが怒《いか》りで肩《かた》を震わせていた。

『く……っ！　その程度で我が──』

「『我が──』なんだ？　聖書と北欧《ほくおう》神話、技術屋同士のケンカといこうか」

俺はイッセーの子供たち──イクス、アイリ、漸、真を順番に見ていく。

……俺は決めたんだよ。このイッセーの子供たちと出会ったときからな。

――この子たちは、俺が必ず無事に元の時代へ送り届ける。何せ、俺のかわいい教え子たちの大事な子供なんだからよ。俺がひと肌脱《ぬ》がなきゃ嘘《うそ》だろう？　ま、どうせ、おまえらのことだ、その期待も込みでこの時代の俺を頼《たよ》ったんだろう？

「たまには俺も暴れさせてもらうぜ？　何せ、堕《お》ちた天使《バカ》どもの長だからよ？」

未来から来た『UL《ウル》』と悪神ロキ、こいつらと俺たちによる最後の戦いの火蓋《ひぶた》が切られたのだった――。

最終話　そして、明日《ちち》へ

未来から襲撃《しゅうげき》してきたロキと俺たちとの本格的な戦い――空中での大決戦が始まって十数分が過ぎ去ろうとしていた。

「よっとっ！」

俺の持つ三叉《みつまた》の槍《やり》が、ロキの展開する防御《ぼうぎょ》魔法を破り、鎧《よろい》すらも砕《くだ》いていく。

『………くっ！』

苦渋《くじゅう》の声を出すロキ。

異世界の機械生命体――『UL《ウル》』の技術で誕生した新たなフェンリルを自らの鎧と化したロキだったが……。人工神器《セイクリッド・ギア》の疑似禁手《バランス・ブレイカー》――鬼手《カウンター・バランス》によって生み出された一度限りの全身鎧《プレート・アーマー》を装着した俺が、奴《やつ》のご自慢《じまん》であろうおニューの鎧を幾度《いくど》となく破壊《かい》してやっていた。そのたびに奴は鎧を再形成しているけどな。

ただ、こちらが圧倒《あっとう》的に優勢というわけでもなかった。腐《くさ》っても伝説の魔物――フェンリルの改良型と一体化した悪神だ、その力は恐ろしいほどに強大である。

奴の放つただのオーラの波動ですら、海を割り、近隣《きんりん》の山を粉砕《ふんさい》する。魔法となれば、夜空一面に灼熱《しゃくねつ》の炎《ほのお》が乱れ舞《ま》い、海面を広範囲《こうはんい》に凍《こお》り付かせるほどだった。

魔物の王ことテュポーンと契約した俺の『破壊獣の王鎧《ディザスター・タイフーン・ビースト・アナザー・アーマー》』の力を以《もっ》てしても御《ぎょ》しきれるものでもない。

だが——。

「はっ！」

「おりゃあっ！」

ロキの背後に近づいていたイクスの一閃《いっせん》！　それをサポートするかのようにイッセーの特大ドラゴンショットが鋭《するど》く撃《う》ち放たれる。

『うぬぅうっ！　小癪《こしゃく》な連中だっ！　何度も何度もッ！』

ロキはイクスの一撃を受けてもなお紅髪《べにがみ》の少年をオーラで吹《ふ》き飛ばし、襲《おそ》いかかってきたドラゴンショットをまともに浴びてもすぐに体勢を立て直す。

オカルト研究部のメンバーと、未来の子供たちがロキの周囲に集《つど》う。奴を覆《おお》うような形だ。隙《すき》あらばすぐにでも斬《き》り込んでやろうと言わんばかりの陣形だった。

イッセーたちと、その子供たちがいてくれたおかげで、俺は人工神器《セイクリッド・ギア》の力を遺憾《いかん》なく発揮できていた。そう、テュポーンから借りた力をオフェンスにのみ集中できたので、ロキを徐々《じょじょ》に追い詰《つ》めることに成功できたのだ。

俺と奴が戦い、隙が生まれたところでイッセーたちが攻めていく。そこに俺が攻撃を与《あた》えていく戦法で確実にロキの戦力を削《そ》いでいった。単純だが、相手が単独だったために効果は絶大だ。

ロキは幾度となく俺の三叉《みつまた》の槍に鎧を抉られては再構築させていたが……。鎧の形成は徐々にだが修復速度を弱めており、奴自身も肩で息をし始めている。

ロキの魔法力が、神の名に恥《は》じないものだとしてもだ。あれほど、凶悪《きょうあく》なメタルフェンリルの力を継続《けいぞく》させながら、何度も再構築すれば消耗《しょうもう》もバカにならないだろう。しかも、強力な魔法も連発していた。神といえど、限界は見えてくる。

イッセーの子供たちは、未来で神クラスと戦っているせいか、戦力を削いで疲弊《ひへい》させるやり方にも慣れていた。親であるイッセーたちも一度ロキたちと戦っていたせいか、悪神の攻撃に対応できている。

何よりも初めてだというのに、オカ研のメンツと子供たちでうまく攻撃の連係が取れていたのが戦況《せんきょう》を一層好転させてくれていた。深い事情を知らぬとはいえ、すぐに連係が取れるところに目には見えない親子の絆《きずな》を感じてならない。戦闘《せんとう》中だというのに、目を見張る場面が俺的に多々あったぞ。

『……貴様たちはどこまでこのロキを……ッッ！　あの時代でも、この時代でも、どうして我が希求の邪魔《じゃま》立てをする……ッッ！　他勢力と繋《つな》がったことにより、ねじ曲がったアースガルズの、北欧神話の、ひいてはすべての神族の罪をっ！　この私自身が神々の黄昏《ラグナロク》を起こすことで断罪する！　断罪できるっ！』

苛立《いらだ》った叫《さけ》びを放つロキ。

ロキの苛立ちは奴が身に纏《まと》うオーラの具合からも見て取れる。禍々《まがまが》しいオーラが激しく揺《ゆ》らいでいた。

俺は嘆《なげ》くように息を吐《は》く。

「よく言うぜ。そのためにまったく関係ないところから力を借りるとはよ。機械なら、別ってか？」

以前、俺たちの目の前に現れたとき、こいつは他勢力と繋がるオーディンを憂《うれ》いて、北欧神話の悪神《トリックスター》たる観点から襲撃をしてきた。そのときは悪の神らしいというか、こいつなりの『正義』があった。

だが、目の前のロキはそれをあまり感じさせない。全身から怨恨《えんこん》めいたものを解き放ち続けていた。

俺たちにやられたあと、数十年牢獄《ろうごく》にぶち込まれて価値観が崩壊《ほうかい》した？　それとも、異世界の技術、思想に飲み込まれたとでもいうのか？

……案外、両方の要素が程よく脳みそごとシェイクして混ざっちまったんだろうな。だから、『UL《ウル》』の技術を取り込みつつ、時間転移——この時代に飛んできたんだろう。本来のロキならば、北欧神話以外のものを取り込むなんてことを考えもしないだろうさ。

ま、こいつの思想の転換期《てんかんき》なんてものをいま思慮《しりよ》しても仕方ない。まずは捕《と》らえて、未来のアーシアにかかった呪《のろ》いの解き方でもご教示願おうかね。

俺が手をあげて、一気に仕留めるぞと号令を戦闘メンバーにかけようとしたときだった。

この一帯に俺が張った強固な結界、その一角に綻《ほころ》びが生じ始める。空中に亀裂《きれつ》のようなものが生まれて、それが広がり、穴となる。そこから人型の『UL《ウル》』——青色のボディを持つ『四将《インヴエイド・ファナティック》』ルマ・イドゥラが出現した！

ルマ・イドゥラはこちらの様子を確認して、バイザー形の目を光らせた。

【……どうやら、こちらも大いに苦戦しているようだ】

奴は機械音声でそう漏《も》らした。

……俺の張った結界に乱入できるなんてな。異世界の技術か、それともこいつ自身の特性か。——と、ルマ・イドゥラの野郎《やろう》、全身がボロボロじゃねぇか。あらゆる部位が破壊されており、バチバチと火花が散っていた。

こいつ、未来から来たギャスパーと戦っていたはずだが……。損傷具合は、ギャスパーにやられたものだろう。ここに来たということは……逃げたと見るのが妥当《だとう》か。あの異様なオーラを有したギャスパーが、負けるとも思えない。いちおう、イッセーの娘《むすめ》が二人もついていたしな。

などと推察していたとき、転移型の魔方陣《まほうじん》が空中に展開してそこからギャスパー、レイヴェルの娘――ロベルティナ、ロスヴァイセの娘――ヘルムヴィーゲが追うように参上した。もちろん、イッセーたちに知られぬよう三人とも仮面を着けていた。

ギャスパーが俺のもとに降りてくる。

俺は皮肉げに言った。

「おまえでも手こずるほどか？」

いくら『四将《インヴエイド・ファナティック》』の一角とはいえ、超越者《ちようえつ》となったギャスパーが、苦戦するほどの者ではないと踏《ふ》んでいたのだが……。ゆえにただ逃げられたわけでもないだろう。

ギャスパーが言う。

「……申し訳ありません。どうやら、奴の本体が来ていたようでしてね」

本体？　疑問に駆《か》られる俺だったが……。

ルマ・イドゥラがロキのもとに降り立った。

【……ロキ殿《どの》、我々はもうひとつのプランを発動する】

ルマ・イドゥラの一言を聞き、ロキは鎧のマスクを解いて素顔《すがお》を覗《のぞ》かせた。その表情は狂喜《きょうき》の笑みを作りだしていた。

『――あれか。……ふふふ、まあ、こうなればそれもまた一興かもしれない。この者たちが滅《ほろ》びるのが早いか遅《おそ》いかの違《ちが》いに過ぎないのだからな』

言うなり、ルマ・イドゥラがバイザーの目を怪《あや》しく輝《かがや》かせる。

――すると、再び空に亀裂が走った。ただし、今回は先ほどルマ・イドゥラが出現してきたときとは比べものにならないほどに巨大《きょだい》な大きな空間の裂《さ》け目だ！

大きく開かれた空間の穴から、想像を超《こ》えたスケールの物体が姿を現す！　裂け目より徐々にその巨体を潜《くぐ》らせてくるのは――青色の戦艦《せんかん》だった！　空を飛ぶ戦艦！　艦首は鳥のくちばしを思わせるように鋭く、船体には部隊のマークか、主《あるじ》を示すシンボルか知れないが、不気味な紋様《もんよう》が大きく描《えが》かれていた。

ついにはこの空域に全体が露《あら》わになるが……少なくとも三百メートルはあるであろう飛行戦艦！　こいつは、とんでもないものが現れたもんだぜ……っ！

「な、なんだこりゃあああっ！」

予期せぬ飛行戦艦の登場にイッセーも驚《おどろ》いて声を出していた。

俺も声を出して驚きたいところだが……これがギャスパーの言うルマ・イドゥラの本体とやらか？　ギャスパーに視線を送れば、無言でうなずいて応じてくれた。

「人型の奴を何度破壊しても、そのたびに同一の『UL《ウル》』が転移してきました。その時点で気づくべきでした。『UL《ウル》』の幹部には巨大な本体を核《かく》として、普段《ふだん》は人型サイズの分身体で活動する者が何体かいます。ルマ・イドゥラがその一体だとは、今回初めて知りました。……こちらの諜報《ちようほう》不足です」

ってことは、ルマ・イドゥラはあの戦艦が本体の機械生命体ということか……。

ルマ・イドゥラがギャスパーに言う。

【悪いな、『時と空間の覇者《アイオーン・タイクーン》』よ。私は本体を壊《こわ》されない限り、何度でもこのボディがあの艦より供給されるのだ。私を倒《たお》したければ、本体を消し去るといいだろう】

ルマ・イドゥラは続いて手をあげる格好となった。それに応じて、巨大な飛行戦艦——奴の本体に変化が生じる。くちばしのような船首が、華《はな》が咲《さ》くように開き始めたからだ！

船首が開かれた先にあったのは——恐《おそ》ろしくデカい発射口だったたっ！

ルマ・イドゥラは発射口を前にして、高らかに言う。

【我が本体の一撃は、次元、時空すらも越《こ》えて目標を破壊する。——この場にて、動力源が続く限り、あらゆる過去の事象に向けて砲撃《ほうげき》を放とうではないか】

――ッ！　な、なんてことを考えてやがるッ！　時空すら飛び越える砲撃で、過去の歴史に一撃を放つってのか！　おそらく、いや、絶対に神話に関することだけじゃなく、人の歴史にすら砲撃を加えるつもりだ！　そんなことになったら……いくつ世界線が生まれるかわかったもんじゃない！　神話の過去の出来事に関与《かんよ》するだけでもマズいのに、人間の歴史にまで介入《かいにゅう》されたんじゃ、たまったもんじゃない！

そうこうしているうちに巨大な発射口が動き出して、エネルギーが集まり始めていた！

俺は全員に向かって叫んだ。

「おまえらッ！　あれを止めないと……あらゆる世界が暗黒に包まれるっ！　絶対に止めろォオッ！」

『了解《りょうかい》ッ！』

全員があの戦艦の挙動に畏怖《いふ》を感じていたのだろう。俺の号令と共にすぐさま飛び出していく格好となってくれた。俺とギャスパーもイッセーたちに続く。

しかし、飛行戦艦の船体からはルマ・イドゥラと同一の人型機械生命体が複数に射出されてくるっ！　一体一体がルマ・イドゥラ、ガルヴァルダン級だとしたら、こいつらを相手にしているだけで手一杯《ていっぱい》となるだろう！

現にルマ・イドゥラの分身体どもが放つ砲撃と遠隔《えんかく》操作の武装にイッセーたちも子供た

ちも本気で対峙《たいじ》するしかなく、戦艦に近づく余裕《よゆう》は微塵《みじん》もなかった。

テュポーンの鎧《よろい》を着込む俺なら、この分身体どもを相手にできているが……こっちの人工神器《セイクリッド・ギア》も無尽蔵《むじんぞう》というわけではない。俺の体力と精神のバランスが崩《くず》れれば、一気に鎧は解かれるだろう。魔物の王を神器《セイクリッド・ギア》に留《とど》めるってのは予想以上にキツいんでね。

イクスとアイリは砲撃を躱《かわ》し、遠隔操作の攻撃も撃《う》ち落として叫ぶ。

「クソッ！　あんなのが撃たれたら歴史が狂《くる》ってしまう！」

「冗談《じょうだん》じゃないわっ！　ここまで来て私たちの時代の戦乱が混迷の一途《いっと》をたどるだなんて……ッッ！」

イッセー、ゼノヴィア、イリナ、木場《きば》もルマ・イドゥラの分身体を相手に苦戦していた。

「よくわからねぇけど、あれをぶっ放されたらマズいのはわかるぜっ！」

「ああ、なんとかあの戦艦を壊したいところだが……」

「このロボットさんたち、とんでもなく強いんだものっ！」

「……これじゃ、僕たちが戦艦にたどり着く前に発射されてしまうっ！」

イッセーたちも、子供たちも、懸命《けんめい》に立ち向かってはくれるが――。

『ハハハッ！　赤龍帝《せきりゅうてい》の一派め！　あの砲撃の邪魔《じゃま》はさせんっ！』

この状況《じょうきょう》でロキが調子を戻《もど》して、戦線に加わってきやがった！

くっ！　テュポーンの鎧と、ギャスパーの超越した力があれば、時間さえあるならこのルマ・イドゥラの分身体どもを打倒《だとう》できるだろう。だが、あの砲撃を止めるまでに間に合わない！　こうなれば俺の鬼手《カウンター・バランス》を全解放して、強烈《きょうれつ》な一発であの戦艦に一撃を加えるしかないだろう！

俺が覚悟《かくご》を決めるなかで、最悪の状況はさらに悪化していく。

――飛行戦艦を強固そうな青色のバリアーが覆《おお》いだした！

くそったれがっ！　バリアーを張りやがった！　そりゃ、あれだけの規模の戦艦なら、バリアーのひとつやふたつはあるだろうよ！

だが、一か八か俺の鬼手《カウンター・バランス》の全解放を試すしかない！　そうしなければ歴史が、未来が――。

テュポーンの鎧のリミッターを外そうとしたときだった。突如《とつじょ》、この一帯が何か強力な力場に覆われる感覚を覚える。見れば、イッセーたち、この時代の者たちが一斉《いっせい》に時間を停《と》められて、その場で固まっていた。動いているのは、俺を抜《ぬ》かすと、イッセーの子供たち、未来から来た者ばかりだ。

ギャスパーのほうに視線を向けると、奴《やつ》が全身に強大なオーラを纏《まと》い、赤い双眸《そうぼう》を激しく輝かせていた。ギャスパーが時間を停止した？

戦艦の発射口も動きを止められていたが……ロキとルマ・イドゥラは動いている！

『これは？』

【ギャスパー・バロールの時間停止か？】

状況の変化に奴らも気づいたようだった。

動く者と停まった者が分かれるなかで、ギャスパーが苦笑する。

「……どうやら、到着《とうちゃく》のようだ。アザゼル先生、『対応策』のご登場です」

ギャスパーの視線の先を目で追うと――。宙に特殊《とくしゅ》な転移型魔方陣が展開していた。時計の針を思わす紋様が、逆回転に激しく回り始める。

転移型の魔方陣より現れたのは――金髪《きんぱつ》の少女だった。赤い双眸と、独特の雰囲気《ふんいき》はギャスパー同様の吸血鬼《ヴァンパイア》を感じさせる。

吸血鬼《ヴァンパイア》の少女はスカートの裾《すそ》をあげて、あいさつをくれた。

「ごきげんよう、皆《みな》さま。私は兵藤一誠《ひょうどういっせい》の娘、エルネスティーネと申します」

あいさつをしたのち、少女はかわいく微笑《ほほえ》み、こう言い放つ。

「――父をお連れ致《いた》しました」

刹那《せつな》、少女の背後にどデカいサイズの転移型魔方陣が出現する。魔方陣の紋様は――グレモリーっ！　そこから、潜ってきたのは百メートルはあろうかという、巨大なドラゴンっ！　鱗《うろこ》の色は真紅――。

その光景にルマ・イドゥラの機械音声が震《ふる》えた。

【…………ッッ！　赤龍帝、兵藤一誠ッ！】

ロキも巨体を有する紅《あか》いドラゴンの登場に心から戦慄《せんりつ》しているようだった。

『ううっ！　ま、まさか、追ってきたというのか……っ!?』

魔方陣から出現した巨大なドラゴンは大きな口を開けて咆哮《ほうこう》するっ！

《オッパイイイイイイイイインッッ!!》

…………。

……イ、イッセー!?　イッセーなんだな!?　そ、そのよくわからない卑猥《ひわい》な鳴き声を聞いて一発でイッセーだってわかったぞ！　そんな頭の悪い鳴き声を放つドラゴンがいるとしたら、イッセー以外いるはずがないっ！　鳴き声で認識する俺だった！

ギャスパーが吸血鬼《ヴァンパイア》の少女――エルネスティーネに言う。

「エルネスティーネ、さすがは私の一番弟子だ。カルンスタイン家の血筋は伊達《だて》ではないな」

「はい、ヴラディ先生。お父さまを無事この地にお連れ致しました」

巨大なドラゴン――未来のイッセーは、ギャスパーに言う。

《ギャー助《すけ》、おまえがついていながら随分《ずいぶん》と手こずったようだな？　俺の子供たちがまた足を引っ張ったか？》

「いえ、私が至らなかっただけのことです」

機械の生命体であろうとも、ビビっているのがわかるほどに全身を震わせているルマ・イドゥラ。

【なぜ、赤龍帝がここにいるのだ？　こちらの作戦通りであるならば、我が主と全面戦争をしているはず……っ！】

エルネスティーネがくすりと小さく笑った。

「レッズォ・ロアドですか？　その方となら、さっきまでお父さまが戦っておいででしたよ？」

巨大なドラゴン――イッセーがデカい指で摘《つ》まんでいるのは、機械仕掛《じか》けの腕《うで》だ。

「――腕を残して撤退《てったい》されたようですけれど」

エルネスティーネの言葉にルマ・イドゥラは絶句しているようだった。

【…………ッッ！　神のごとき強さを誇《ほこ》る七曜のあの方の腕をちぎったというのか……ッ！　紅いバケモノめが……ッ！】

ルマ・イドゥラの一言にドラゴンのイッセーが口《くち》の端《は》を笑ませる。

《ああ、よく言われる。あとはおまえたちの始末だな、ロキ、ルマ・イドゥラ》

しかし、一転して、その表情とオーラは憤怒《ふんぬ》に包まれていた。頭がおかしくなりそうなほどの質量、迫力《はくりょく》のオーラがこの一帯を激しく支配していった。

《――アーシアに手を出したんだ。神だろうが、許すはずねぇだろ……っっ！》

そこには絶対の自信と無敵の力を溢《あふ》れさせる真紅《しんく》の龍帝がいた――。

どうやら、イッセーは奴らの親玉に対処していたせいで、呪《のろ》いを受けたアーシアのもとに来られなかったようだな。事件の根源とも言えるところとやり合っていたとは、なんともこいつらしい！

【動けエエエエエエッッ！】

ルマ・イドゥラが力を解き放つように全身を輝《かがや》かせると、それに呼応して、停止していたはずの戦艦《せんかん》――本体が動き出した！　無理矢理、力でもってギャスパーの能力を打ち破ったのだろうか？　腐《くさ》っても七曜の一角レッズォ・ロアドの『四　将《インヴェイド・ファナティック》』最強というべきか。

発射口が再び鳴動して、チャージを再開させるが――。

ドラゴンのイッセーが、腹部を大きく膨《ふく》らませた。次の瞬間《しゅんかん》、あり得ない規模の極大な火炎《かえん》の球が口から吐《は》き出されて、戦艦の発射口に撃ち込まれていくッ！　船体を守るバリアーなど為《な》す術《すべ》もなく、打ち破られていた。

空一面を覆う大爆発《だいばくはつ》っ！　余波で海面が激しく波立ち、近くの山の木々も衝撃《しょうげき》で薙《な》ぎ倒《たお》されていくほどだった。

爆煙《ばくえん》が止《や》んだ先には——半壊《はんかい》した戦艦、ルマ・イドゥラ本体の姿があった。あらゆるところから煙《けむり》をあげて、船体は徐々《じょじょ》に高度を下げていく。機能は停止寸前といったところだった。濃密《のうみつ》なオーラを含《ふく》んだ、とんでもねぇ火炎の一発だった。こりゃ、神クラスでも安易に受けられる代物じゃない。

この結果にルマ・イドゥラはこう漏《も》らす。

【………ロキ殿《どの》、この者たちを相手にするのは分が悪すぎる。一旦《いったん》、撤退——】

言い切る前にルマ・イドゥラの全身を——本体の船体も含めて、光の縄《なわ》が縛《しば》り上げていく。

その光の縄は俺が発動させた術式だった。

【——これは!?】

驚《おどろ》き、まるで抵抗《ていこう》できないでいるルマ・イドゥラに俺が言った。

「おまえら用の捕縛《ほばく》結界だ。俺が何度おまえたちとの戦場で結界を張っていたと思う？」

俺の言葉にルマ・イドゥラは得心したようだった。

【……我らを捕《と》らえる術式を戦いながら解析《かいせき》、構築していたのか。……なるほど、赤龍帝の子供たちがこの時代に来てまで貴公を頼《たよ》るわけだな】

そう、俺はこいつら『UL《ウル》』との戦闘《せんとう》で、毎度のように結界を張っていた。それは、周囲の崩壊《ほうかい》を防ぐ意味合いもあったのだが、同時にこいつらの攻撃《こうげき》方法、こいつらへの対応策を探《さぐ》っていた。結界に残った情報から、俺なりにいろいろと練らせてもらったぜ。光の縄はそのひとつだ。テュポーンの鎧の効果もあって、戦艦も丸ごと捕縛できた。

ルマ・イドゥラの周囲にイッセーの子供たちが集《つど》っていく。全員、戦意むんむんであり、ルマ・イドゥラが少しでも怪《あや》しい動きを見せれば、本体である戦艦を破壊する姿勢だ。

『くっ！　私だけでも──』

戦況《せんきよう》が敗色濃厚《のうこう》だと判断したロキは、この場から去ろうと逃《に》げ出す格好となる！

だが、それをすでに察知していたのか、奴に回り込むようにイクスとアイリが待ち構えていた。

莫大《ばくだい》な滅《ほろ》びのオーラを纏うイクスの真紅剣《スカーレット・ブレード》が高速で振《ふ》り下ろされる！　ロキの鎧は、奴自身疲弊《ひへい》している上に真っ正面から受けたせいか、イクスの一撃で破壊されていった。

「アーシア母さんの仇《かたき》だ。──ただで帰すと思っていたか？」

イクスの一言は怒《いか》りに満ち満ちていた。その姿勢は、やはりイッセーの息子《むすこ》である。

ギャスパーがロキとルマ・イドゥラに言う。

「なぜ、私がおまえたちだけ時を停めなかったかわかるか？　その身でもって学んで欲しかったからだ」

続いてアイリが、生身となったロキに突《つ》っ込んでいく。アイリの背後にはドラゴンのシルエット——怒りに燃える未来のファーブニルのオーラが滾《たぎ》っていた。

「あんたはお母さんをいじめたっ！」

『アーシアたんをいじめたッッ！』

「『絶対に許さないッッ！』」

アイリとファーブニルは声を重ね、怒りも重ね、オーラ、感情、すべてを乗せた拳《こぶし》をロキの腹部に鋭《するど》く、深くぶち込んでいく。その一撃はまさにイッセーの娘《むすめ》だった。

絶大なインパクトの衝撃は、この宙域一帯に広がっていった——。

空中で体をくの字に曲げるロキ。悪神であろうとも、いまの一撃は無事では済まないだろう。

『……バ、バカな……っっ』

それだけ言い残して、ロキは海に落下していった。

捕縛されたルマ・イドゥラ、海面に漂《ただよ》うロキを見て、ギャスパーが先ほどの言葉の真意を口にする。

「悪神ロキ、そして異世界から来た『UL《ウル》』よ。――おまえたちはグレモリー眷属《けんぞく》と赤龍帝一家に触《ふ》れたときに詰《つ》んでいたのだ。我らの平和を踏《ふ》みにじる者は、何人《なんぴと》たりとも許されない」

その言葉の通り、彼らの大事な者を傷つけた奴《やつ》らは――この時代まで追いかけられて、ぶっ倒されていった。

どの時代でも、絶対に触れちゃいけないものってのはいるもんだぜ？　未来のロキよ、異世界の機械生命体――『UL《ウル》』よ。

戦闘が終わり、一息つく俺たち。俺も鎧《よろい》をすぐに解いた。あとでテュポーンにお礼の品を渡《わた》そうか。……どうやら、要求は大したものでもなさそうだが。

俺と未来から来たメンツは、この時代の者たちを置いて、遠方の山中に移動していた。

この時代のイッセーたちオカ研メンバーは停止が解かれたあとも気絶したままだった。

これ以上見られちゃマズいので、気を失ってもらったのだ。先ほど戦闘をしていた浜辺《はまべ》で仲良く寝《ね》てもらっている。あれだけ共闘してもらっておいて、この扱《あつか》いは酷《ひど》いかもしれないが……これも未来のためだ。悪いな、おまえたち。

他のイッセーの子供たち——紅《くれない》、白雪《しらゆき》、黒茨《くろばら》も合流して、未来から来たメンバーは一堂に会していた。この時代を訪《おとず》れた子供が十人も揃《そろ》うと圧巻だな。

——と、俺は宙を漂う未来の教え子、巨大《きょだい》なドラゴンとなったイッセーに言う。

「随分変わっちまったようだ」

《ハハハ、大がかりな移動にはこっちの姿が適しているので》

豪快《ごうかい》に笑う未来のイッセー。三十年後のドラゴンの姿でも、笑い方は今のこいつと一緒《いっしょ》だな。

大人になった元の姿のおまえを見たかったが……それは贅沢《ぜいたく》ってやつか。どデカいドラゴンの姿を見ただけでいまは満足しよう。

捕らえたロキ（気を失っている）を早速《さっそく》解析していたロベルティナ、ヘルムヴィーゲが、声を弾《はず》ませた。

「お父さま、ロキの解析はほぼほぼ済んでおりますわ」

「——アーシアお母さんにかかった呪いの解呪《かいじゅ》も時間の問題かと！」

——っ！　おおっ、ロキからある程度引き出せたか！　じゃあ、あとは捕らえたロキに口を割らせればいいだけだろう。

この報告に漸《ゼン》、真《シン》が涙《なみだ》する。

「よかった……っ！」

「うぅ、ここまで来たかいがあったね」

黒茨、白雪も抱《だ》き合いながら号泣《ごうきゅう》していた。

「にゃあああああんっ！　良かったにゃぁぁっ！」

「……うん！　良かった！」

アイリはポロポロと涙しながらも、笑みを浮《う》かべて言った。

「……お母さん、目が覚めたら兵藤家直伝のおかゆを作ってあげなきゃ」

長男の紅が、距離《きょり》を置いて背中を見せるイクスの肩《かた》を抱く。

「来てよかったな」

「…………うん」

イクスの声は涙で震《ふる》えていた。歓喜《かんき》と安堵《あんど》の涙を流しているのだろう。それを他の兄弟に見られたくなかったのだ。気丈《きじょう》に振る舞《ま》い、果敢《かかん》に戦った紅髪《べにがみ》の剣士《けんし》も、まだ家族に甘えていい歳《とし》の少年だ。

その光景を微笑《ほほえ》ましく見守るギャスパーが言う。

「あとは私がこの時代で後始末をして終わりとなるでしょうね」

なるほど、時間を支配するギャスパーがこの時代に残り、『UL《ウル》』やイッセーの子供たちの痕跡《こんせき》を消すということか。

実は、砂浜に置いてきたイッセーたちの記憶《きおく》は、すでに俺やギャスパーたちが改ざんしている。あいつらの記憶では、グリゴリの用意した謎《なぞ》のエージェント集団と共に古代兵器のバケモノを倒したことになっているだろう。

残念だが、子供たちと会うのは、十数年後のお楽しみということにしてもらった。

あとは、リアスを含む事件に関与《かんよ》した者たちの記憶の改ざんだろうな。それは俺も協力していくつもりだ。

ちなみに捕らえたルマ・イドゥラはすでに未来に転送済みだ。あっちで始まった事件は、あっちで裁いてもらおう。

――そして、別れの時が来た。

ドラゴンのイッセーとその子供たちは足下《あしもと》に時間転移の魔方陣《まほうじん》を展開させていた。

俺は――あえて会話を求めなかった。これ以上、俺が未来の事情を知るのはよくないだろうしな。それはこいつらも理解しているようで、余計なことは口にしなかった。

魔方陣の輝《かが》きが増すなかでイッセーが一言だけ述べる。

《先生、それでは》

「おまえたちの子供や成長したおまえに会えて良かったぜ」

簡素な別れの言葉。笑みを交《か》わす俺とイッセー。

ああ、これで十分だ。「あれからどうだった？」――とか、「いまの暮らしはどうだ？」――とか、そういうのはこんな状況で訊《き》くものじゃない。

きちんとしたこの世界の未来《さき》で、おまえと語り合いたいからな。そのことは、目の前のイッセーもわかってくれているようだった。

転移の輝きがさらに増していく。イクスが俺に頭を下げた。

「初代総督《そうとく》！　お世話になりました！」

「ああ」

「また会えますよね？　俺の相談、今度こそ聞いてください」

「エロ話に耐性《たいせい》つけておけよ？」

俺の一言にイクスはかわいらしく顔を赤くして笑った。

転移の魔方陣が最後の閃光《せんこう》を放つなかで、子供たちが一斉《いっせい》に叫《さけ》んだ。

『さようなら！』

最後の最後にドラゴンのイッセーが例の咆哮《ほうこう》をあげる。

《オッパイイイイイン》

彼らは、俺とギャスパーを残して未来に帰っていく。

ったく、未来でも変わらず『おっぱいドラゴン』のままか。それがわかっただけでも、十分に収穫《しゅうかく》だぜ、おまえら。

こうして、短くも濃密な俺の不思議な体験は終焉《しゅうえん》を迎《むか》える——。

—D×D—

あれから、十日が過ぎた。

俺は昼下がりの公園のベンチで、チョコバーをかじりながら空を眺《なが》めていた。

未来から来たギャスパーも用事をすべて終えたのち、俺にあいさつをくれてから、元の時代に帰っていった。記憶の改ざんやら、後始末やらはどうにか片付いたようだ。

帰り際のギャスパーに、俺は訊いた。

『……俺や各勢力の代表たちの記憶は消さなくていいのか？』

そう、俺だけじゃなくて、サーゼクスやオーディンたち、信頼《しんらい》を寄せるＶＩＰは今回のことを知り得ている。その上でテュポーンとの契約《けいやく》の件も含《ふく》めて、協力してもらったからな。

この問いにギャスパーは意味深な笑みを見せるだけだった。

……案外、VIP相手――俺にも、知らぬ間に何かをしたのかもしれない。超越者《ちようえつ》に数えられる未来のギャスパーであるなら、俺たち超常の存在が相手でも予防線を張っていておかしくないだろう。

もしかしたら、いま俺の有している記憶ですら――。

だが、ギャスパーは去り際《ぎわ》にこれだけは明確に言い残していった。

『これだけは覚えておいてください。――近い将来、この世界にも「UL《ウル》」どもは襲来《しゆうらい》してくるでしょう。戦争になるやもしれませんが、最悪今回のような事件だけは二度と起こしたくありません。そのために私たちは来たのですから』

その言葉から、イクスやギャスパーたちは今回起きた時間転移の事件を未然に防ぐ何かを残していったのかもしれないな。つまり、この時代の歴史では、今回の時間転移は起きないかもしれないってことだ。

……かもしれない、ばかりで要領を得ないな。

苦笑する俺だったが、買い物に出していたイッセーとアーシアが、コンビニの袋《ふくろ》を下げたまま、公園の入り口で老女《ろうば》に話しかけられている姿が目に映り込んだ。

気になって俺はそちらに歩み寄った。

三人の会話が聞こえてくる。

婆《ばあ》さんは深く頭を下げて、アーシアに礼を述べていた。

「あのときのお嬢《じょう》さん。その節はお世話になったねぇ」

――っ。

……得心する俺。ああ、この婆さんはあのときアイリが世話をした婆さんだ。

まったく覚えのないアーシアはきょとんと頭に疑問符《ぎもんふ》を浮かべているようだった。

「え？　……えーと」

アーシアの反応を見て、イッセーが微笑む。

「やさしいアーシアのことだ、無意識のうちにこのお婆さんを助けたのかもな」

「そ、そうなのでしょうか……」

首を傾《かし》げるアーシアだったが、婆さんはバッグから飴《あめ》を取り出してアーシアに手渡《てわた》していた。

「ありがとうね、お嬢さん」

その光景に俺はついつい顔を綻ばせた。

おまえたち、どうやら、取りこぼしがあったようだぜ？　でも、まあ、このぐらいはあいつらのことを覚えている者がいてもいいだろう。

婆さんの対応を終えたイッセーとアーシアに俺は唐突《とうとつ》に訊いた。

「なあ、イッセー、アーシア。――おまえらの子供、どんな名前になるんだろうな？」

二人は途端《とたん》に顔を真っ赤にして、「な、何を言い出すんですか！」とウブな反応を見せてくれた。

二人の姿についイタズラな笑みを浮かべてしまう俺だったが、背後からリアスと朱乃《あけの》が注意をしてきた。

「ちょっと、アザゼル。二人に変なこと言わないでちょうだい」

「まったくですわ」

振《ふ》り返れば、オカ研――教え子たちが公園に集合していた。

今日は皆《みんな》でちょっと遠くの海まで出かける予定だったのだ。

俺は皆を見回す。もう、こいつらの記憶にあいつらはいない。でも、それは十数年の間だけだ。

「ほら、おまえら、海行くぞ海」

さーて、今日は先のことなんて考えずにいこうか。

—D×D—


いま、語ったのが冒頭《ぼうとう》に述べたように要人の一部のみが知り得《う》る最高機密《トップシークレット》の顚末《てんまつ》だ——。

繰《く》り返すが、事の重要性から、決して表に出してはならないものだ。時が来れば、この情報が役に立つのもまた事実だろう。

これが開示されないことを切に願いつつ、この記録を終了《しゅうりょう》させようか。

…………って、どうせ見てるだろうから、最後に言うぜ？

誰《だれ》が相手だろうと勝てよ、おまえら。

勝って、誰よりも平和に、幸せに暮らしやがれ。

おまえらを先導した俺からの絶対の命令だぜ？

Top Secret.

三十年後に地球に襲来するであろう『E×E《エヴィー・エトゥルデ》』の邪神《じゃしん》メルヴァゾアとその眷属《けんぞく》の推定戦力である。

・邪神メルヴァゾアの戦闘《せんとう》力はオーフィス（完全）、又《また》はグレートレッドを遥《はる》かに超《こ》える。

・不死身、死を超越しているため（転生術及《およ》び存在の概念《がいねん》を操作できる、並行世界の自身に干渉《かんしょう》できる、時間を操るなど、「自分」をいくらでも存続できる）、善神レセトラスが一向にメルヴァゾアを倒《たお》せずに善と悪の神々の戦いは拮抗《きっこう》状態になっている。

・メルヴァゾア側の本隊が、こちらの世界に干渉した場合の被害《ひがい》想定は、未曽有《みぞう》のものになるとすでに結論づけている。しかもそれはメルヴァゾア単体でのことであり、邪神の眷属『羅睺七曜《らごうしちよう》』七柱すべてとも敵対した場合の必要戦力の用意は現時点で絶望的である。

・邪神メルヴァゾアには、二柱の兄妹《きょうだい》がいるとされている。兄の鬼神《きしん》レガルゼーヴァ、妹の魔神《まじん》セラセルベスである。単体でもメルヴァゾアに劣《おと》らぬ力を持つとされる。

・鬼神レガルゼーヴァは眷属に『計都天海《けいとてんかい》』の二柱を有している。
・魔神セラセルベスの眷属は謎《なぞ》が多く、数も正確に把握《はあく》しきれていないが、五柱のみ確認できている。
・『E×E《エヴィー・エトウルデ》』の邪神、鬼神、魔神の三柱とその眷属が同時に攻《せ》め込んできた場合、考慮《こうりよ》する必要もなく、間違《まちが》いなく地球は破壊《はかい》される——。

富士見ファンタジア文庫

ハイスクールD×D
ハーレム王《キング》メモリアル

平成30年9月20日　初版発行
令和6年5月15日　3版発行

編者――ファンタジア文《ぶん》庫《こ》編《へん》集《しゆう》部《ぶ》

原作――石踏一榮《いしぶみいちえい》

発行者――山下直久
発　行――株式会社KADOKAWA
〒102-8177
東京都千代田区富士見2-13-3
0570-002-301（ナビダイヤル）
印刷所――株式会社KADOKAWA
製本所――株式会社KADOKAWA

ISBN978-4-04-072828-5 C0193 ◆◇◇

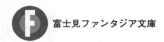

織田信奈の野望
全国版
春日みかげ
イラスト／みやま零
戦国ゲーム好きの高校生・相良良晴は気付けば戦国時代にいた！　そこで会ったのは織田信長ではなく……「誰よ信長って？　私の名前は織田信奈よ！　の・ぶ・な！」ここに信奈と良晴の天下盗りが始まる！

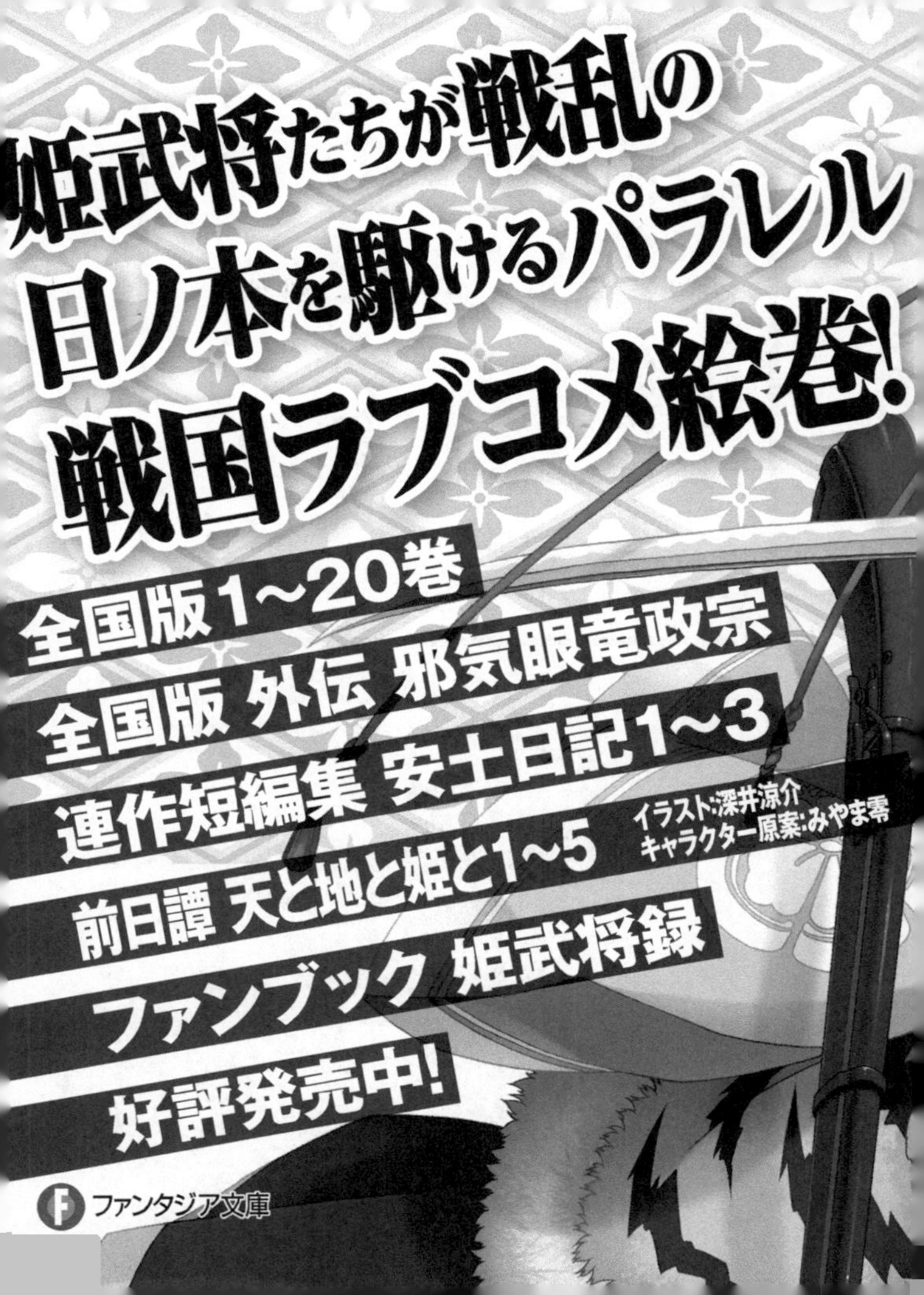
姫武将たちが戦乱の
日ノ本を駆けるパラレル
戦国ラブコメ絵巻!
全国版1〜20巻
全国版 外伝 邪気眼竜政宗
連作短編集 安土日記1〜3
前日譚 天と地と姫と1〜5
イラスト:深井涼介
キャラクター原案:みやま零
ファンブック 姫武将録
好評発売中!
ファンタジア文庫

非オタの彼女が俺の持ってるエロゲに興味津々なんだが……

HIOTA no kanojo ga ore no motteru EROGE ni kyômi shinshin nandaga……

著者：滝沢慧 TAKIZAWA KEI
イラスト：睦茸 MUTSUTAKE

Odagiri Kazuma
小田桐一真

エロゲ好きな高校生。
萌香の「頑張り」に
戸惑うばかりで……

ってく!?

あらすじ

エロゲ好きで隠れオタな高校生・小田桐一真は、ある日、学校一の成績優秀・品行方正、エロゲなんて全く知らない非オタな優等生の水崎萌香から……

「私をあなたの——カノジョ（奴隷）にしてほしいの」

告白されて付き合うことに!?
一真の理想のヒロインになるため、一緒にエロゲをプレイして、どんどん影響を受ける萌香。
これ、なんてエロゲ!?

ファンタジア文庫
1〜8巻 &
短編集「萌香の初体験ルート」
好評発売中!
Misaki Honoka
水崎萌香
優等生にして、一真の彼女。エロゲを教えてもらうことに!?
初めてできた
優等生の彼女が
自分好みに染ま

世界を殺す少女を止める方法は——
デートして、デレさせること!?
ファンタジア文庫

少年は、世界から否定される少女と出会った。
突然の衝撃波とともに、跡形もなく、無くなった街並み。
クレーターになった街の一角の、中心にその少女はいた。
「――おまえも、私を殺しに来たんだろう?」
世界を殺す災厄、正体不明の怪物と、
世界から否定される少女を止める方法は二つ。
殲滅か、対話。
新世代ボーイ・ミーツ・ガール!!
DATE
デート
A
・ア・
LIVE
ライブ
橘公司
KOUSHI TACHIBANA
イラスト:つなこ
TSUNAKO
●既刊
デート・ア・ライブ 1~19
●短編集
デート・ア・ライブ
アンコール1~7
●スピンオフ
デート・ア・ライブ フラグメント
デート・ア・バレット 1~4
著:東出祐一郎 イラスト:NOCO
●解説本
デート・ア・ライブ
マテリアル

切り拓け！キミだけの王道
ファンタジア大賞
原稿募集中！
賞金
《大賞》300万円
《金賞》50万円
《銀賞》30万円
選考委員
細音啓「キミと僕の最後の戦場、あるいは世界が始まる聖戦」
橘公司「デート・ア・ライブ」
羊太郎「ロクでなし魔術講師と禁忌教典《アカシックレコード》」
ファンタジア文庫編集長
前期締切 8月末日
後期締切 2月末日